ADELANTE

ME LLAMAN LA TEQUILERA

Alma Velasco

© D.R. Alma Velasco, 2012

© D.R. de esta edición:
Santillana Ediciones Generales, SA de CV
Av. Río Mixcoac 274, Col. Acacias
CP. 03240, teléfono 54 20 75 30
www.sumadeletras.com/mx

Diseño de cubierta: Rebeca Nieva Montes de Oca.
Fotografía de la autora: ©Eduardo Casar

Primera edición: abril de 2012

ISBN: 978-607-11-1843-1

Impreso en México

PRISA EDICIONES

Dedico este libro
a Yolanda Sánchez Reyes,
a Pável Granados
y a Sergio de la Mora
con el gozo y la gratitud
del camino compartido.

Todos somos peces
inmersos en la ola de la vida,
y también
todos somos la ola.

Julieta Campos

¿AL JILGUERO LO ENGULLEN LAS SOMBRAS?

Nunca me gustaron las preguntas... cállense todos... Pasa que de repente sientes que el hilo se hace delgado... muy delgado... el alma deja de comer... ése es el momento, te vencen las ganas de perderte, de irte lejos de lo que te duele... A veces piensas en tu niñez llena de roturas, en los amores torcidos, arruinados tantas veces, en los hijos que ya no tuviste en el vientre... y un día, ya no quieres pensar en nada... las ilusiones se te vuelven hilachas... y esa sensación de soledad, de ya no servirle a nadie, ni a ti misma... me hastían las adulaciones inútiles... y cuando las luces del escenario se apagan, la burbuja de la magia se revienta y te llevas otra vez... otra vez más... el cuerpo cansado a la habitación sola, arrastrando memorias de pesadilla, pedazos de ti, como un espejo roto que en mala hora... y que si los quieres juntar nomás te rasgan. Morir es como una promesa: ya no vas a volver a llorar... nunca... nunca...

En la casa de Lucha Reyes, en la calle Andalucía de la colonia Álamos, Ciudad de México, aumenta a cada minuto la consternación. No se sabe exactamente a qué hora la cantante se tomó veinticinco nembutales, deglutidos de uno en uno con media botella de tequila. Son las dos de la madrugada. La Reyes, la Reina, se encuentra en un proceso muy adelantado de intoxicamiento. Está grave. Emite de repente gruñidos rasposos como de leona llorando. Da escalofrío verla tirada de forma irregular en su cama, como un río fuera de madre,

9

inconsciente, sin que nadie se atreva siquiera a intentar re-acomodarla en una posición más digna. Alrededor, camina su prima Meche, su confidente, la de siempre, jalándose los botones del suéter sin control por la angustia, entre llantos y mocos impertinentes. Ella es enfermera, así que la carcome el miedo por la dimensión del riesgo que percibe. También está en el cuarto Carmela, su sobrina y ayudante personal de años, quien consiguió sacarle unas pocas de las pastillas enredadas todavía entre la lengua cuando la encontró Marilú, la hija adoptiva de Lucha, que está con la cara abotagada, aturdida por las lágrimas que no controla. Y para completar el cuadro, el enamorado en turno, el piloto aviador, el general Antonio de la Vega.

Meche sabe que... bueno, sabe muchas cosas que calla, muchas. Desde que eran niñas y a Lucha la llamaban sólo Luz, se inventaron entre ellas ligaduras, formas privadas de contarse las cosas, como en las sectas, para curar el mal de espanto, que a Luz por épocas la revolcaba brutalmente. Juntas buscaban con obsesión ser dúo en pie de guerra, sin tregua, para resolver las penas. ¿Por qué ahora no? ¿Qué hace ahí Lucha, sin sacar su hembra brava, como una sombra, tan lejos del soplo de Dios? Todo en ella es desesperación.

Hasta la luz de las lámparas tiñe más tenue, quizá sólo para añadir sombras a lo siniestro de la escena. La esperanza de salvarla va huyendo de esa casa.

Al general Antonio, junto a la cama, lo atormentan los remordimientos, cómo desearía pedirle al tiempo que volviera. Finge inocencia. Se pregunta demasiado tarde por qué no pudo ser más amoroso. Al sentarse, por momentos tiene el tic de mover los pies para adelante y para atrás, quizá con temor al mismo juicio de Dios. ¿En verdad el cuerpo flácido de su amante lo estremece? No es ciego al amor desarticulado, injurioso, que la obligó a aceptar. Maldito carácter. Pero ésa fue la manera que le resultó más fácil para dominarla. Se da cuenta de que se ha engañado, su modo nada más le llenó a ella el espíritu de miseria. Y hoy, cómo podría justificarse. Quisiera pedirle un perdón tardío, pero en esta noche no hay oídos que lo escuchen.

Por ratos, la hija de Lucha entra y sale de la recámara, llora, se calla y vuelve a soltar el llanto. Es todavía una niña, la situación la rebasa, su mamá se está muriendo por tomarse las pastillas que ella fue a comprarle a la farmacia. ¿Cómo pasó eso? ¿Es ella culpable? ¿Qué debería haber hecho? ¿Negarse a comprarlas? Imposible, ella sólo obedeció, como le correspondía. Por momentos trata de mantener la mano sudada y floja de su madre entre las suyas. No hay respuesta.

La prima Meche es la única que toma medidas funcionales. Para empezar, llama a una ambulancia y explica la urgencia: la paciente se está muriendo.

La ambulancia tiene que llegar pronto. Son las dos de la madrugada. Las calles deben estar vacías a esas horas impertinentes. Todos la aguardan con ansias. Meche dio instrucciones muy precisas para ubicar el domicilio. Ahora no les resta más que resistir sin quebrarse, la nebulosa del tiempo de espera. Los segundos cuentan. La tensión es un filo de cuchillo en el abdomen de todos.

A los pocos minutos comienza a escucharse, todavía lejos, pero cada vez con mayor fuerza, la sirena de la ambulancia. Los treinta y dos perros de la cantante, que esa noche están en la azotea, se sobresaltan, ladran, aúllan, parece que presienten que su ama está cerca de la barca de la muerte.

El general Antonio, incontenible, se desplaza con grandes pasos por todo el cuarto. Y empieza a pensar en voz alta.

—Pero… cómo se le ocurrió hacer esta locura —murmura con rabia contenida, en su desesperación, y añade más alterado, dirigiéndose a la pequeña—: Y tú…, ¿por qué le compraste las pastillas?

—Tía —musita Marilú llorando, desde la incomprensión de una pequeña de once años, repegándose a Meche en busca de protección—, ¿verdad que yo no tuve la culpa?

—Ay, Marilú, claro que no hija, no pienses eso, este hombre está loco —Meche la abraza con ternura—, tu mamá se tomó las pastillas porque quiso. Tú no se las diste a tragar a la fuerza, ¿o sí?

—No —contesta Marilú —, pero tengo miedo, tía.

—Ven, déjame abrazarte —Marilú comienza a sollozar en los brazos de su tía. Está confundida, desasosegada.

—¿Porqué hizo eso? ¿Qué no me quiere?

—Mira, cuando salga del hospital vas a ver cómo ella misma te dice lo mucho que te quiere y te explica lo que le pasó.

—¿Y si no sale del hospital? Tú dijiste que estaba muy mal. ¿Puede ser que no salga? —cuestiona la niña con una angustia profunda.

—Les ruego que si van a platicar, mejor se vayan a la sala —ordena Antonio autoritario—. Lucha necesita descansar.

Hablando entre dientes, con la mandíbula apretada por la rabia, sin gritar, en un tono tranquilo pero suficientemente claro, Meche le reclama:

—¿Y desde cuándo sabe usted lo que necesita Lucha? Ya vio qué feliz era con usted, ¿no? —la ironía evidencia su desprecio por el general, a quien repele como a un animal ponzoñoso—. De seguro fue por el gran apoyo que usted la hacía sentir por lo que se tomó las pastillas.

—Meche —la increpa Antonio—, le prohíbo que…

—¿Qué, general, también yo tengo que obedecerlo?

—¡Por favor! —se descompone Antonio.

—No vaya a ser que esas pastillas que según usted le estaba sacando de la boca mientras yo llegaba, más bien se las estuviera metiendo.

—Cómo se atreve a decir semejante disparate —responde él caminando amenazante hacia Meche. Ella no se amedrenta.

—¿Disparate? Pues no ha de ser por lo cariñoso que se portaba con ella. Y ni crea que no me fijé en los moretones que trae todavía en la cara y en el cuello.

—Meche —continúa Antonio tratando de calmarse después de haber sido sorprendido—, está usted imaginando demasiadas cosas, ya se lo aclarará la misma Lucha después.

—Si no fuera porque sé que ya antes mi prima intentó algo parecido, lo acusaba a usted sin ninguna duda con la policía. Yo no entiendo qué le vio mi prima.

En medio de esa conversación llena de reproches, se escucha por fin a la ambulancia frenarse afuera de la casa.

Suena el timbre de la puerta para alivio del general, que se siente atrapado.

—Voy a abrir, tía.

—No, Marilú, que abra el Patotas.

—Pero él es el chofer… nunca abre la puerta…

—Ahora sí puede abrir él —contesta Meche con la voz apagada—, es la ambulancia.

En cuanto los camilleros entran a la casa y ven a la enferma sobre su colcha arrugada, inician las maniobras para subirla a la camilla con cuidado, pero sin perder tiempo, y al parecer, tratando, por respeto, de contener un grito en cuanto la reconocen.

—¡Abran paso, rápido, todavía está viva! —ordena con apuro un camillero.

—¡A lo mejor todavía puede salvarse! —responde Meche.

La pequeña Marilú mira a todos asustada, buscando un sostén, sin poder evitar sentirse culpable. Ella, ella sola había comprado las pastillas. Eso la torturaba. A lo mejor el general tenía razón.

—Mamá, no te mueras, por favor —alcanza a decirle antes de que la saquen.

Los camilleros le permiten seguir cerca de Lucha, tocándola apenas, hasta que llegan a las puertas traseras de la ambulancia. La separan con suavidad. Meten la camilla con pericia. Meche se sube para acompañar a su prima en el trayecto, es la familiar más cercana, además de que puede ayudar en cualquier contingencia.

—¡Arráncate, Mateo, ya nos están esperando en la Cruz Roja! —dice con prisa el copiloto en cuanto cierra la puerta delantera, mientras la sirena de la ambulancia va aumentando su volumen. La velocidad también aumenta. La urgencia contamina el aire y el silencio. El general Antonio la sigue en su propio automóvil.

Ah, qué chistoso verse una desde afuera. Me hace gracia. Ora sí se me anda haciendo morirme de a de veras, bola de ca... miones... ja, ja, ja, hasta gusto me va a dar ver que sufran el fufurufo de Félix Cervantes, ¡mi prominente empresario!, y Antonio, el méndigo aviador. Bueno, ya pensándole, la verdad, a lo mejor a ninguno de los dos les importa si me muero o si me quedo viva y fregada. Eso sí me provoca llanto, no puedo evitarlo, me lleva... Después de todo, yo ya ni soy la esposa de Félix... si hasta tiene su nueva "besos fáciles"... la Zú esa, desgraciada... y pos, al pobre de Antonio, después de la espantada que le acabo de cargar, yo creo que hasta gusto va a sentir de darme sagrada sepultura. Palabra que el pobre no sabía ni pa donde correr cuando me vio ahí desguanzadota, ja, ja... con qué desesperación trataba de sacarme las pastillas de la boca... pero con las que me tragué, se me hace que fue suficiente... pa eso me eché mis tequilazos también... que se lleve el diablo tener que cantar pa viejos pelados, orejones y bigotudos cada mugre noche... y pasar por tanto nervio pa andar filmando películas... y peor tener que llegar desmañanada... ya no quiero más ensayos y ensayos pa aprenderme canciones que ni me gustan... hasta corro el riesgo de quedarme sorda con tanto trompetazo... ja, ja, vaya a ser... y nomás me faltaba a estas alturas volver a salir con echarme a llorar delante de todos... y pos sí... si alguien me quiere, ni modito pájaros pintos, ya vieron que adentro no era yo la fiesta que se veía por afuera... y ya lo hice y qué pues... si me quiero ir, qué... ése es mi asunto...

Adiós, adiós, lucero de mis noches...

Al llegar a la Cruz Roja, dos enfermeros empujan la camilla por el pasillo de urgencias esperando hacer los mínimos trámites lo más rápido posible.

—Enfermera, una paciente para urgencias. Está muy grave.

—¿Por qué ingresa? —interroga la enfermera con voz seca, indiferente.

—Por una sobredosis de barbitúricos y alcohol.

—¿Sabe su nombre? —vuelve a preguntar la enfermera encargada de los ingresos a la sección de urgencias.

—Nomás asómese a verla... ¿A poco no la reconoce? —pregunta con desconcierto el enfermero.

—Lo que veo es que viene muy mal, está muy hinchada —responde al asomarse a la camilla—. ¡Ah, qué bárbara! —se atraganta la enfermera, acomodándose los lentes—. A poco es la famosísima —se agacha sobre la cara de la paciente para observarla mejor.

—Pues sí —asiente el enfermero, sus ojos muy abiertos muestran su pasmo—, es la mismísima Lucha Reyes.

Eso estuvo muy bien, a fin de cuentas es a toda madre tener tu fama... que te reconozcan... Pero, ultimadamente, para qué... maldita sea... tu público ahí está, ahí... mientras eres su cajita de música, como que te quiere, pero cuando te quedas sola, sola, de veritas, sola, y llega el silencio, a poco ese público se va contigo a tu casa, a tu sala, a tu cuarto, a tu maldita cama a darte el amor que los hijos de la fregada que dicen que te aman no te dan... más bien te quitan, como este bruto de Antonio... y ahí te quedas, como perro sin dueño... nomás queriendo olvidar... y luego los babosos todavía critican que te acompañe el compañero real, perseverante, que te hace todo más suavecito, siempre a la mano, sin enojos, sin reproches, la agüita bendita: el tequila... salucita.

En el hospital, Meche siente que las paredes —verde pistache deslavadola— oprimen como si fueran un corsé de yeso y pintura. Trata de controlar la angustia. Aprieta los puños y los abre. Se levanta, camina, se sienta. El silencio de la madrugada le enchina la piel, su mirada está cubierta de miedos. Se han llevado a Lucha y no queda más que esperar. Se siente impotente para consolar a Marilú, que se culpa y teme que la mamá de Lucha, que nunca la ha querido, también la vaya a inculpar. Qué tontería. Qué injusticia.

Detrás de los cubrebocas, los médicos que atienden a Lucha en el quirófano se muerden los labios luego de identificarla. Se ve tan horrible con la mandíbula desencajada, los párpados hinchados, las mejillas abultadas y sueltas. Ni parece la misma. La admiran. No son ellos los que deben juzgar la decisión que la lleva al hospital. Su respiración es lenta, irregular. No quieren perderla: ni a la paciente, ni a esa voz privilegiada, ni a la mujer sometida por una inmensa tristeza.

—Vamos a hacerle un lavado de estómago, quizá todavía la podamos salvar —ordena el doctor responsable. Todos perciben lo difícil del caso.

—¡Ojalá estemos a tiempo! —remarca un ayudante mientras prepara sondas y líquidos. Avanzan las maniobras.

Siguen con precisión los procedimientos y el protocolo clínico. Un frío propio del lugar —o de la muerte— da marco a ese escenario absurdo en el que Lucha es la protagonista. Sobre la plancha, los médicos tratan de salvarle la vida. Es lunes 24 de junio de 1944.

Bajo la potente lámpara que la alumbra y entre las manos del equipo médico, la moneda es echada al aire:

Águila: vida. Sol: muerte.

PRIMEROS TRINOS DEL JILGUERO

El siglo XX, en México, abre sus ojos dentro del aura del régimen presidencial de don Porfirio Díaz, y se acopla con ímpetu a la modernidad, en especial en la ciudad capital: los tranvías ahora son impulsados por electricidad, comienzan a circular por las calles principales, se desplazan danzando al ritmo del baile de moda, el chotis, y brindan un toque de feliz movilidad que aprovechan tanto los paseantes como los trabajadores o las amas de casa —con todo y niños sujetos de las manos—. Los grandes edificios coloniales del centro de la Ciudad de México, construidos dos, tres y hasta cuatro siglos atrás, se remozan con ciertos cambios que los visten con un maquillaje sobrio pero irreprochable. Resalta su prestancia, producen impresiones, impactos, pasmos que seducen a los sorprendidos viajeros por la majestuosidad de su arquitectura y su innegable encanto. Las nuevas construcciones, éstas sí con sus diseños arriesgados —reconstruyendo en lo posible a los veleidosos estilos del art noveau y el art decó— rompen el *spleen* visual citadino.

Nadie escapa al acontecimiento deslumbrante de la luz eléctrica en las calles, novedad de novedades, que presagia sin duda una vida aún más colmada de deleitosas promesas para los noctámbulos, ofreciendo sus "posibilidades mórbidas", libres al fin de los riesgos de las vías públicas, donde por mucho tiempo suceden actos criminales funestos, consumados sin testigos, al cobijo de las sombras apenas quebrantadas por faroles que no iluminaban más que las velas. Sigue triunfando lo moderno.

Florece una característica que robustece un perfil mexicano: el país entero disfruta de las orquestas típicas, con su música ligera, nutrida básicamente por instrumentos de cuerda, violines, mandolinas, guitarras, el salterio infaltable, por su toque *alegre*. Se consolidan las formas musicales y los estilos de los llamados aires nacionales, que son rescatados del olvido —y hasta del menosprecio— del siglo anterior para saborearse por doquier. En estos días, las orquestas típicas son además honoríficas, porque se preparan para vestir de gala los distintivos días por llegar: los "celebratorios" por su proximidad con los festejos del Centenario de la Independencia. Ricos, pobres, amas de casa, trabajadores, se amalgaman para disfrutarlos.

Las orquestas típicas son solicitadas con profusión. Participan de manera obligada tanto en las celebraciones patrias como en las fiestas populares o en los parques, ricamente ornamentados con árboles que ofrecen un poco de sombra y reposo para quienes pasean y huyen del sol y del aburrimiento. Con la misma importancia, estas orquestas —vistosas por los coloridos trajes típicos de la República que visten sus integrantes— aparecen en los elegantes, preciosistas salones, donde las tertulias de artistas y creadores persiguen a las musas: abrigan por completo a poetas, cantantes, literatos chispeantes, intelectuales ocurrentes, críticos sarcásticos, que entre copa y copa, bocadillos, nubes de humo de tabaco, acomodos incesantes de bigotes —con sus puntas ascendentes— y damas extravagantes que se lanzan a mover el abanico sin descanso, exaltan la naturaleza y la plasman en sus obras. Se trata también de incorporar todo lo extranjero exótico, para fusionar en las producciones de arte lo oriental con lo moderno. Los asistentes adoran bailar valses, mazurcas, polcas, sin importar si se compusieron fuera del país o en la misma tierra que pisan. Ahí se engarzan el *abandono* y el anhelado frenesí con la bautizada como *melancolía*. Se vive un cierto *hastío*, puesto de moda en todo el mundo, amalgamado con lo que se considera lo *novedoso* del momento: un sentimentalismo *innovador* a ultranza, que se infiltrará de manera natural, irremediable, en sus creaciones artísticas. Imposible negar esas olas innovadoras que muestran una visión fresca del arte. Los creadores avanzan por senderos modernos.

El teléfono se implanta. Se ve a los telefonistas —amantes de la indiscreción— tras los cuadrados —y personales— aparatos llenos de clavijas y tripas. El fonógrafo se incorpora felizmente como una delicia a la vida social, en un principio, sólo a la de algunos pudientes —a veces solitarios o hasta deprimidos vanidosos— y se integra poco a poco a los hogares más modestos; entran en el coctel de las primicias las bombillas eléctricas —después llamadas *focos* por los consumidores—; éstas permiten transformar sustancialmente los horarios, que ahora se pueden ajustar a lo que cada noctívago desee. Las costumbres cambian y la gente se acopla.

Con renovado brío, se despliega y profundiza el interés general por el rescate del pasado indígena de México, que mostrará al mundo entero una impactante historia propia, con arraigo, añeja, específica, sin parangón, un pasado sólido que por fin se llena de orgullo, de adjetivos, porque se reconoce impresionante, seductor. Se maravillan muchos países. El universo del México prehispánico, plasmado en piezas de piedra y barro viaja a Europa: salen por barco exposiciones completas embaladas, acogidas con una visión nueva, plena de dignidad. Se busca enaltecer la imagen de la nación, su peso histórico, sorprender... y se logra con amplitud. París, en su celebración por la centuria que nace, con el estreno de su torre Eiffel, de fierro macizo, será un testigo deslumbrado de nuestras maravillas. El mundo se asoma y se asombra:

México tiene un antiguo fondo real, creaciones únicas en el mundo, belleza de una estética distinta. En la comunidad artística europea se provocan formas de crear y pensar bajo la influencia de esas exposiciones.

En esos tiempos, la cultura norteamericana —que ha buscado tragarse a la mexicana— pierde su lugar exclusivo. Adiós, hay que mover la mirada a otros lares: lo moderno es lo francés, apoyado sin reserva por el *progreso porfiriano*.

En el interior del país, la sociedad se divide en dos posiciones contrapuestas: por un lado, los gustos afrancesados de los ricos, especialmente los de las mujeres que visten a la última —y costosa— moda europea, que no se privan de nada, y gastan sus sólidas monedas de oro. Por otro lado, el desprecio cada vez más tajante de quienes, lejos del *glamour* exquisito y amanerado de los pudientes, viven en una indecorosa pobreza. Esta contradicción —de nudo chino— sirve como caldo de cultivo para la efervescencia popular que semeja un volcán insurgente.

Se comienzan a oír los gritos de un México inconforme, vestido de pueblo llano con manta y con guaraches. Abren también los ojos los que llevan sus ancestrales trajes indígenas, los que no tienen intenciones de cambiar sus cimientos. Las gargantas hambrientas poco a poco sienten asfixia. Rompe el cascarón su rabia —que llega hasta la furia— y se levantan en armas, aunque éstas sean sólo palos, piedras y destartalados fusiles casi inservibles. El aire se propaga enrarecido: empieza a oler a sangre.

Las mujeres se sublevan, dejan también explotar sus iras sociales; azotan puertas y ventanas, sus rostros enrojecen, aprietan los puños con rabia, tensan las mejillas y gritan: también quieren batalla, están dispuestas a perder la piel para ganar una pelea que traerá luz de bien para sus hijos.

En este ámbito complejo —especie de amiba furiosa en movimiento que está por despertar a la guerra intestina—, nace en Tlaquepaque, Jalisco, el viernes 23 de mayo de 1906, María de la Luz Flores Aceves. Es una bebé pequeña, regordeta, desconocida, pero los años harán que esta mujer —entre tropiezos severos, diversiones, búsquedas— sea una *piedra fundacional* en la historia de nuestro canto popular: es la que *da a luz a la canción bravía*, rasgo indeleble de la nacionalidad mexicana.

¿Cómo se construye el puente entre esta pequeñita y la monumental cantante Lucha Reyes, "la Reina del mariachi"? Brotan las incógnitas como un géiser.

Una vida rotunda, en ocasiones feliz y plena, en la que la risa, el estudio, un consistente avance vocal, relaciones laborales y personales enriquecedoras, la impulsan como a un barco la brisa. Pero una vida llena también de muecas de dolor, salpicada de llantos, de desiertos internos, gritos, pleitos, despedidas, amores descalabrados. Una vida, en fin, que atrae y fascina a quienes se cruzan con su historia, con su canto, y que buscan descifrar la leyenda enmarañada entre velos de silencios y de mentiras.

El de Lucha es el canto subyugante no de una voz de sirena, sino de una voz anclada en un órgano de fuerza portentosa, unida a un temperamento que irrumpe como un trueno que hiere el alma, o bien, como fuegos artificiales que deslumbran.

Imanta al público con el estilo que inventa: gestos desafiantes, envalentonados, con la cara en alto, la mirada retadora, los brazos en jarras, propios de la bravura contestataria de las soldaderas revolucionarias. En contraste, su mirada es dulce, hasta tímida, triste, desconfiada. Flota su voz en la encrucijada del coraje, la decepción, la tristeza, el ahogo del deseo frustrado y el amor de rosa recién abierta, que se acomoda con la risa franca de un humor desparpajado. Cielo sonoro de tempestades o luces amaneciendo.

Lucha Reyes, sin nadie que le diga cómo, inventa ese estilo de interpretación sincero hasta la grosería, emotivo hasta el llanto, que se convierte en un rostro musical definitivo, definitorio de México. Es su voz un roble y es, al mismo tiempo, la semilla que nutre con su savia un nuevo canto mexicano.

Ah, qué la fregada, a poco de a de veritas se van a seguir acordando de mí después de que me muera... y luego pues, pa qué me hicieron entonces pasar tantos entripados... si bien que dicen que la memoria es flaca... ¿Qué, no les importa que me vaya yo al meritito infierno, nomás dejando que se echen sus tacos de lengua? Bola de habladores... pero eso sí, por unas o por las otras, pero me canso que me han de seguir escuchando...

Y no, pos a saber cómo sería el asunto de mi nacimiento. Hay quien dice que nací en el número 21 de la calle de Angulo, en Guadalajara, otros, que ese número ni existía, pero bien a bien, no lo comprobé nunca. Y otra cosa es que tampoco me convenció mi mamá con lo del año en el que pasó. Ya todo el mundo aceptó que fue en el 1906, pero yo le dudo mucho, tanto que cuando hice aquel maldito viaje a Europa, saqué un pasaporte nuevo en la embajada mexicana de esa ciudad traicionera que no quiero ni recordar, y me puse como año de nacimiento 1905. Todo por mi mamá... yo ni la entendía. Le gustaba decir tantas mentiras, como ésas que contaba sobre mi supuesto padre, que me hacía morir de rabia, primero dizque era un rico hacendado jalisciense que tenía un taller de sombreros de charro en Guadalajara, de nombre Miguel Ángel Flores, de ahí pasó a que fue un gobernador de Sinaloa que se llamaba Ángel Flores y remató con que había sido un ranchero de su tierra del que ni el nombre conozco.

Lucha tuvo un medio hermano llamado Manuel, hijo de Florentino Reyes, un gallero muy bravucón que fue asesinado en una feria gallera en Jalisco, fenómeno no poco común en esos ambientes: todos querían que ganara su gallo para meterse unos buenos billetes en los bolsillos, y no siempre lo conseguían; en segundos se desataba una riña.

Ésa es una primera pista para responder cómo María de la Luz Flores, su nombre de nacimiento, se vuelve Lucha Reyes. Ese hermano, Manuel, es el único que tiene, pero le resulta suficiente; es bueno con ella, la quiere, la mira con confianza completa, la abraza y hasta le ayuda a cumplir algunos caprichos y travesuras. Él ve que su mamá no es buena con ella, le grita en lugar de hablarle, le pega por "quítame de aquí estas pajas", y él, como le sale según la edad, hace todo por defenderla y protegerla.

Lucha pasa los primeros doce años de infancia en Guadalajara con su madre y su hermano. Es una ciudad muy bonita, pero ella no la disfruta. Son años terribles, llenos de enfermedades, problemas económicos, privaciones que punzan en el estómago y, para peor suerte, la agresividad de su madre. Es una vida apretada y dura. Hay revueltas de los inconformes por donde quiera. Por esos lares, el riesgo es prudirse con las balas o al menos embarrarse tragando tierra.

Pos qué chiste, ahí nomás aguanta y aguanta, sin un quinto ni para un mugre dulce, y para colmo, cargando con el geniecito de mi mamá. Si no hubiera sido por mi hermano Manuel, yo creo que un día hasta me mata. ¿Pero por qué me tendría tanta rabia? Bien sueltecita que tenía la mano para darme de trancazos y jalarme del cabello… eso nunca se me olvida, si me daban hasta pesadillas en las que me descuartizaba por cachitos y hasta me sacaba los ojos por mitades. Me despertaba gritando, pero eso tampoco era bueno, porque ella se me enojaba refeo. Todavía tengo alguna cicatriz de cuando me aventaba cosas, las que fueran, hasta ganchos de alambre me tiraba bien furiosa… y yo no era tan mala niña, palabra, hasta me echaba al piso a llorar llena de miedo, hecha bola como cochinilla... y ella aprovechaba para zangolotearme todita...

La áspereza de doña Victoria hacia sus hijos marca como gota que horada una piedra la vida de María de la Luz. Su sensibilidad no encuentra cauces durante esa infancia dolorosa, y vive situaciones que recuerda después con mucha tristeza, a pesar de haber ocurrido cuando era tan pequeña. Uno de esos sucesos, producto quizá del maltrato de su madre y al que nunca se le encontró una explicación fisiológica, ocurrió cuando la pequeña Luz todavía vivía en Guadalajara. Resulta que cuando tenía alrededor de cuatro años de repente se queda muda, pero por completo, como si nunca hubiera hablado antes —algo difícil de imaginar en alguien que muchos años después alcanzaría la fama precisamente por su voz. Dura así más de dos años, sin pronunciar palabra. La madre siempre cuenta que fue por una infección muy fuerte, un poco mal cuidada porque ella tenía que trabajar y a veces se ve obligada a dejar sola a la niña, así que los medicamentos y sus recomendados baños medicinales de tina no se los da siempre ni a sus horas; pero lo que al parecer la lleva a permanecer en esa condición por largo tiempo, ya distante de la enfermedad que la hubiera justificado, pudo haber sido un problema psicológico. Empiezan a decirle "la mudita" y no se sabe si volverá a emitir sonido alguno. Su mamá se desespera mucho, lo considera como un reto de la hija hacia ella, y se convierte en un pretexto que ni mandado a hacer para exasperarse por todo lo que haga o deje de hacer.

Quién iba a decir que yo, "la mudita" flaca aquella, llegaría a ser algún día tan solicitada por tantísima gente, justo por la fuerza de mi voz... las vueltas del destino, palabra, y eso que también ya de grande me volví a quedar prácticamente muda otra vez. Ahí sólo me salían palabrejas roncas, bien

afónicas. Y curioso, me duró también como dos años. Pero eso
fue mucho después. De la primera vez, de chica, una maestra
del barrio conocida de mi mamá me ayudó a volver a hablar,
fue como mi ángel de entonces. La verdad no recuerdo su
cara, pero sí me acuerdo de su cariño.

Finalmente, cuando la vida en Guadalajara se vuelve un em-
budo económico imposible de sobrellevar, la señora Victoria,
madre de la entonces María —como la llaman en esa época—,
decide cambiarse a la capital para llegar "de arrimada" a vivir
en casa de una prima suya llamada también María. La futura
Lucha Reyes todavía no ha cumplido los trece años. Su hermano Manuel también vive la nueva aventura junto a ellas.
A él, la vida no le será tan ingrata en la novedosa situación.
Además, los dos chicos, para su sorpresa, a primer golpe de
vista se vuelcan con toda la fuerza de su cariño a la nueva
familia que los acoge, los rodea de amor y les perfila una vida
diferente, afectuosa, creativa, divertida. No eran ricos, ¡qué
va!, pero lo que tienen lo comparten con ellos como si fueran dos hijos propios más. Ahí comienza para los hermanos
una etapa formativa que delinea la vida de María de la Luz
para siempre, llevándola a experiencias inesperadas. Justo
entonces aprende a reírse a carcajadas.

Llegamos a casa de mis tíos en 1918. Mi tía María luego luego
me quiso reteharto, estaba contentísima conmigo... ¡nos caí-
mos bien, que ni qué, vaya suerte! Claro que con mi mamá
ella estaba bastante enojada porque en aquellos días era muy
desobligada con mi hermano y conmigo. Ah, qué mi mamá
Victoria Aceves, nomás nos dejó en la vecindad y se fue de
parranda, como acostumbraba en cuanto podía, porque, eso
sí, ni cómo negarlo, le tenía su gusto al trago y a andar por ahí
con sus amigos... que disfrutaba por montones... hasta dicen
que era de ellos de donde sacaba su dinerito, no de muy buena

manera... ¿será? Por nosotros, qué bueno que nos dejó ahí, porque entonces, sin que estuviera fastidiándonos, habrían de pasar cosas importantes para Manuel y para mí... Recuerdo que la vecindad donde vivían mis tíos estaba en Venustiano Carranza 33, por donde quedó luego el cine Victoria. Decía mi prima Meche, apellidada Gómez Aceves —que luego se hizo mi más amiga del alma todo lo que me duró la vida—, que le gustaban las noches de cuando éramos chicas y mi tío me enseñaba solfeo en la vecindad. Él era un músico de primera, yo lo admiraba porque hasta había trabajado para el general Obregón tocando su clarinete requinto. También los vecinos lo querían por lo buena gente que se portaba con todos. Esos días fueron bien bonitos porque los mismos vecinos, cuando comencé a ensayar mis canciones con el tío, se sonreían oyéndome, creo que les caía en gracia. Y hasta eso que a mí se me hacía normal, ni pena me daba. Entonces tenía yo una voz limpia, pura... dizque de soprano, yo digo que he de haber sonado todavía a niña, estaba rechica... entonces me aprendí canciones del campo, de flores... de las que me acuerdo que cantaba a cada rato son "Noche de luna" y "A la orilla de un palmar"... me gustaban un montón...

> ...al pasar le pregunté
> que quién estaba con ella
> y me respondió llorando:
> sola vivo en el palmar...

Qué bonito. Eso era lo que más me encantaba, cantar, porque lo que es la escuela, nunca pudo entrarme, con trabajos empecé el segundo de primaria... y hasta ahí llegué. Ni modo, los vientos me empujaron a otros montes. Qué locura.

Durante este tiempo tan enredado en la vida política y en la social, muchas familias no consideraban que la escuela fuera una obligación, mucho menos legal, para los niños. Se hacen esfuerzos importantes desde los organismos que dirigen la educación pública para que los pequeños, primero, se inscriban, y luego, para que terminen aunque sea la educación primaria, esto es, los seis años en los que deben aprender a leer, escribir, hacer cuentas, un poco de historia y civismo —el comportamiento social y los valores que por entonces andan rodando como matas secas en el desierto—. Pero en demérito del aprendizaje, ni los niños ni los padres se comprometen a fondo con el asunto, especialmente entre las clases sociales menos pudientes; la razón es que esos pequeños también tienen que trabajar para aportar un poco de dinero al escueto presupuesto familiar.

La tía María consigue un lugar para su sobrina en una escuela primaria pública cercana a la vecindad. En el salón de clases de segundo grado, entre murmullos y risas de niños, se escuchan los pasos decididos, firmes, de la maestra que va entrando, tiene como obligación impartir todas las materias que aborda el curso, independientemente de qué tan bien conoce cada una de ellas, y siempre le nacen dudas… la formación docente todavía camina incierta. De lo que sí se siente segura la maestra es de que en el salón de clases ella es la mera mera, y ejerce su poder.

—Buenos días, niños, ya guarden silencio —pide la maestra cuando se está acomodando detrás del escritorio.

El grupo guarda silencio como lo pide la maestra, pero atrás se escucha a una niña tarareando suavecito una canción.

—A ver, saquen el cuaderno de aritmética —indica la maestra—, hoy vamos a comenzar por practicar unas sumas.

En el fondo, la niña sigue tarareando sin hacer caso.

—¡María de la Luz, ya cállate! Tú también tienes que sacar tu cuaderno —irrumpe la maestra subiendo el tono de la voz nasal y chillona, junto con las cejas.

La niña sigue canturreando ensimismada, sin hacer el menor caso a los tonos y gestos regañones de la maestra, que entonces se desespera.

—¡María de la Luz Flores, te estoy hablando a ti! —grita abiertamente, dirigiéndose, fuera de sus casillas, hacia el lugar de la niña, donde finalmente se detiene y golpea con la palma de la mano sobre el pupitre—. ¿Qué no me oyes?

—Sí, claro, perdón —contesta con cinismo María de la Luz enchuecando la boca.

—¡Ya basta, el perdón se lo vas a ir a pedir a la directora! Salte de la clase y te vas derechito a la dirección.

La niña se levanta, sin prisa, recoge sus cosas y se sale tarareando entre las risas de los compañeritos. Se escucha el golpe de la puerta.

—¡Esto es el colmo! ¡Niña malcriada! ¡Silencio todos! —ordena la maestra furibunda.

Ahora que me voy acordando, desde entonces ya tenía mi geniecito. Y lo que sea de cada quien, también tenía muy claros mis gustos. Me han dicho tantas veces en mi vida que era terca como una mula... y es cierto... pero nunca entendí por qué había de hacer lo que no me gustaba, y peor todavía, dejar de hacer lo que sí... ¿qué no todos somos diferentes, como los árboles? ...pos yo no iba a dar manzanas, pero qué tal canciones... ya comenzaba a pelear por mí...

Al siguiente día, María de la Luz y su tía llegan a la oficina de la dirección de la escuela porque tienen una cita tras el incidente que, a juicio de la niña, es muy tonto. La tía toca quedito la puerta con un dejo de timidez; después de recibir la autorización de pasar en la voz de la directora, las dos entran sin estar seguras de qué las espera.

—Mire, señora, siéntese en el sillón —increpa la directora con muy mal tono, remoloneándose en la silla—, nos da mucha pena tener que llamarla, pero esta situación de María de la Luz es ya intolerable. Usted, como su madre, comprenderá…

—Disculpe, maestra —interrumpe la tía con voz suave, retraída, tratando de sonreír con amabilidad—, yo no soy la mamá de María, soy su tía, María Aceves de Gómez, para servirle.

—Disculpe, señora, pero la carta que enviamos estaba claramente dirigida a la señora Victoria Aceves —reclama la directora, procediendo a dirigirse a María de la Luz—. ¿Por qué no se la entregaste a tu mamá? ¿También en eso tienes que desobedecer?

—Yo no quería desobedecer —contesta la niña afligida—, lo que pasa es que hace muchos días que no veo a mi mamá, entonces pensé que a lo mejor mi tía…

—Sí, señorita directora, por eso vine yo, su mamá tuvo que… trabajar fuera. Yo no quise abrir la carta porque, como no venía dirigida a mí…

—Bien, en ese caso, haré una excepción, le ruego a usted que lea la carta primero —pide la directora entrecruzando las manos, apretando hasta el absurdo las comisuras de la boca.

María Aceves de Gómez saca la carta de su bolsa, rasga el sobre y comienza a leerla en voz alta.

"Por medio de la presente comunico a usted que la dirección de este plantel ha decidido expulsar definitivamente a la niña María de la Luz Flores Aceves, debido a la mala conducta que manifiesta y al incumplimiento de sus obligaciones. Sin más por el momento…"

—¿Expulsada? —se sobresalta la tía—. ¡Pero cómo, si acaba de entrar!

—Efectivamente, acaba de entrar —responde la directora autoritaria—, pero no pone ninguna atención en la clase, ¡se la pasa todo el tiempo sin hacer el más mínimo caso, y para colmo, canta y canta!, en el salón, en el recreo, a la salida…

¡No trabaja ni obedece a sus maestras! Usted comprenderá que es un pésimo ejemplo para sus compañeros. Definitivamente, no podemos tolerarlo.

—Bueno —responde la tía suavizando aún más la voz—, sí es cierto que le gusta mucho cantar, pero la verdad es que canta muy bonito, ¿no cree usted?

—Me parece que no está usted entendiendo, señora —insiste la directora ya muy molesta, levantándose de la silla—: ¡a la escuela se viene a estudiar, no a cantar!

—Yo sí entiendo —le contesta la tía María enfática—, la que me parece que no está entendiendo es usted, porque correr a una niña que apenas va en segundo de primaria es un error. ¿Cómo espera entonces que aprenda a leer, a escribir, a sumar, a restar y a todas esas cosas?

—Efectivamente, ahí hay un problema —dicta sentencia la directora—, pero le toca resolverlo a la familia. Nosotros lo único que debemos cumplir es proteger el trabajo de los maestros y de los demás alumnos… y eso es lo que vamos a hacer, definitivamente. Lo siento. Y ahora, si me permite, debo reintegrarme a mis obligaciones. Buenos días —empuja ruidosa la silla, dando por terminada la entrevista.

Y así es como María de la Luz Flores Aceves tiene que comenzar a inventar, ayudada por su nueva familia, cómo crearse una vida distinta a la de los demás. Su experiencia escolar termina en definitiva. Desde ese preciso momento, con toda su incipiente juventud, principia a forjarse lo que será su fortuna pública y ya luego también, aparejado, su infortunio privado.

Ja, ja, ja, si hasta risa me da, vieja babosa. Quién iba a saber entonces que ese instante tan rápido, tan menso, marcaba el final de mis estudios "oficiales" y el principio de mi carrera artística. Ora sí, sin esa obligación, podía dedicarle el tiempo a lo que yo quisiera. Andaba siempre bien bruja, sin un centavo, para variar, pero aunque chica, me acordé de lo que me decía mi tío: "Dios bosteza, pero no se duerme". Y me latió que algo bueno iba a venir. Tenía además el apoyo apapachón de mis tíos preciosos que no me pedían nada... y me daban casa, comida... y unos postres que me fascinaban. Nomás me acuerdo cómo se me hacía agua la boca.

Así termina la formación nada académica de María de la Luz, debido a su perseverancia para ser "rejega". Nunca le gusta que le digan cómo hacer las cosas, y mucho menos que sea una obligación.

Por lo pronto, no sabe si debe sentirse culpable o feliz con su vertiginosa salida de las aulas. Pero como a la tía no se le ocurre buscar otra escuela, se queda en su nueva casa–vecindad, sin pensar que no estudiar sea malo. La realidad es que hay muchas otras niñas que conoce y que tampoco estudian, algunas se dedican a los quehaceres de la casa y otras incluso trabajan.

Ya de regreso en la casa, mi tía estaba muy preocupada por mí, pero no vayan a creer que era por mi mamá, que ni sabía que yo había entrado a una escuela, ni por no cumplir con esa formalidad, sino porque de memoria sabía que cada persona tenía que aprender algo... un oficio al menos, para poder mantenerse de grande. Pero no estaba enojada ni me regañó ni nada. ¡Qué buena gente era conmigo, caray! ¡Yo también le daba mis buenas cantidades de cariño, conste!

Más tarde, en la cocina de su casa, entre ruidos de cazuelas y olores a cebolla y ajo, María de la Luz y su tía platican tratando de resolver la situación, mientras le entran duro a la cocinada.

—Ay, mijita, qué vamos a hacer ahora.

—Pos...

—¡Y además —refunfuña la tía indignada—, yo no sé por qué no te quieren en esa escuela, si ya ves, aquí en la vecindad todos te quieren hartísimo!

—Es que me ven diferente, aquí sí les gustan las cosas divertidas... y cómo canto... —contesta orgullosa la niña—, y yo creo que allá en la escuela nomás les gustan las cosas serias, ¡pos si ni moverte te dejan! Y ultimadamente —añade enojándose mientras seca unos platos—, a mí tampoco me cae la vieja esa, qué bueno que ya no tengo que irle a ver la peluca postiza que se pone, ¿te fijaste?

—Ay, ay, ay, vas a hacer que me muera de la risa. La verdad, a lo mejor tienes razón, mija —sus manos se movían rápido dándole vueltas a los frijoles—, tú eres de otra madera, puede ser que tengas otro destino.

—Oye, tía, ¿y a ti sí te gusta lo de la música y la cantada y todo eso?

—Sí, claro, cómo no —responde la tía María rapidísimo—, ya ves que tu tío siempre ha vivido de su clarinete. ¡Estoy casada con un músico!

—Es que toca rebonito, ¿verdad? —añade María de la Luz sonriendo, poniendo ojos de admiración.

—Oye, mija, se me está ocurriendo una idea... te la digo, y si no te gusta, pues nomás me dices que no y ya.

Con el semblante caído, la pequeña se pregunta en silencio si su tía la llevará a otra escuela.

—...A ti te gusta la música, ¿no? —añade secándose las manos en el mandil, entrecerrando los ojos, mirándola con un gesto cómplice.

—Pos la verdad, sí.

—Y eso es lo que más más te gusta...

—No, pos sí...

—¿Te gustaría cantar de a de veras —le pregunta la tía mirándola fijamente a los ojos—, con público y todo, así como le hace tu tío Manuel?

—Híjole, ¿te imaginas? —contesta la pequeña entusiasmada, llevándose las manos a la cabeza, abriendo unos ojotes.

—Se me hace que ya te estoy imaginando —le replica la tía sonriendo.

—¿Tú crees que alguien me dejaría cantar en algún lado?

—Yo creo que hasta te puedes ganar unos centavitos con eso, chiquita.

—Y qué va decir mi mamá —pregunta acongojada—. No se vaya a dar una de sus enojadas…

—Podemos aprovechar que viene muy poco, y cuando venga nos hacemos las locas —le dice la tía sonriendo pícara para tranquilizarla—, no le decimos nada.

La jovencita, casi niña, baja la mirada, mueve la cabeza como búho meditando, se acerca a doña María y la mira con firmeza a los ojos. Afuera se oye ladrar a los perros, a los niños jugando, la bocina de la bicicleta del panadero. Ellas, adentro, sellan un pacto.

—Ay, tía, ¿de veras tú crees…? —pregunta María de la Luz emocionada y nerviosa.

—De veras, yo lo creo.

—Te prometo que me voy a poner a ensayar mucho, mucho. No te voy a hacer quedar mal —contesta la niña subiendo la voz al tiempo que se le abalanza en un abrazo, muy ilusionada.

—Bueno, pues entonces hay que pensar cómo podrías empezar. Primero es muy importante encontrar un buen repertorio… ah, y luego, hay que ver cómo le hacemos, tenemos que prepararte algo de ropa.

—Ora sí no voy a poder pegar los ojos de pura emoción, tía.

—Pues manos a la obra. Pa luego es tarde.

Y sí, tuvo razón… el tiempo se encargó de confirmar lo que mi tía María bien intuyó desde aquellos años frescos como lluvia de verano, mi destino ya estaba marcado: yo tenía que cantar. Por ahí aprendí a sentir la voz revoloteando dentro de la cabeza, bien arriba, y me gustó: es un éxtasis... es parte del cielo mismo. Todo lo demás, qué... era lo de menos.

Por esos días, todavía sin pisar el año de 1920, los alborotos de la Revolución hacen que el país entero siga transitando en medio de luchas internas y traiciones políticas que salpican de sangre los esfuerzos cotidianos del pueblo, que además de pelear, tiene que resolver cómo darle de comer a la familia y encontrar la manera de mantener el contacto cuando alguien se va como parte de la bola. El resultado es que esa revuelta intestina, incierta, causa estragos. Muchos de los levantados, lejos de sus tierras y de su gente, ponen en tela de juicio la validez de tanta trifulca. La gente muere, si no de pólvora, de hambre; si no, de miedo; si no, de enfermedades mal tratadas por curadores incompetentes, de forma brutal.

Muchas mujeres se ven en la necesidad de andar moviéndose de refugio en refugio "con todo y chilpayates" para ver si así logran resguardar sus cuerpos de la lascivia de los machos armados —sin importar de qué bando son—: a cualquiera se le puede encender el antojo de violar a una de ellas, incluso en medio de los balazos cruzados con los enemigos. Cientos y cientos de inocentes llevan la carga de esos recuerdos lamentables durante toda su historia. A una Teresa o a una Clarita o a una Petra o a una de tantas la llega a embarazar un soldado sin nombre, a la mitad de la plaza de su pueblo, a la vista de la gente que más la conoce y respeta, sin que ninguno pueda intentar siquiera salvarla por temor a perder la vida. Y como relojes cargados de injusticia, dan a luz hijos de padres anónimos a los pocos meses. Se cuentan hasta el hartazgo historias de las mujeres que mueren luego de que una tropa de soldados, sudorosos, con aliento a comida descompuesta, las deshacen por dentro al usarlas como amantes colectivas; alguna de ellas se da por vencida, cierra sus ojos —sin saber que es por última vez— sobre su propio charco de sangre, cubierta de sufrimiento y de vergüenza. Hasta a las más respetables mujeres mayores se les viola, y si sobreviven, sienten arcadas cada vez que se acuerdan del olor apestoso y de la baba hedionda de aquél que violó también su fidelidad —entre gritos, azotes y puñetazos— sobre sus propios lechos conyugales.

Lamentos de todo tipo dan fondo a aquellos días sin piso. La ira muele las conciencias. La pólvora es el pan nuestro de cada día.

Pensando en tanto desfiguro, yo también cargo recuerdos de entonces. Todavía hay noches que entre brumas revivo una historia que me dejó una impresión de esas del alma: viajábamos mi hermano y yo con mi mamá en un tren que iba a la Ciudad de México, cuando chocó contra un méndigo convoy emboscado lleno de quién sabe qué cargas explosivas. Con el trancazo el tren se descarriló y se puso a dar de vueltas. Se encontraron muchísimos muertos... más bien, pedazos de muertos. El tronido del choque fue espantoso. Yo iba sentadita enfrente de mi mamá, bien portada y sin estar jugando a nada. Manuel traía agarradas unas bolsas de comida. Mi mamá nomás miraba pa fuera. Entonces sentí que el mundo entero comenzó a dar puras canijas vueltas. En eso se escucharon gritos y chillidos de la gente por toditas partes. Era un ruidero. Nosotros, la verdad, fuimos de los afortunados, conseguimos salirnos por una ventanilla rota casi justo antes de que el tren se quemara completito. Me agarró un miedo horrible con tanto jaloneo para salir y luego para obedecer los gritos esos de "¡Córrele paquellas piedras, rápido!". Una niñita que estaba sentada junto de nosotros, con todo y su muñeca, se hizo pinole. Me tocó ver su cabeza degollada muy cerca de un montoncito de tierra donde nos metimos. Todo era una mescolanza. Palabra que me duraron años las pesadillas. Si lo pienso mucho, todavía se me pone la carne de gallina.

Protegida y querida por sus parientes de México, a María de la Luz se le diluyen poco a poco los difíciles tiempos de Guadalajara. Se le figura que en este hogar nuevo todo va a ir bien, como si el caleidoscopio hubiera dado la vuelta. Aquí nadie le pega ni le grita. Come bien y rico. Es más, por increíble que le parezca, la familia entera la está ayudando con su naciente —y creciente— sueño, cada uno en lo que puede. De por sí ya es un cambio grande que su mamá no se aparezca por ahí, y reza para que eso le dure —cruz, cruz—. Su hermano se porta cariñoso con ella, y cuando puede, si no va al trabajo, la saca a dar una vuelta o se queda a oírla ensayar. A Manuel le gusta escucharla, se da muy bien cuenta de que el canto de su hermana tiene algo especial y, sin pensarlo, lo confirmará muy rápido. Pronto los dos se allegan de buenos amigos alrededor de su cuadra.

Cantar y ayudar un poco en el arreglo y limpieza de la casa son los oficios de María de la Luz, que combina con ratos de juego. En la elemental cocina de ese hogar aprende los primeros secretos para preparar una comida. Más tarde, cocinar —atributo importante— se le convierte en una afición de vida, lo cual le deberá, como tantas otras enseñanzas, a la mano generosa de la tía María. Parece que la vida la envuelve con algo terso. Ella lo compara con un vals sentimental.

Ésa sí que fue una época bonita… mmhh, se me ensanchan los pulmones con tantos suspiros. Andaba alegre, risueña. Para mi suerte, mi mamá pasaba por una de esas inciertas temporadas en las que se desaparecía… sin importarle lo que nos estuviera sucediendo a mi hermano y a mí… mucho menos se preocupaba por mis primos y mis tíos. Ni se enteraba. Ya para

entonces era conocidísimo su alcoholismo y su vida... diga-
mos... ligera, que le impedían mantenerse cerca de nosotros,
sus hijos... pero con todo lo que me fastidiaba cuando por fin
se aparecía, para qué necesitaba yo de su presencia. Y todavía
me pregunto, ¿cómo le hizo para fregarme hasta el último día
de mi vida? Y conste que de que la quise, la quise, a pesar
de tanta cosa. Ya más grande se me volvió una obstinación
ayudarla... tenía sus ojos hundidos y tristes... y siempre le
faltaba un quinto para el peso... mi madre, mi mamá... pero,
ah, jijos, cuántos tranquilizantes y tragos me eché pa poder
aguantarla... reconozco que fue cambiando conmigo de a
poquito, y eso le ha de haber costado... no le calculo ni cuán-
to. Pero de esta época, no me acuerdo de ningún rasgo bueno
conmigo... y sí me hizo falta, verdad de Dios...

En la vecindad, María de la Luz se acostumbra al estilo de vida comunitario. Por principio, doña Maruja, una vecina alta,
de cuarenta y tantos años, un poco pasada de peso, sin hijos,
siempre le da alguno de los dulces que trae en la bolsa del
mandil —los favoritos de Luz son los de coco con piloncillo,
los "coquitos"—, ellas se encuentran en el patio cuando la
vecina lava —talle y talle con empeño— los pantalones per-
cudidos de "su viejo", que trabaja como herrero en un taller.
Luego está Yolanda, la joven coqueta "de buen ver", que sale
al patio para ponerse el maquillaje con la luz directa del sol,
para lograr mejor la imagen "natural" que busca, aunque
en realidad, como contradicción graciosa, siempre tiene que
retocarse por la noche a la luz de un foco amarillento en su
casa, antes de salir a dar su vuelta de "trabajo nocturno" por
el barrio. Eso todos lo saben, sin que les importe, la quieren y
le hablan y se pelean con ella por igual, como con cualquiera
de los otros vecinos. Para Luz tendrá una importancia especial: ella le enseña las bases —y los primeros trucos— para
maquillarse cuando se inicia en el universo de los escenarios.

Ahí continuamente hay niños de todas las edades inventando juegos, porque, en realidad, escasean los juguetes. Sus juegos, inventados o no, mientras más ruidosos, les parecen mucho mejores. Los perros sueltan sus ladridos a todo el que pasa cerca, al mismo tiempo que María de la Luz, adentro, trata de memorizar, repitiendo y volviendo a repetir, su repertorio. En la sala ensaya a conciencia las melodías con el tío, puliendo parte por parte de las canciones que va a presentar cuando consiga su primer trabajo artístico. Claro que para esto, mientras consigue dónde cantar, y con la mira de ganar un poco de dinero para ayudar en algo a los gastos de la casa de sus tíos —que viven estirándole las orillas al presupuesto—, ingresa a trabajar en una fábrica de cartón que está cerca, donde el dueño es un conocido de la familia.

Ese trabajo le parece insufrible de principio a fin: para empezar, porque únicamente hay hombres laborando —a ella le parecen viejos espantosos—, y para completar el desastre, porque se la pasa metida todo el día, sin salir ni a comer, porque todos "se echan" nada más una torta con un agua fresca ahí mismo, sentados sobre las cajas, en las máquinas o de plano en el piso. A Luz le enoja que no le quede suficiente tiempo para practicar a fondo sus canciones, que es lo único que en realidad le importa. El lugar mismo le parece intolerable: todo lleno de polvo, de cajas, de máquinas de carga o de paquetes de cajas apiladas sin armar, de un lado para otro a través de pasillos muy angostos y casi todos bastante oscuros. Nada más pensar que después de abrir los ojos en la mañana tiene casi de inmediato que irse a meter en ese lugar, le entran ganas de volver el estómago.

¡No había ni ventanas ahí! Cómo se iba a comparar eso con lo bonito que eran los gorgoritos y las canciones, porque dicho sea de paso, mi tío también me ponía a vocalizar, suavecito, sin forzar la voz, pero ayudándome a aflojarla, a tener buena

afinación, mejores agudos y a perderle el recochino miedo a las notas graves que luego ni se me oían. Él le buscaba el modo de que me sonaran "consistentes", me decía, con resonancia, sacando la voz de la garganta, como aventando pelotitas de la boca hacia el patio. Cuando decía esas cosas, menos podía concentrarme porque me atacaba de risa. Ahí estábamos los dos dale y dale duro al repertorio, memorizando todo, la música, la letra, lo que iba yo entendiendo de la interpretación. Eso también se me hacía medio raro, sobre todo porque había una interpretación de la música y además otra de la letra... yo me hacía bolas... Pero esa enseñanza me sirvió para siempre... Así aprendí a distinguir qué canciones eran las buenas. Me daba más risa porque yo sí sentía muchas emociones cuando cantaba, pero luego mi tío insistía en que no se trataba de que yo sintiera emociones dentro de mi pecho y mi estómago, sino de que hiciera que las emociones las sintieran los que me oían. Era demasiado inexperta todavía, ni siquiera había vivido las cosas que decían las canciones... pos si estaba bien chamaquita... Él siempre me insistía en que tenía que pulir y luego pulir más y después más. "Sólo así se hacen los músicos de a de veras", repetía... me encantaba que me tomara en serio. Ésa sí era vida gloriosa, me apasionaba, no esa otra horrible... apachurrada todo el día entre cartones mugrientos.

Es un tiempo de esfuerzos intensos. Estudia mucho, pero sólo lo que a ella le gusta. Su tío se entusiasma cada vez que, al vocalizar juntos, confirma el talento musical que le transpira hasta la última célula. Su voz se oye cada vez más firme, más llena, va tomando un timbre propio, hermoso.

Muchas de mis amigas de entonces tampoco iban a la escuela y ni quién dijera esta boca es mía. Total, por mi parte iba aprendiendo cada vez más en la casa, siempre había quién me ayudara... y yo no era nada maje. Bien que pa leer y pa las cuentas me daba mis mañas pa irle adelantando, porque eso sí, ya sabía que si no leía pos no podía repasar ni las letras de las canciones, y sin eso no había cantada... para esas fechas, ya me andaba yo creyendo dizque lo de mi voz de flauta de plata... en eso sí que me estaba preparando, se me hacía que no había tiempo suficiente para estudiar mi música, y ya me andaba... Y luego, pos no me iba a dejar que ningún hombre bruto o vieja burra me vieran la cara de babas a la hora de contar el dinerito, así que a darle todas las tardes un ratito a la aritmética. Se llamaba Gudelia la vecina que me enseñó las tablas de multiplicar, con todo y el sonsonetito: uno por uno... uuuno... ahí afuera en el patio, nos arrancábamos a gritar las tablas como si fueran lotería con todos los niños que quisieran entrarle. Y no por dármelas de muy muy, pero desde entonces me volví bien abusada y no se me iba una, no me dejaba de nadie. Que engañaran a otros, yo andaba bien alerta.

También a María le gusta a más no poder esa voz de su sobrina —por algo más que llama "su repiqueteo"—, pero debe aceptar que trabaje en la fábrica de cartón, finalmente, todos los demás trabajan en algo, hasta Meche que se da tiempo para ir a planchar ropa a otras casas, sin dejar de estudiar. La tía se dedica con entusiasmo y decisión férrea a crear la imagen de la nueva artista: anda "vuelta loca", buscando el tiempo y el dinero para poder diseñar y coser el vestuario que usará María de la Luz, hasta el último detalle para que esté listo cuando se inicie en algún foro. "Paciencia, chaquira y lentejuelas", piensa, "porque eso sí, no voy a permitir que otras le ganen a lo vistoso y lo chulo de la ropa de mi vocecita querida. Faltaba más". Y esa vocecita se vistió de fiesta.

—Mira nomás qué bonito se te ve este vestido —le dice con orgullo la tía María mientras la repasa con los ojos de arriba a abajo—. ¡Ándale, asómate al espejo! —la pequeña se voltea hacia el espejo despacio, con cara de temor. Ya de frente, le cambia la cara. Era delgada, la ropa le sentaba muy bien.

—¡Híjole, tía, te quedó retebonito! Pero, ¿no me veo muy chistosa con tanta lentejuela?

—Bueno, si vas a salir a que te vea el público, tienes que ir de gala —asegura contundente la tía mientras le sigue acomodando el traje, jalándoselo de la bastilla para que se desarrugue y se acomode bien—. No pensarías que te iba a dejar ir con cualquier vestidito, mi niña. Vas a estar a la última moda: chaquira, lentejuela y canutillo. Ah, sí, como las meras ricas.

—Qué linda eres, tía —la abraza conmovida—. Si no fuera por ti, por mi tío Manuel y porque me han echado la mano mis primos nunca hubiera podido pensar en esto. Me hubiera gustado que tú fueras mi mamá.

—¿Estás contenta, verdad? —pregunta afirmando rápidamente la tía María dándole unas palmaditas en la mejilla, con su gran sonrisa luminosa—. Ah, pero momentito, volvamos a lo nuestro, todavía te falta ver una sorpresa —corre a descolgar algo del ropero medio desajustado, que también tiene otro espejo pequeño, algo oxidado por los años, pegado en una puerta.

Mientras la tía María saca otro vestido, la niña se engolosina mirándose en el espejo grande, aunque, si bien se ve con los ojos en él, también se imagina que ya está en el escenario. ¡Es tan grande su ilusión! Claro que se siente nerviosa y a veces le entra el miedo de que no le salga todo bien, pero para dominarlo, se pone a repasar más y más, hasta volver a sentirse segura. Se observa por todos lados dando vueltas frente al espejo. No se le quita la sonrisa de los labios. La tía se acerca de nuevo cargando la sorpresa: un vestido color rojo grana.

—Ésta es la sorpresa: te hice dos vestidos para que no se aburran ni tú ni el público.

Al verlo, María de la Luz simplemente se queda como estatua.

—Qué bárbara, tiíta —logra articular cuando sale del pasmo—, ya no sé cuál de los dos está más bonito —exclama emocionada tomando el vestido.

—Acuérdate que también ayudó tu prima Mercedes.

—Cómo no me voy a acordar —se carcajea la niña—, si nomás la veía chuparse los dedos todos picados con las agujas, por andar borde y borde.

—Pero valió la pena, ¿no? Ahora sí, creo que ya no falta nada, más que pararte en el escenario.

—¿Y los zapatos? —señala María de la Luz riéndose.

—Bueno, hay que ahorrar otro poquito.

La pequeña se agiliza para cambiarse de un vestido a otro.

—¿Dónde me tocará cantar con esta ropa tan rebonita? —se pregunta María de la Luz terminando de abrocharse.

—Ya veremos en qué carpa, ésa es la moda —responde la tía ayudándola con la ropa—.

—Sí, ¿verdad? …pos a ver cómo te suena esto: ¡La cantante María de la Luz Flores, uy, uy, uy! —estalla la sobrina pegando gritos de entusiasmo mientras abre los brazos al cielo.

"Lucha Reyes". ¡Uy, qué barbaridad!, entonces ni esperanzas de que me iba yo a llamar así, para esas épocas con trabajos recuerdo cómo me llamaba, o me llamaban. A veces María, a veces Luz, otras María de la Luz, y luego hasta Lucía, a saber por qué. Se le olvida a uno que fue chiquita, ¿verdad? Qué tendría yo… pues, como unos trece años cuando mucho, con mi vocecita de soprano… qué chulo, estaba llena de ilusiones, ¡se me hacía chiquito el mar pa echarme un buche de agua! Bueno, eso no quiere decir que en todo estuviera contenta, pero lo que sí, ya traía el gusanito, o más bien, el gusanote

de la cantada y como mi tía María y mi tío Florentino me daban cuerda, pos ai íbamos dizque a hacerme cantante profesional... y al César lo que es del César... y a Dios lo que es de Dios: los que me dieron el empujonzote fueron mis tíos, de veras que si no hubiera sido por ellos... ¡Ah, pero como de urgencia, tuve que soportar el horrible trabajo ese en la fábrica de cartón! ¡Qué cosa más guácala! Pero, pos como todavía no cantaba en ningún lado que me pagara...

A falta de otra cosa, Luz mientras se incorpora a laborar en una oscura fábrica de cartón, donde el ambiente es ruidoso: máquinas cortadoras, cargadores, planchas mecánicas, instrucciones, gritos. A ella le cuesta un esfuerzo monumental mantenerse en ese ambiente rudo, de puros varones con bigotes grandes, según costumbre de la época. El trabajo resulta a ojos vistas mayor a sus fuerzas. Ella es alta, pero delgada, y apenas va abandonando la infancia. Para aumentar su descontento, se entera de un abuso que hay en su pago: es bastante menor que el de los demás, porque es mujer, además de ser muy jovencita, así que gana mucho menos que los hombres, como le explican que se estila, y "como lo sabe todo el mundo", ni manera de cambiarlo.

Llega un día en el que, entre tanto barullo, se alcanzan a escuchar los pujidos de Luz al esforzarse por cargar unos paquetes enormes de un lado para otro. Finalmente, por más que trata, no aguanta el peso y, para su desgracia, uno de los paquetes se le cae al suelo escandalosamente y casi sobre los pies del capataz.

—¡Órale! —la regaña a gritos—, no tires el paquete, ¿no ves que se maltrata?

Luz le contesta harta, agresiva y cínica, cruzando los brazos con enojo. Patea el bulto.

—¡Pos yo no sé qué le asombra! Pa qué me dice que lo cargue. ¿Qué no ve que está más pesado que yo?

—No me contestes, escuincla malcriada. Respétame.

—Ay, sí, pos será usted el Espíritu Santo.

—No me colmes la paciencia, porque no respondo, ¿eh? Bastante tengo con estar aguantándote lo floja que eres y tu cantadera, para que además te me quieras poner al brinco. Y no patees eso.

—Si he sabido que me quería contratar para burro, ni acepto.

—Malagradecida, después de que le hice el favor a tu primo Florentino.

—Pos usted y su favor se pueden ir mucho a… ya sabe dónde…

Fúrica por el trato del capataz, Luz se suelta a tirar cuanto encuentra alrededor, paquetes y pilas enteras de cartón.

—¡P…p… pero qué estás haciendo! ¿Te volviste loca? —se escandaliza el capataz sin poder creer lo que ve, tratando de atajar las cosas con las manos.

—Me estoy gastando el dinero que usted, hijo de su mamacita, no me va a pagar ora que me salga por esa puerta —Luz se echa a correr a todo lo que da hacia la salida. El hombre sólo alcanza a gritarle:

—¡Deja que te agarre, hija… del diablo!

—¡Hasta nunca, perro rabioso! —se burla todavía Luz con aire triunfal al irse de la fábrica con un tremendo portazo.

Qué risa… de la grande… ¡Qué buena se la hice! Méndigo viejo panzón, horrible. Y, pos la vida es la vida, a mí me tocó hacerme famosa, hasta que me consintieran, bueno, a veces, pero eso es otro cuento, y al viejo baboso aquel, hasta donde sé, nomás le tocó quedarse de cara de sapo cargue y cargue cosas para que otros se hicieran ricos. Pequeñas venganzas de la vida… aunque yo también pagué mis precios, que ni qué… ¡Y chirriones, ya fuera de esa ratonera, cuántas situaciones bien perras iba yo a empezar a vivir! Pero al fin, a esas alturas, ni lo sabía... todo lo miraba hacia adelante, y el adelante estaba lleno de esperanza. Ya repensándole y después de darle vueltas a ese entonces, tengo que reconocer otra deuda con mi tía María: cuando supo de aquello que pasó en la fábrica de cartón, nomás se rió y se rió, en lugar de enojarse por haberle hecho eso a su cuate, total, terminamos las dos dobladas llorando en la cocina... pero de risa. ¡Y a otra cosa, mariposa!

ALAS NUEVAS PARA UN
VUELO INCIERTO

EL GRAN LÍDER CAMPESINO, AMANTE VERDADERO DE LA
TIERRA, QUIEN PROPAGÓ LA IDEA DE QUE "LA TIERRA ES
DE QUIEN LA TRABAJA", EMILIANO ZAPATA SALAZAR, EL
CAUDILLO DEL SUR, ES ASESINADO EN CHINAMECA, MO-
RELOS, EN ABRIL DE 1919.

Al final de la segunda década del siglo XX, ya consolidados
muchos logros revolucionarios —después de que en un inicio los movimientos se consideraron simples revueltas sin
importancia de "los pelados"—, basta respirar el ambiente del país para sentir cómo se afianzan los valores nacio-
nalistas, cómo van penetrando en la agitación creativa de
pintores, fotógrafos, folcloristas y músicos. La Revolución
deja una herencia que abre caminos artísticos insospechados,
inyectando su influencia por igual a innumerables artistas y
pensadores en países extranjeros.

Aquí se forman grupos gremiales con propuestas estéticas que desembocan en el muralismo, el baile folclórico,
las canciones mexicanas regionales, una literatura despierta:
la testimonial. Todavía se escuchan los tambores marciales
introduciendo los ritmos exaltados de las marchas patrias y
las guitarras vistiendo los corridos que recogen, con puntual
detalle, la crónica, día a día, de la lucha de esos años.

La gesta parece terminar por fin. La vida política y social del país comienza a acomodarse con suficiente fluidez

para permitir que las familias y la sociedad sigan persiguiendo mejoras en la vida cotidiana, llevando a los sobrevivientes de nuevo a sus hogares. Periodistas y artistas extranjeros como Tina Modotti, miembro de un pujante partido comunista que seduce día con día con mayor fuerza a la comunidad artística e intelectual del país; el fotógrafo preciosista Edward Weston —quien deja un testimonio gráfico que se vuelve referencia irrefutable de la época que retrata—; John Reed, corresponsal de guerra que persigue hasta el agotamiento entrevistas y reportajes sobre la revuelta, culminando sus afanes en la edición de su libro medular: *México insurgente.* Muchos otros tienen los ojos puestos en los acontecimientos que se desarrollan en el territorio nacional: el mundo entero valora el esfuerzo del pueblo mexicano por quitarse el yugo de un régimen dictatorial agotado.

Es tiempo de cambiar el gusto afrancesado —tan aplaudido y venerado durante años por aquellos seducidos por el pensamiento de don Porfirio Díaz— y adoptar el del alma nacional. Cada día se refuerza más el sentido regionalista en el arte, se impregna de lo autóctono, lo indígena lo salpica con una reverencia de aceptación general. El espíritu local se ve envuelto, además, por una música que abraza temas en los que se resalta lo patrio, se propagan los valses mexicanos, se difunden los corridos que hablan de Huerta, de Villa, de Álvaro Obregón, de mujeres sobresalientes como las soldaderas Adelita, la bienamada, Marieta, la coqueta, y Valentina, la inspiradora.

En lo alto de una abrupta serranía,
acampado se encontraba un regimiento
y una moza que valiente lo seguía,
locamente enamorada del sargento,
popular entre la tropa era Adelita…

Son todavía los años del hambre, sí, pero la fuerza creadora y el entusiasmo por el cambio del arte propician fuertes mecenazgos que permiten caminar los frescos pasos elegidos hacia el futuro. Dentro de estos patrocinios resulta relevante el de Ignacio Rosas, "el pintor de flores mexicanas", que abre su casa y sirve su mesa, en la avenida 5 de mayo —entre Bolívar e Isabel la Católica—, a creadores como Tata Nacho, Manuel María Ponce, Mario Talavera, Miguel Lerdo de Tejada, José Juan Tablada, Felipe y Julia Llera. De este modo se fortalece un espíritu colectivo que se vuelca en las tertulias bohemias, que miran el amanecer en la intensa Ciudad de México.

Se promueve el rescate musical de los llamados familiarmente "aires mexicanos", muchos de ellos del siglo XIX, o inclusive de los tiempos novohispanos, que proliferan con nuevos arreglos y ediciones actualizadas, profusamente difundidas. Así ven la luz pública "Canción mixteca", "El jarabe nacional", "Cielito lindo" o "Borrachita". Los editores de las partituras —que resultan exquisitas en particular por sus portadas— sonríen, aún sorprendidos, ante sus jugosas ventas.

En la vecindad donde vive Luz con sus parientes, se escuchan por igual perros ladrando que niños jugando o llorando. Las señoras escandalosas chismean, se ríen mientras tallan cuellos llenos de tierra, calzones que a estas alturas ya conocen, sin la más mínima privacidad, todas las de la vecindad, y parecen horas divertidas, aunque de pronto se pelean entre ellas a grito partido, y hasta llegan a los golpes y a los jalones de pelo. A la par se escuchan arrastres de tinas y cubetas de fierro que rechinan sobre el piso a más no poder, indiscriminadamente, a cualquier hora del día o de la noche. A las seis de la tarde aparece como relojito un joven en una bicicleta tocando el timbre característico del vendedor de pan en canasta. Nadie quiere perderse su "pancito dulce" para la merienda, en especial, los niños y las mujeres que se arremolinan alrededor y compran lo que les dicta su antojo, y también, por supuesto, los nunca "suficientemente ponderados" bolillos de don Julio, el que los hornea. El lechero, Juanito, desde las seis y media de la mañana despacha a cada familia sus litros y sus medios litros de leche —de los botes metálicos grandes—, con los botes pequeños de medir que carga amarrados en la cintura y que tintinean cuando se mueve, acompañando alegremente el corto pregón de "¡lecheeee!" a su arribo. En casa de Luz se turnan cada día para comprarla. A ella le encanta, siempre la pide con mucha nata. El cartero, debidamente uniformado con traje y gorra color caqui, tampoco puede faltar, sopla un silbato metálico, de sonido agudo y largo, inconfundible, para anunciar su llegada —que algunos reciben con ansia— gritando: "¡Carta para…!" "¡ Carta para…!" Forma parte de una organizada red donde los carteros parecen hormigas que trabajan y comunican. Los chiquillos, en cuanto los descuidan, botan la pelota por lugares insólitos, arriesgándose a pegarle a algo: un vidrio, o a las piernas de una mujer, o en la mismísima cabeza a algún buen cristiano. Y ni modo, se acaba el juego, y pasados los gritos de regaño, o las temidas nalgadas, no queda más que "aquí se rompió una taza y cada quien para su casa", como dicen ellos mismos.

Ahí, donde María de la Luz coopera regularmente a violar el silencio con sus ensayos, justo ahí, en esas condiciones poco favorables, la futura cantantriz se va formando.

Desde tiempo atrás, antes de que María de la Luz trabaje en la fábrica de cartón, su medio hermano Manuel Reyes ya trabaja como chofer en una línea de camiones cuya terminal se encuentra en la plaza de San Sebastián. Ese trabajo le acomoda porque le da un ingreso fijo seguro cada quincena y no le cuesta ningún esfuerzo excesivo. Entre otras cosas, tiene la ventaja de que su hermana le lleve el almuerzo a diario porque queda más o menos cerca de su casa. Todavía le llega calientito. A los dos los pone contentos verse así, fuera de la casa y solos, donde pueden platicar de lo que sea. Ella se siente útil y él consentido. Y sin buscarlo ninguno de los dos, por esas calles va a darse el golpe de suerte que explica el futuro de ella: una vez, cuando camina hacia la plaza para encontrarse con su hermano, ve un cartel pegado en la pared sucia de un edificio, que difunde un concurso para competir por un contrato como cantante en la carpa Salón Variedades, ubicada en la plaza de San Sebastián. Algo siente María de la Luz que le sacude la cabeza, casi no puede creerlo, piensa en su ángel de la guarda, en su dulce compañía que no la desampara ni de noche ni de día, voltea al cielo y se persigna: sin vacilación alguna: de inmediato decide participar. Cuando le platica a Manuel, de momento, le parece una buena oportunidad. Para su suerte, la familia, los vecinos y los amigos, al enterarse del asunto por la misma María de la Luz —que lo grita a los cuatrocientos vientos desde que pone un pie de regreso a la vecindad—, la motivan con alegría a prepararse, eso sí, para ganar.

El requisito básico para participar es no tener un contrato previo que se interponga con las fechas del contrato que el ganador firmará con el Salón Variedades. Éste será de seis meses para la siguiente temporada, que cubre del 1º de octubre de 1919 al 31 de marzo de 1920. El acompañamiento musical estará a cargo de los músicos del Salón Variedades. Cada cantante participará con dos canciones de su elección. El vestuario correrá por cuenta del artista.

María de la Luz se prepara con ahínco.

El día llega: en ese, su primer escenario, el Salón Variedades en la Plaza de San Sebastián, se concentra, sonríe, endereza el cuello, respira profundo, separa los brazos, voltea los ojos para darle a los músicos el "iniciamos", concursa, canta y ¡gana!

En la vecindad lo celebran con una modesta pero regocijada fiesta: pastel y refrescos, además de con muchas porras, abrazos y besos. Al final, cayendo ya la noche, los amigos guardan silencio en el patio de todos, Luz les interpreta agradecida una canción que ha de cantar mil veces:

Pregúntale a las estrellas
si por las noches me ven llorar,
pregúntale si no busco
para quererte la soledad...

El primer paso ha sido dado, bien dado. Los vecinos no tienen dudas de por qué ella ganó el concurso.

Apenas dos meses después del concurso, y cuatro antes de la fecha fijada en su contrato para debutar en la carpa de San Sebastián, cae enferma con un complicadísimo cuadro médico febril, al parecer infeccioso, provocando gran temor en la vecindad entera. Todo apunta a que pesca la tifoidea, aunque bien a bien nunca se logra diagnosticar con precisión. Ella se pregunta si se puede tener tifoidea dos veces en la vida, no se le olvida la de chiquita. Como siempre, solidaria, la tía María se hace cargo por completo de los cuidados correspondientes a la dolencia.

—Ay, mijita, ahora sí te cayó el chahuistle —refunfuña la tía acomodándole la almohada a María de la Luz—. Mira que darte tifoidea... o lo que sea, ¡cuando estás a punto de empezar a cantar! Ve nomás qué débil estás. Hasta pareces un hilacho. Ya te voy a traer tu sopa de pollo para que te ayude.

—A lo mejor ya ni puedo cantar —gime asustada la enferma, afónica, recargándose en la almohada.

—Qué pensamientos son esos, niña. Claro que puedes cantar. Mmm, de eso me encargo yo. Faltaba más.

—Pos no veo cómo, tía. Si con trabajos puedo hablar.

—Paciencia, dijo un sabio, no hay mal que dure cien años... —le contesta la tía buscando tranquilizarla, mientras limpia y acomoda el pequeño buró.

Luz mira las manchas de humedad de las paredes, se le hace que así tiene la garganta por dentro, como con "pegostes de costras y pellejos". Cuánto afán por curarse. Se incorpora ligeramente y mira a la tía directamente a los ojos.

—Oye, tía, ¿seguro que por la tifo no se puede perder la voz?

—Qué perder la voz ni qué perder la voz… cruz, cruz —se apresura a decir la tía María cruzando los dedos pulgares con los índices—. Vas a ver que este tiempecito hasta te va a servir para asentar la letra de las canciones. Ya ves que ni la calentura te ha vuelto.

—Me da miedo volver a perder la voz como de niñita. Tú no viste cómo se ponía mi mamá cuando estaba yo muda, me quería matar porque no le contestaba. A puro manazo me traía.

—Tu mamá, tu mamá, si no la conoceré, no en balde es mi hermana.

—¿También contigo se enojaba?

—¡Uuuyyy…! También conmigo y con todos los demás. Todavía tengo cicatrices de sus arañazos. Yo creo que ella, como dice el dicho, mamó hiel en vez de leche.

—Sí sabes que le tengo mucho miedo, ¿verdad, tiíta?

—Sí, ya sé, preciosa, pero también sé que tienes muchas ganas de ponerte buena para estrenarte en la carpa y que en eso ella no tiene por qué meterse. ¡Ni sabe!

Con esa conversación María de la Luz comenzó a sentirse un poco más tranquila. Sabía que su tía le quería arrimar el hombro de verdad. Para asegurarse más, le pregunta:

—¿Y de veras no le vas a contar a mi mamá?

—¿Qué no habíamos hecho ya un trato? Yo no lo voy a romper… —se acerca la tía María cariñosa a la niña, rodeándole la carita con las manos—. Ahora anda, tómate un poco de tecito mientras comes, tiene miel, le va a caer bien a tu garganta, verás. Levántate tantito —la ayuda a moverse.

Entre esfuerzos, la pequeña se incorpora. En uno de sus movimientos alcanza a ver su almohada.

—¡Ay! —grita con horror— ¡Mira, tía! ¡La almohada está llena de cabellos!

—Válgame Dios. Nomás eso faltaba, no perdiste la voz, pero qué tal el pelo, mmh.

—¿Y ora qué hacemos?

—Pues a ver qué hacemos, pero de que hacemos, hacemos —afirma la tía contundente—. A estas alturas, no vamos a dejar que el mundo se nos caiga encima por unos cabellitos turulatos, qué caray. Para tratar de compensar los contratiempos, su primo hermano Florentino, que es violinista, también se empeña en darle lecciones de solfeo para aprovechar el tiempo, en la recámara donde se encuentra separada. Con su violín, le hace "dictados" de notas musicales: toca una nota y ella tiene que reconocerla y decirle cuál es. Y alternando las notas recorre la escala musical. Esos dictados le van afinando el oído a la enferma, se lo hacen sensible, refinado. A ella le divierte esa práctica, le parece como un juego de adivinanzas. Pero claro que no lo practica para jugar, un músico verdadero debe distinguir los sonidos y las notas igual que un pintor la gama completa de colores. Esa educación fina del oído será el pilar de toda su carrera: eso se aprende una vez para siempre, igual que cuando se aprende a andar en bicicleta, ya nunca se olvida. Para los músicos: escuchar, hay que aprender a escuchar. Durante el tiempo que está en cama, llegan de Guadalajara unos amigos músicos del tío Florentino. A ellos les hace verdadera gracia que vaya a debutar la sobrina tan pequeña y quieren colaborar, así que se dan a la tarea de enseñarle todo lo que el tiempo les permite, de música y de los secretos recogidos en su experiencia. A pesar de la debilidad, la niña aprende con gran pasión y avidez. Esas enseñanzas, tan sustanciales, le dan mucha mayor seguridad. Es un periodo de aprendizaje fuerte, concentrado. A estas alturas, Luz ya ha cultivado un repertorio muy amplio. Su capacidad para memorizar melodías y letras es asombrosa.

Mientras tanto, la tía busca cómo resolver la nueva situación del cabello perdido de modo tan inesperado y brusco: María de la Luz sigue quedándose poco a poco pelona sin remedio. Dice Meche, burlándose, que cada día se parece más a un huevo liso —ella cree que más bien debe ser una reacción a algún medicamento—. Y de plano, la tía, sin encontrar una solución efectiva, termina rapándola por completo, le dicen que con eso después nace parejo el pelo nuevo.

El destino es el destino, ni duda cabe. Mira que comenzar a pararme frente al público en semejantes fachas, aunque buscamos disimularlas. Claro, los vestidos que me hizo mi tía eran muy lucidores, pero la verdad, yo sentía que pa vergüenzas no gana uno... luego de levantarme de la cama, los dos vestidos me nadaban, parecía gusano azotador raquítico... me puse a comer como si trajera el hambre atrasada, pa ver si así engordaba, le entré como nunca a las tortillas, me hacían unas con la receta de un rancho de Jalisco, en vez de hacerlas para echarlas al comal, se tortean chiquitas, luego se fríen y se bañan con el aceite muy caliente, cuando se inflan se sacan a escurrir y se rocían con azúcar... se me hace agua la boca... ah, cómo me gustaron siempre las tortillas... y yo digo que sí me ayudaron a subir de peso... de todos modos mi tía terminó cogiéndole un poco a lo que llamábamos mi vestuario... pero seguía bien pelona y me daba terror que la gente se diera cuenta. Pero ni modo, cuando te amarran al pescuezo la soga del gusto por la artisteada, tienes que jalar pal lado que no te ahorque. Y yo no sé por qué ahorita lo digo tan tranquila... me cargaba la trampa. Pero en ese momento, hasta me sugestionaba con que los ruidos en las arenas de box debían sonar como arpas de angelitos. Ya me andaba por empezar....

Así merito fue. No llegaba a los catorce años cuando comencé en la carpa... bueno, mejor dicho, en la arena de box cubierta, pero eso sí, con madera maciza, no como las otras corrientes de lona, ¿eh? Y qué tal que al final no fue tan fácil, ya casi ni debuto, qué bárbara, todavía me muero de risa de acordarme que mi "gran debut" de cantante me lo eché ¡pelona! Pero ganas, pa cuándo son... Ahí les voy de peluca, peinada ni más ni menos que por mi vecina Yolanda, la experta en belleza... había que ver cómo les quedó el ojo a mis vecinos, a los buena gente y a los malhoras... que nunca faltan, cuando me vieron salir emperifollada con lentejuelas, muy derechita con tacones de muñeca, muy maquillada, con una sonrisota... y con harto pelo. La situación me puso nerviosa, pero era como un enorme chiste. Lo que sí fue en serio, fue cómo se me abrieron las entendederas musicales con tanto entrenamiento de la familia y los amigos... a cuál más de generosos. Con el tiempo fui calando las lecciones de voz de Los Serranillos, como se hacían llamar los amigos de mi tío, y en serio funcionaban... en especial, un secreto que nunca dejé arrinconado: había que marcar con un golpe de aire fuerte los acentos de las palabras... entonces no importaba si andabas triste o como chilindrina, nomás le acentuabas empujando el diafragma y salía la voz como chorro de río... ese efecto le ponía los ojos embrujados al público... ja, ja... claro que había que encontrarle el modito. Con ese movimientito y el tiempo, se me hicieron bien duros los músculos de la panza. Cómo me sirvieron esos días, ahí encajaba justo lo que decía mi tía: cuando pasa algo feo, tiene su lado malo, pero también su lado bueno... Se me hizo tan entretenido estar con ellos... tan festivo y divertido... resultó la enfermedad más alegre de mi vida... ni pensar en nada triste... inventamos muchos arreglos a voces juntos, les aprendí el truco: ¡arriba los duetos, las segundas, las terceras... y hasta las cuartas voces, me cae de Dios!

Los ojos que tú tienes
son luz de mis amores,
dime si ya no me quieres,
moriré sin ilusiones...

A raíz de un problema laboral entre empresarios y artistas alrededor del Teatro Principal y de otros teatros importantes, una parte de la comunidad que trabaja en el ambiente artístico se queda sin sedes para sus presentaciones, y se ve apremiada a buscar formas alternativas para realizar su trabajo, aunque sea en lugares modestos, con frecuencia mal construidos, inseguros, pero al fin, valga el caso, maravillosos para aquellos artistas que los nutrieron —y, sin duda, para la historia del espectáculo en México—. En ese movimiento parece que las carpas los reciben como sobre tapetes de flores: escenarios teatrales recubiertos casi siempre con toldos soportados por paredes que aguantan sólo por el ingenio y la creatividad de los constructores, y que oscilan desde las armadas con ramas de palmeras al estilo típico de una palapa costeña, hasta las de hechura elaborada, levantadas con sus buenas paredes de madera.

En las carpas se trata de regar, primordialmente, un desatado buen humor. Los concurrentes tienen por único oficio procurarse el deleite, el gozo, un coqueteo travieso, cerrar las compuertas del espíritu a lo que huela a tristeza, a los retortijones de la culpa o del remordimiento. Pareciera que flotan velos que sólo dejan filtrar risas y alguna que otra impertinencia de la gracia popular. Grandes artistas que pasan a la posteridad se inician y se forman dentro de alguna de estas carpas, derramando chistes, picardías, sátiras, irreverencias políticas y música sin parar "por aquí, por allá y por acullá".

La vida nocturna en la capital del país se despliega verdaderamente en un jolgorio que incluye a los políticos —a los grandes, los chicos, los que apenas se perfilan, los provincianos que llegan a la Ciudad de México, todos—, que terminan sus jornadas de trabajo en algún lugar de diversión, donde se pueden satisfacer las necesidades más contradictorias y extravagantes: tomarse una buena copita relajante, o bien, llegar hasta el amarre final de alguno de esos tratos de politiquería, que al final influyen —para bien o para mal— en la vida integral del país.

Sin lugar a dudas: parte de la historia de México se definió bajo la luz nocturna, entre botellas, risas, sátiras políticas, mujeres que fomentaron en los hombres sus delirios de placer y de grandeza, mientras ellas cazaban sus secretos entre los murmullos hipócritas de sus besos. En ese escenario, las cantantes juegan un papel de engranaje inigualable: inyectan audacia, desenfadado, picardía, romanticismo. Como en un ensueño, entre maquillajes, plumas, perfumes y lentejuelas, las divas, las tiples, las tochas, las coristas descocadas, todas, sin discriminación, son requeridas por "figurillas o figurones" políticos que noche a noche se encuentran en butacas y sillas para convivir —pasando por alto las oposiciones entre ellos—. No importa la diversidad de sus posturas políticas —aunque afuera de ese pequeño mundo noctívago sean por completo antagónicas—, confirmando el dicho de moda inventado por las damiselas, que dicen de ellos: "no hay manos puras, sino puras manos". Pero ahí —en un espléndido paréntesis de la vida— nada importa más que el regocijo, la ilusión de llevar algún sueño —aunque perverso— hasta la cumbre, conseguir la sonrisa de una boca alegre sin conflictos, un sitio donde lo único que puede perderse es un poco de "dinerillo", poca cosa frente a la redonda magia recibida.

En este ámbito surgen los primeros "gorgoritos" —como ella los llama— de María de la Luz Flores Aceves. Con un repertorio de canciones campiranas y de salón, de corte refinado, consideradas "gratamente aceptadas por el público", canta en el Salón Variedades durante seis meses. Su voz, comentan, suena pulcramente "aflautada". Lo demás está a ojos vistas: se trata de una arena de box, los artistas amenizan los intermedios entre pelea y pelea.

Ya se ve que el desmadre, la diversión y la política funcionan como un banquito de tres patas: si le quitas una... pues ¡zas! besa el suelo. Pero era bien cierto. A veces pienso que en eso de las "mujeres alegres" se notaba más bien un reproche a las esposas, que a mi modo de entender, han de haber sido de la "vida triste", porque si no, pues de dónde el nombrecito. Pero bueno, allá cada quien, ¿no? Por lo pronto, a mí me tocó la suerte de entrar en uno de esos lugares, en uno medio modesto... mi carpita... pero entré. Y si mal no recuerdo, la carpa que me lanzó a la vida artística era de unos hermanos de apellido Acevedo. Creo que eran de Guadalajara, como yo. Entonces andaba por los trece años. Me emocionaba lo apasionado del público. Ahí fui aprendiendo a entender las intenciones de quienes me miraban. También me di cuenta de que yo miraba distinto a cada quien, pero conocí un modito de ver que nunca dejó de estremecerme, que sólo es de cuando cantas... notas que alguien tiene los ojos sobre ti, pero desde sus propios adentros, viéndose a sí mismo... lo miras fijamente... y se da una chispa de placer compartido, no por los cuerpos, sino por el deleite, sin más, que dos sienten a un mismo tiempo por lo que les pasa con la música... es una felicidad bien grande... yo le llamo "amor musical". Una amiga española, la Romelia, decía que "aparecía el duende"... eso no sé, pero sí sé que no hay otro lugar donde se dé, más que cuando estás en escena, en vivo... es como un disparo de fuego, lo juro, que no mata, da vida. Sientes que todo el esfuerzo vale la pena. Me encantaba de corazón mi voz reflejada en la mirada de los otros...

En esa carpa María de la Luz ameniza el receso mientras se reorganiza el *ring* para la siguiente contienda. No se trata propiamente de una función, son participaciones incidentales que le dan solaz a los encuentros boxísticos, pero ella lo prefiere así porque todavía está en el final de su recuperación.

El público se integra con personajes de lo más variados: algunos imprevisibles por desarrapados, otros de gran renombre, aunque todos siempre unidos por los hilos de su voluntad por divertirse. Las preferencias personales por los contendientes están a la orden del día, lo que incita a levantar apuestas que van desde unos cuántos pesos hasta sumas francamente cuantiosas, jugándose a veces fortunas que asustan y que pueden llevar a las balas cuando un perdedor no cumple con su palabra y "de plano" se niega a pagar una apuesta. Aquí la palabra de honor es lo que cuenta, y mucho: "un trato es un trato".

Por su parte, el cometido del anunciador se debe cumplir de manera cabal: conducir al auditorio a la exaltación; debe gritar a voz en cuello lo que le corresponde: anunciar a los peleadores y dar los resultados de los púgiles que ganan, con un estilo absolutamente característico y único de su profesión, personalizado por el marcadísimo alargamiento de las vocales, que a los oídos resulta inconfundible. Es una verdadera especialidad vocal. Así se anuncia a cada peleador, cada *round* y a cada artista. Es una llamada de atención advirtiendo: "¡Prepárense, algo interesante se acerca!". Los ánimos se excitan.

—¡PELEARAAAÁN DIEEEZ ROUNDS! En esta esquinaaaa… —se alcanza a escuchar desde el cuarto que funciona como camerino, donde se arregla María de la Luz, auxiliada por su tía.

—Ay, Luz, ora sí ya casi te toca salir. Acomódate bien la peluca, que se te mire coqueta. Ten, ponte estos pasadores, no se te vaya a caer.

—¿No se te hace que me veo horrible? —inquiere la novel cantante con inseguridad— Ni es de mi color.

—Para nada, mi niña. Te ves preciosa, digamos… como muy original.

Se sigue escuchando al anunciador presentar a los peleadores.

—… Peeeedro Sánchez "Malacaraaaa", en la otra esquinaaaa el "Flaaaaco" Peñaaaa…

Suena la campana que marca el inicio del encuentro pugilístico. Las voces de los espectadores comienzan a brotar cautas, pero en unos segundos más se caldean. Las cervezas circulan por toda la gradería, los vendedores cargan sus cubetas llenas de botellas bien enfundadas en hielos, cubiertas encima por una jerga humedecida. Van con uniformes, azules o negros, tipo comandos de una sola pieza, con resorte en la cintura. Recorren los pasillos de la carpa pregonando a gritos la bebida, se vende al por mayor. Basta levantar una mano para que el cervecero la atienda, eso sí, con un vaso grande de cartón encerado, sin entregar la botella, para evitar el riesgo de agresiones entre contrincantes. Se oyen los hielos cuando son removidos. Nada como una cerveza bien fría en medio del calor humano exaltado.

Mientras, en el camerino, la conversación no se detiene, ayudando a relajar la tensión de María de la Luz por el estreno.

—Ora sí ya quedaste perfecta —comenta la tía María con seguridad, mientras los ojos la escudriñan por todas partes—. ¿Te acuerdas bien de las canciones?

—Claro, con tanto tiempo que estuve acostada me las aprendí hasta de más.

—¿Estás nerviosa?

—Un poco, sí, pero más bien estoy que ya se me queman las habas por estar allá arriba.

—Acuérdate que vas a salir dos veces —le indica la tía a Luz, poniéndole un toque ligero de polvo en la cara—. Ahorita que se acabe esta pelea y después de la tercera.

—Sí, sí, cómo crees que se me va a olvidar.

Finalmente la pelea termina y llega el ansiado turno para que cante la jovencita. La señal para caminar a la tarima colocada frente al cuadrilátero será después de que el conductor anuncie al ganador. El público baja la voz esperando el fallo de los jueces:

—¡EL GANADOOOOR DE ESTA PELEA EEEES... EL "FLAAACO" PEÑAAAA!

El vocerío de quienes lo apoyan sube a su máximo volumen. Luz se observa en el espejo y sonríe lista para salir por primera vez a escena. ¡Por primera vez en su vida! Sabe que se juega un albur: o los enciende para volver a verla o la borran de la lista. A los boxeadores ni los conoce, ni le importan.

—Ahora sí, mijita —dice la tía contenta—, al ruedo.

—Como dicen los toreros: se llegó la hora de la verdad. Échame la bendición.

Luz recorre el camino hasta el cuadrilátero. Cierto, está ansiosa por estar ya arriba cantando. El anunciador, con el ánimo subido al máximo, la presenta con un mote que atrapa de inmediato al auditorio:

—¡Y AHORA CON USTEDEEES: LA CANTANTE MÁS JOVEN DEL AMBIEEENTEEEE: MARÍA DE LA LUUUZ FLOREEES!

Los aplausos no se hacen esperar. Ella se siente radiante. Se concentra en los músicos, son cuatro. La música comienza.

De veras qué trinchona experiencia. Si era yo rechiquilla. Ahí estaban todos bien atentos... esperando mi voz... esa voz dulce, decía Meche, que era como de arcángeles en el cielo... el público no se da bien cuenta que lo que ve es nomás la puntita del final de la escalera... pero hubo que subirla... sentí mareo de la emoción... me empezó un cosquilleo en las manos, en la boca, como un calambre... hacía calor... había mucha gente... entrelacé las manos, respiré... y canté... ¡canté!

...no pensé nada más... fue como un trance... y luego... los aplausos... fuertes... generosos... ¡para mí...! ¡Ahí estaba yo, yo de verdad! ...agaché la cabeza para agradecer... ¿Qué sentí? Dicha, y algo parecido a la paz. Mi tía sonreía y me abrazaba... esa noche... fue la primera.

Ay, ay, ay, ay,
canta y no llores.
porque cantando se alegran,
cielito lindo, los corazones...

EL NIDO SE QUEDA VACÍO

Yo no sé por qué tanta gente dice que cuando uno comienza a trabajar es muy difícil. Yo me acuerdo que para mí fue suave como la seda: ¡levanto las manos para dar gracias: qué bueno que se inventaron las carpas, me cae de Dios! Ensayaba hasta cuando trapeaba la casa, todo me parecía una maquinita bien engrasada. Entonces todavía no vivía las tristezas de después, las que tienen que ver con tu alma, con la soledad, con los ojos hinchados de mucho llorar, con... ¡el diablo, malaya! Todavía no te golpeabas tú sola para castigar tus remordimientos, todavía no chillabas frente a un espejo, desquiciada, nada más para fingir que hablabas con alguien... No, todavía no pasaba nada de eso. No, entonces la ilusión de ser artista y tener un público cerquita era lo más importante. Lo demás valía puritita madre. Ni para qué repetir: abrir la boca y sentir cómo te vibraba hasta el cerebro era lo máximo de lo máximo.

A fines de los años veinte, Venustiano Carranza dirige el país. La política sigue siendo un tópico estelar. Las ondas partidistas van y vienen en oleajes sorprendentes, incontrolables todavía. Se prolongan las consecuencias de muchos años de lucha y, simultáneamente, crece la efervescencia por buscar soluciones nuevas, inéditas, para construir un país más equilibrado. Se comienza a poner en práctica la reciente Constitución de 1917. Muy pronto se habrá de lograr ejercer la

INSTITUCIONALIZACIÓN DE LA EDUCACIÓN LAICA, LEGA-
LIZADA DESDE EL SIGLO ANTERIOR.

La gente con un patrimonio aún significativo recomienza la búsqueda del solaz a través de renovados soplos refrescantes y juguetones: ejemplo, el importado baile del fox trot —que nunca pudo llegar a llamarse *trote de zorra*—, con su aura contagiada de jazz y los originales levantamientos alternados de los pies hacia atrás, doblando las rodillas. Aquí no habrá grandes saltos, se disfruta percibir una sensualidad más moderna, por completo fascinante, en especial para las descocadas generaciones juveniles, y por si esto no fuera suficiente, se volcarán a la alegría del charleston con toda su fuerza de trombones y clarinetes, jugando a mover las dos rodillas, uniéndolas como peces coqueteándose. En definitiva, un sector del país se deja bañar por las olas musicales norteamericanas.

Los diseñadores se avispan y lanzan modelos que originan modas para resaltar frente y perfil del pecho, y delinear el contorno de las caderas de las mujeres. El cabello femenino logra autorización social para cortarse a su entonces mínima expresión, y entra consecuentemente la divertida etapa de las "pelonas".

> *...se llegaron las pelonas,*
> *se llegó la diversión,*
> *la que quiera ser pelona*
> *que pague contribución...*

EL SOCIALISMO SE CONSOLIDA EN LA UNIÓN DE REPÚBLICAS SOVIÉTICAS SOCIALISTAS. SE HERMANA CON EL SENTIR DEL PUEBLO EN LA REVOLUCIÓN MEXICANA. LA PRIMERA GUERRA MUNDIAL GRITA Y COBRA SU CUOTA. AL TERMINAR, EUROPA TIENE QUE PONER SUS MANOS

CON URGENCIA EN LA TIERRA PARA PRODUCIR ALIMENTOS
Y SALVARSE DEL HAMBRE Y DEL LLANTO.

Muchos artistas mexicanos —músicos, creadores plásticos, bailarines— forman consistentes grupos aglutinados alrededor de ideologías de izquierda. Se encuentran unidos en una vorágine que da prioridad al pueblo, repudian a los acaudalados. En las noches se reúnen en centros nocturnos para departir sus ideas, sus ideales, sus poemas, sus carcajadas, sus buenos tequilas. María de la Luz formará una parte sesgada de ese movimiento —a pesar de no intimar con el grupo—, llegando a cantar el himno que los representa, *La Internacional.*

> *En pie los pobres de la tierra,*
> *en pie los obreros sin pan,*
> *marchemos todos juntos*
> *cantando La Internacional...*

Ella no continúa esa línea de pensamiento, pero incorpora el espíritu popular revolucionario en su modo de cantar y en buena parte de su repertorio: música del y para el pueblo, como es *El agrarista.*

En otro ámbito, de manera simultánea, la tecnología contemporánea, con afán por avanzar en el dominio de las distancias geográficas, establece el primer correo aéreo, que se efectúa entre los núcleos de poder que representan Washington y Nueva York. Este fenómeno es un prodigio que pronto se abrirá a otros destinos, moviendo las coordenadas de la comunicación en el mundo entero. México, para orgullo y beneficio más que nada de ciertos grupos de pudientes —primordialmente de aquellos que tienen los ojos del dinero puestos afuera del país—, poco a poco entrará en esa red estratégica de comunicación.

En el México vivaz se escucha el entretenido cuplé en las tesituras agudas de las tiples, con todo su *flirt,* vocal y gestual. Las puertas se dilatan cada vez más para acoger a nacientes talentos nacionales que el país tendrá la suerte de ver crecer, como "árboles que echan raíces". Por ahí aparece Joaquín Pardavé, que inicia su carrera de actor en una compañía de zarzuela hacia 1918, en la obra *Los hijos del capitán Grant.* Guty Cárdenas, en su tierra natal, Yucatán, todavía está jugando futbol, pero ya comienza a desarrollar sus dotes musicales, heredadas de la tradición generosa de la península, y por lo pronto estudia piano, un poco de saxofón y clarinete. Agustín Lara anda circulando en la capital, con su esbelta sombra, por las carpas y cabaretuchos de Santa María la Redonda y Bucareli. Su piano y su canto quebradizo dan inicio a su inconfundible estilo.

Y entre tanta agitación, María de la Luz conforma los primeros cimientos para su carrera artística —aunque también va dejando caer las primeras piedras que la harán tropezarse con los ácidos de la amargura—. Las carpas y lugares donde comienza a trabajar están llenos de riesgos, pronto aprenderá a conocer sus fauces.

Desde el primer contrato en aquella carpa inolvidable, donde vi tantas peleas de box, mi vida cambió. Pero mucho. No se me quitaba la sonrisota de la boca. Sí, era muy chica, pero bien que entendí luego luego cómo tenía que mover el abanico… como las de mucha experiencia. Ah, cuánto peleadero en los benditos camerinos… ni crean que me dejaba de nadie. Comencé a conocer gente muy abusiva, así que me tuve que poner lista para que no me vieran la cara de guajolota.

Considerando que las demás artistas —y los pugilistas— son mayores que Luz, no es difícil imaginar que a ella le toque recibir todo tipo de agresiones de las demás compañeras

—golpes y pellizcos—, por el geniecito que tenían, y por la envidia, ya que el público muy pronto la prefirió. Pronto aprende a defenderse.

Iba comenzando el año de 1920, todavía me quedaban tres meses de contrato pero ya me daba cuenta, noche a noche, que había de ser fuerte, decidida, valiente, para mantenerme en ese medio donde las agresiones de palabra y de manazos y golpes eran el pan nuestro de cada día. A mí me gustaba el reto, desde entonces me encendía estar en la jugada. ai luego me hice de unos amigos, pues para irle aprendiendo mejor al asunto. Me hice de uno en especial, un amigo boxeador que me enseñó la esencia de la defensa personal: lo que era una guardia, un gancho derecho, cómo llegarle a la mandíbula del contrincante, hasta cómo se tiraba un buen codazo, y todo eso pues, para poder competir puño a puño con las otras abusivas... Su frase maestra era: ¡No te dejes! Fue maravilloso conmigo. En pocas semanas me hizo brincar el miedo... me volví bien entrona... también me acuerdo que lo primero bueno que logré fue mi mancuerna con otra cantante, Nancy Torres, le decíamos "la Potranca", y ya luego... pues empezaron a aparecer los muchachos... Yo estaba rete alocada... todo era nuevo... tenía trabajo, dinerito, me salía una que otra invitación masculina, y... pues uno está joven, le gusta la vida, y pa mi buena suerte, ahí nadie me vigilaba... En mi camerino sabía que yo mandaba... aunque fuera nomás entre mis maquillajes, polvos, peines... y música de danzones cachondos... La Nancy me ayudaba a pensar más despacio, a bajarle la temperatura a la cabeza caliente, aunque... no siempre le hacía caso... como lo del pleito aquel con la Caballona, que andaba de quereres con el mero mero empresario que nos contrataba, me la puse como santo Cristo, y eso que estaba grandota... se me hace que lo que la enchiló más, y que no me perdonó, fue haberle arrancado su peluca de rubia descolorida y que todos se hubieran dado cuenta de que su color deadevis era más negro que una cueva… ja, ja, ja… Ni modo, tuvo su consecuencia: me corrieron.

—Oye, manita, yo creo que no te conviene andarte peleando con la bola de viejas amargadas —opina una noche Nancy, su compañera y amiga, terminándose de arreglar el cabello en el camerino que comparten en un nuevo trabajo—. Ya ves que a la Caballona no le pasó nada y a ti hasta te corrieron de la carpa —continúa refiriéndose a San Sebastián.

—¡Cómo que no le pasó nada —replica María de la Luz con fuerza—, pues qué no viste cómo le dejé el ojo a esa güereja patrañosa! ¡Otro poquito y hasta el piquito de la nariz le cambio!

—No, yo no digo de eso, Luz, si ya sé que le ganaste, pero para la otra, no va a ser tan fácil conseguir dónde cantar, ya ves que luego se anda corriendo por ai el chisme de que eres una revoltosa.

—¡Pero, mi Potranquita, si hasta a ti te traje para acá! Qué, a poco no te gusta este lugar. Aquí está más bonito, ¿o no? Mira este espejo, las sillas acojinadas, cómo la ves.

—Bueno, tienes razón, ai la dejamos. Pero de cualquier modo hay que andarse con cuidado —insiste la Potranquita—. Oye, y hablando de otra cosa, a poco el Prietito pelos parados te va a seguir hasta aquí para verte.

—No le digas tan feo a mi mero manager de los guamazos, ¿no viste el esfuerzo que me dedicó para que aprendiera a boxear? Si no fuera por los ganchos que me enseñó y los golpes derechitos a la mandíbula, estaría perdida.

—Nooo, pues sí. La verdad, en eso se ganó mi respeto tu Prietito. Bueno, ya me va a tocar salir a escena, ¿no traerás por ahí algo para entonar la garganta?

—Cómo no, manita, mujer preparada vale por dos, mira qué preciosidad de pachita. Adentro anda gritando el tequila: ¡las estoy esperando...! ¡las estoy esperando...! —las dos se ríen con buen ánimo.

Mientras se pasan la pachita y terminan de arreglarse, tocan a la puerta de manera suave y tímida.

—¿Y ora quién es? —pregunta Luz golpeado fajándose la falda.

—Pos ha de ser tu Prieto consentido —se burla Nancy de Luz.

—Más bien alguno de tus "amiguitos". Si los traes que ya no ven ni por dónde pisan.

—Ay, no le hagas, ni es para tanto.

—No, amiga, lo que sea de cada quien, estás reguapa. Qué diera yo... mira nomás que cara tan fea me tocó en la repartición —dice Luz asomándose al espejo—, parezco...

—Ya déjate de cosas. Lo que has de hacer es abrir, no sea que resulte algún periodista, chiquita, como el de la semana pasada.

—Bueno pues... —se conforma Luz dirigiéndose a la puerta, jugando a contonearse coqueta. Abre la puerta.

—Prietito, ¡quihúbole! No me avisaste que ibas a venir —sonríe Luz contenta de verlo. En cuanto ella cierra la puerta, él se le avalanza y la abraza, juerguista y un tanto borracho.

—Mmmh, ¿y quedarme una noche sin oírte, princesa? —remarca cariñoso pellizcándole la nariz.

—¡Yuju! —reclama la Potranca—, a mí también salúdame, ¿no?

—Por supuesto que sí, mi querida Potranquita —responde haciéndole una caravana exagerada—. Ven, te doy tu besito... Muá.

—Hoy va a salir la Potranca primero y luego voy yo —le aclara Luz a su querido del alma.

—Y qué, Potranquita —pregunta burlón—, ¿ahora sí te vas a poner tus calzoncitos?

—Uy —exclama Luz—, qué fama te han hecho con eso de que no usas chones, manita. Ya ni un secreto se puede tener. A saber cómo se corrió la voz.

—Y qué te asombra, ¿a poco no se les anda cayendo la baba a todos? —contesta retadora la Potranca sin dejarse intimidar.

—Pues la verdad es que sí… —se ríe locuaz él—. Y antes de que salgas, ¿qué les parece un brindis por sus estrenos? Porque les vaya a todo dar.

—Claro que sí, chiquito, si traes botella, porque nosotras ya vaciamos la pachita —responde Luz.

—Aquí, aquí… —contesta sacando también una botella de bolsillo—. Ora sí, ¿salucita?

—¡A pico de botella! —brinda Nancy dándole un trago—. Y ya me estoy yendo. Mejor le corro…

—Órale, manita —replica Luz echándole la bendición—. Yo me doy otro quién vive con el Prietito y te sigo. ¡Changuitos!

Las espera un escenario ahora sí en forma, con todas las de la ley: con tarima en alto, luces de colores, dos columnas grandes como marco. Este lugar es, en definitiva, de más categoría. Además, ellas ya no van como relleno entre peleas, aquí la gente se sienta en mesas donde hasta puede cenar como Dios manda. Tienen buen tiempo para cantar a sus anchas, como solistas y en dúo: los comensales las escuchan. No se trata de un lugar elegante y "exclusivo", pero se ve bien arreglado con las cortinas de terciopelo color obispo y las lámparas doradas.

Desde entonces, Nancy Torres, "la Potranca", juega un papel muy importante en la vida artística y privada de María de la Luz, a pesar de haber tenido una convivencia entrecortada con ella: las actividades personales las alejan por largas temporadas.

Nancy aprovecha su físico llamativo y por debajo del agua se va consiguiendo pretendientes para que la conecten con el medio del cine —con el que más sueña—, y la consientan con una vida de lujos. Nancy encuentra puertas donde otras ven sólo ventanas. Algo de esto le aprende Luz, mientras cantan celebrados duetos.

> *Siboney, yo te quiero,*
> *yo me muero por tu amor...*
> *Siboneeey...*

Qué bárbara, cómo era de linda la Potranca. Tan segura de ella misma, tan aventada para vivir. La verdad, a mí con ella me salían todos los complejos del mundo, aunque ni ella ni yo lo quisiéramos... decía que yo estaba loca. Lo que me salvaba era la cantada, porque en eso sí, no por nada, la llevaba muy fácil de gane... pero, ah, cómo me veía feúcha yo misma si me comparaba. Y luego, todavía no se me quitaba bien a bien lo pelona. Aunque el tiempo, que mucho cura, me lo curó. Lo malo es que no ganaba lo suficiente como para comprarme buena ropa que me ayudara... pos pa no verme tan mal. Seguía usando los vestidos que me hizo mi tía, pero ya todos me los conocían ¡de memoria! Después fue diferente, tuve mucha ropa, y de la muy fina... me fascinó vestirme chulo toda la vida. Y verdad de Dios, entonces no faltaba noche en que no le aprendiera con mucha concentración cómo se debían poner los polvitos de colores de los ojos, pa qué era cada pincel, cómo hacerse sensuales las ojeras... hasta el caminadito de pies entrecruzados y nalgas apretadas fui aprendiendo... La Potranca se burlaba bastante de mí siempre que me ponía a imitarla... aunque conste, yo sí usaba mis buenos calzones... La pasábamos bien juntas... qué sabrosas juergas nos tiramos... Decía la vieja gruñona que limpiaba el camerino que éramos "la pura risa y la pura tontería", ja, ja, ja... siempre nos regañaba...

Para ese entonces, la prensa aún no se ocupa de María de la Luz, pero pronto los periodistas de espectáculos descubren algo especial en su talento. Hay pureza en su timbre, amor en su canto, presencia escénica: Luz miraba a los ojos de los otros como hablándoles de tú. Todo eso gustaba. Comienzan "a ocuparse" de ella —como se dice en el medio—, escriben comentarios, chismes, la anuncian: fuerte impulso para Luz, una artista de nacimiento. Los diarios *Excélsior, El Mundo, El Heraldo de México, Omega, El Hombre Libre, Revista de Revistas* son encargados de hacer "crecer hasta el cielo o pulverizar hasta el suelo" a cualquiera del mundo de la escena. Ellos difunden los espectáculos y las compañías artísticas para consolidarlos con el público, como sucede con la de los Títeres de Rosete Aranda, con más de cinco mil marionetas, que estrena obras con una frecuencia casi inconcebible. Han sido celebérrimas las obras *Doña Pascarroncita* y *Detente ahí*.

El horizonte al momento se muestra más o menos así: en el Teatro Lírico se ven *La tierra de los volcanes* y *Las musas populares*; el Teatro Colón presenta la obra *Pancho Villa en la Habana*; se pueden ver *México lindo, Del rancho a la capital* y *La alegría del cabaret*; también el Teatro Fábregas y el Iris programan obras como *El corto de genio* y *Las musas latinas*. Celia Montalván, Delia Magaña, Lupe Rivas Cacho y la "Gatita blanca" María Conesa, entre otras, muestran sus encantos ante los admiradores y adoran ser rabiosamente aplaudidas: flores de todos y de nadie. Además, para hacer este mundillo más delicioso, en los salones de baile el danzón llega a su primera cumbre, escapa desde los pies que lo bailan hasta los oídos ávidos de las masas.

María de la Luz escucha, goza, aprende de las demás, camina fortaleciendo su estilo lírico, cristalino. Ella y el público disfrutan de su nítida voz *argentina* —del vocablo italiano *argento:* plata.

*La canción ranchera, mmh, entonces ni soñarla, a lo mejor
en esos tiempos me hubiera parecido horrorosa, no sentía
mías las canciones campiranas... mi pasión eran Tata Nacho, Esparza Oteo, Lerdo de Tejada, Lorenzo Barcelata...
Quién iba a pensar que, como dice el dicho, de aquel chorro
de voz, nomás me iba a quedar el chisguete... bueno, ¡ni
tan chisguete!, a la larga, no estuvo tan mal después de todo,
ahora veo que ahí están la bola de... camiones... intentando
alcanzar a cantar como yo canté "con lo que me sobró de
voz...". Yo con eso tuve para ser "la Reina del mariachi". A
veces me llegaban las horas de insomnio donde me atacaban
por igual las fantasías bonitas, que las sombras de obsesiones
y los fantasmas aterradores... y alguna noche me pregunté
qué habría pasado si aquella directora que me corrió de la
escuela más bien me hubiera apretado las tuercas para acabar la primaria y luego terminar estudiando para archivista
o secretaria o maestra de escuela... aunque se me hace que
no, porque ya se ve que yo nací pa ser leche que se derrama
cada que hierve. Y pos sí me entra la muina... ¿qué no pudo
ser más fácil toda esta danzareta? ¿Quién iba a decir que al
poquitito tiempo iba yo a andar pos... pos por ahí rodando?
Rápido me cargué de mañas: en la carpa todo el elenco le
entraba duro al tequila y al ron... y yo, pues... parecía que
había heredado lo que más odiaba de mi mamá, sus malditas borracheras... Perdí... chinteguas, de veras sí perdí... a
veces veo ahí la mano no de Dios, de Satán... ¿cómo que yo,
la niña con mi "don" me agarré a chupe y chupe...? ¡Llegaba apenas a los trece años! Pensé que así tenía que ser con
los nuevos amigos... me aflojaba, se me quitaba el miedo...
¿Desde cuándo las niñas se emborrachan? Yo, desde entonces... me lleva...*

*En el tronco de un árbol una niña,
grabó su nombre henchida de placer,*

> *y el árbol conmovido allá en su seno,*
> *a la niña una flor dejó caer...*

Quesque que inventé la canción bravía... no estoy tan segura si la inventé o si nomás me salió así por desesperación... para eso tuve que andar dando tumbos como trompo mocho, ¡y desde mirruñita! Qué pensamiento más idiota, sí, pero ya sé porqué, pos si así me crió mi madrecita santa, ¡vieja bruja! Uy, más valiera ni haber pensado eso tan feo, aunque me conste que se lo ganó a pulso. Y sin embargo, la quise. Decía mi prima Meche que yo no quería a mi mamá, que lo que quería es que ella me quisiera a mí... nos daba harta risa ese como enredo, pero quizás no andaba tan errada. Doña Victoria y yo: ¡qué parcito! O debí decir que entre bueyes no hay cornadas... pos si ni pa qué negarlo, a las dos nos brillaban los ojos por los amores, y luego, ni modo de tapar el sol con un dedo, también por el traguito... aunque se te haga la vida jabonosa, qué rico era emborracharse...

María de la Luz —a quien su familia a veces llama Lucía— sigue compartiendo la vivienda de la vecindad con el tío Florentino, la tía María y sus primos Meche y Florentino. Desde esos inicios artísticos, disfruta de muchas libertades, sobre todo por los horarios nocturnos de trabajo a los que se somete Luz-Lucía.

—Ya vete, Prietito —dice Luz pasada de copas, entre besos y empujones con ese medio novio, afuera de la vecindad—, nos vemos mañana en la noche.

—Mmh... nomás un último apapachito... y hasta mañana, mi jilguero.

—Ándale, que te vaya bien, precioso —se despiden y ella saca sus llaves para entrar. Tararea una melodía que oyó con un salterio. Al abrirse la puerta, camina como acostumbra, procurando no hacer ningún ruido.

—¡María de la Luz, qué gusto verte! —la saluda su mamá Victoria en cuanto la ve, con sarcasmo, una sonrisa descompuesta y un vigoroso aliento alcohólico.

—¡Mamá! —grita María de la Luz asustada.

—Qué bien me la hicieron todos en esta mugrienta casa —aprieta las mandíbulas la mamá—. Así que ya trabajas y yo ni enterada.

—Por favor, mamá, baja la voz, vas a despertar a todos los vecinos. Es muy noche.

—Qué creías, ¿que no me iba a dar cuenta? —subiendo más el volumen a propósito—. Mira nomás para remate cómo vienes. ¡Borracha!

—Pos ora sí quel comal le dijo a la olla… ya estamos iguales, copas más, copas menos —la reta envalentonada.

—¡No me digas que saliste respondona! —doña Victoria se le avienta a Luz y comienza a jalonearla y a pegarle donde le cae la mano.

—Por favor, mamá —suplica María de la Luz sintiendo surgir sus antiguos miedos—, no me pegues.

—Qué, ¿quieres que te aplauda? Te pensabas embolsar todo el dinero pa ti solita, ¿verdad? —la cuestiona doña Victoria golpeándola con furia—. Pos no se va a poder, mijita, ahorita mismo agarras tus chivas y te largas conmigo para mi casa. Desde hoy, yo decido dónde trabajas y se acabó, carambas, para eso soy tu madre. Ah, y por supuesto, el dinero lo reparto yo, traidora —continúa gritoneando la mamá mientras sus manos sueltas avientan todo lo que encuentran. El tío Florentino y la tía María, después de despertarse abruptamente, se dirigen a la sala. Al entrar, ven el caos de la escena y caminan despacio hacia Luz.

—Por favor, mamita —le ruega María de la Luz llenándose de angustia, llorando—, si iba a contarte todo, pero no te había visto, yo no quiero irme de aquí, mis tíos de veras me quieren, me ayudan.

—Me importa una tiznada —concluye la mamá aventándola al suelo.

—¡Victoria, basta! —grita la tía con indignación y furia, mientras ayuda a Luz a levantarse.

—Nos vamos, hija de mierda. Se acabó. No voy a decir ni una palabra más.

Pa' qué nos sirve la vida,
pa' qué nos sirve la vida,
pa' qué nos sirve la vida
cuando se trae amargada...
yo la cambio por tequila,
yo la cambio por tequila,
que pa' mí no vale nada...

El veneno vuelve a filtrarse en el alma de María de la Luz. Por un lado, la ponzoña de su madre la pudre a gotas. Por otro, los alcoholes comienzan a hacerla su esclava.

Victoria Aceves, con la hija en su casa, a la mano, amarga todo lo que puede la vida de la cantante, pero no se le ocurre impedirle que vaya a su trabajo: a la señora le conviene que cumpla y que cobre. El resto de los miembros de la familia también le tiene miedo, resentimiento, coraje. Nadie sabe qué hacer, no consiguen convencerla de que Luz regrese con ellos.

Victoria es cruel con su hija: aprovecha aspectos importantes para ésta, le miente y la engaña. Luz piensa que quizá es el momento de aprovechar la cercanía para que su mamá le cuente la verdad sobre su padre. Desde que es una niña y nota que los demás niños tienen papá y ella no, le pregunta a su madre quién es el suyo, pero Victoria Aceves nada más se ríe y le responde que *un ranchero de por ai*, pero no le da su nombre. Después, cada vez que le pregunta, la respuesta varía, a veces le dice un nombre y otras otro y otras más, otro. Se ha burlado con esto de María de la Luz desde que era una pequeña. Esta incertidumbre, al paso de los años, se transforma en angustia. En su mente mantiene tres nombres dándole vueltas: Miguel Ángel Flores, el dueño de una sombrerería de charros, Ángel Flores a secas, ex gobernador de Sinaloa —aunque alguna vez declaró que los dos eran el mismo—, y Luz se pregunta: "y el ranchero, ¿cómo se llamaría?". Esa ponzoña de la duda la ha llevado a un pensamiento devastador: "¿No será que mi mamá de veras no sabe quién fue mi padre?".

Cuando al fin cree que encuentra la ocasión perfecta para insistir con la pregunta —durante una comida en la que se encuentran sólo las dos—, Luz choca contra el mismo muro: no hay respuesta.

Yo no sé por qué le concedía tanto peso a la autoridad de mi mamá... la realidad es que me la pasé esperando que cambiara, que fuera, si no cariñosa, por lo menos buena conmigo, tranquila... nunca conseguí comprender que me... escupiera tanta rabia... no sé si me odiaba... ¿se puede desamar un cacho de ti misma? Ella por entonces sí podía... encontraba tantos pretextos para ser cruel... se me aprieta la garganta... cuánto temor a los gritos, a los golpes... cuánto pesar... ganas de cerrar los ojos, que estén secos otra vez...

De mala manera y contra la opinión y voluntad de todos, Victoria obliga a María de la Luz a permanecer con ella, sometiéndola a las precarias condiciones que puede darle. Luz sabe que el interés real de su mamá es sacar un porcentaje de los ingresos que ella consigue cantando, que no son muchos. Su vida artística, ni qué decirlo, le importa un bledo a su madre. La existencia cotidiana es un desastre continuo que hora con hora se vuelve más tortuoso. Los maltratos abren y cierran cada jornada.

—¡María de la Luz! —vocifera la señora Victoria ya enojada, presagiando otra de sus escenas.

—¡Voy! —contesta con premura la joven, obedeciendo al requerimiento impaciente de su mamá. Al llegar con ella, ve que doña Victoria está abriendo cajones "a tontas y a locas", como decía ella misma, aventando al piso, a dos manos, lo que va encontrando.

—Pero, mamá, que tiradero estás haciendo.

—Eso es cosa que a ti no te importa. ¿Dónde dejaste mis medias buenas? Voy a salir con un amigo y tengo que ir bien prendida.

—Es el colmo, ¡no sabes ni siquiera dónde están tus propias medias! Ya me estoy aburriendo de ser tu criada —al momento de decir esto, su mamá voltea con la boca apretujada y le lanza a Luz un bofetón que la hace perder el equilibrio.

—Óyeme, óyeme, a mí no me vas a faltar al respeto, infeliz, yo soy tu madre.

—Por desgracia —le responde Luz, con mirada de cuchillo—. Pero ni creas que me vas a tener aquí de tu achichincle toda la vida. ¿Qué crees que yo soy la única que vive en esta casa? Si tú no eres capaz ni de encargarte de tu propia ropa. Mira nomás qué mugrero —añade María de la Luz pateando las prendas en el suelo—. Y para que de una vez te lo sepas, ya no pienso seguir dándote el dinero que yo sola, con mi trabajo, me gano —la reta sacando el pecho—. Ya me tienes harta, harta, ¿oíste? Y no creas que soy tan bruta que no me doy cuenta de que me estás robando de mi caja de ahorros. ¡Ladrona! Ése es mi dinero, mío, mío… —sube la voz mientras se golpea el pecho con el puño cerrado.

—¡Pues más vale mano que saca que mano seca, condenada! —se le avalanza Victoria para golpearla—. Si no te gusta, ya te puedes ir largando —gritonea mientras le truena los dedos—. Pero ahorita, perra, antes de que te mate a golpes.

—Eso es lo que debí haber hecho desde el primer día que me trajiste a esta pocilga —contesta María de la Luz encrestada, deteniéndole las manos a su madre—, eso, ¡largarme lejos de ti, vieja borracha! No sé cómo te aguanté todo ese tiempo.

—Desgraciada, abandonas a tu madre... ¡Maldita seas para todos los días de tu vida! —le grita la señora.

Su vida con doña Victoria la desgarra. Tiene que haber otro lugar para ella. Regresa a donde se sabe bien acogida: la vecindad. Pero se da cuenta de que si se queda en la casa de los tíos, volverán a repetirse las escenas con su madre. Todos lo saben, lo lamentan.

Como un animal herido, busca refugio en la cueva de su canto. Sabe que algunos artistas se abren paso por caminos que pueden alejarla de éste. Por qué no intentarlo. Comienza a preparar la huida. Destino: Los Ángeles, California, la meca de los artistas. Buscará fortuna, sí, y más que eso, buscará sosiego. María de la Luz abandona lo que ha sido su nido protector: cada una de sus células llora.

¿De dónde sacaría fuerzas para comenzar tan lejos sola? Me llené la cabeza entera de ensueños. Retaqué en una maletona bien vieja que me regaló mi tía María dos trajes de china poblana y dos trajes de noche que me gustaba mucho como me ajustaban, uno era morado, hermoso... y ¡piernas, para cuando son! Ahí voy pa los Estados Unidos. Con trabajos arañaba los dieciséis, pero como era alta, no se me notaba tanto que era "menor de edad". Ya era yo canija, aunque a lo mejor me encontraba con que la farándula gringa era más perra... pero para defenderme era yo muy entrona. Lo que sí, no sé si por lo que me quedaba de niñota, extrañé horrores a mi tía María ya desde antes de subirme al tren... lo último que vi fue el adiós de su mano en el andén... la falta que me harían sus consejos... para acabarla, desde allá era muy difícil

hablar a México, y las cartas tardaban horrores… a veces ni llegaban… ora sí, sólo me iba a guiar mi "sano juicio". Desde que empecé a cantar, mi tía me ayudó con todo lo de los trapos para salir a escena… y además, siempre sabía qué me convenía. No importaba que mi madre se portara como bruja, tenía a mi tía como ángel de la guarda… ¡me abrió de nuevo su casa mientras me alistaba para irme! Todavía cuando le conté que me iba, me dijo en serio que estaba segura de que había de ser bien famosa… entendió mi entripado… yo en lo que pensaba nomás era en poner tierra de por medio con "doña Victoria". Tuve que andar en un montón de viriguatas para lo de los papeles legales, mi prima Meche me acompañaba de buena gana, aunque le parecía arriesgado que fuera sola. Al fin arreglé lo que tenía que arreglar, y como decían los soldados: me jalé pal norte. Qué años tan rechulísimos pasé en Los Ángeles, mi ciudad gringa… mientras duró… porque como dicen, nadie se salta su propia sombra… y la mía se puso bien negra… Pero… caray… si me veo recién yéndome…

Mañana cuando amanezca,
sabe Dios dónde estaré…

CON LAS ALAS ROTAS

Hay mañanas que duelen como espinas en la piel. Así le duele esta mañana a María de la Luz. Despierta en un tren helado, hecha un ovillo, buscando pisar con urgencia tierra norteamericana. Apenas se perfila el año de 1922. Está sola, sola como un erizo en una piedra. Así lo ha decidido. Atrás se queda México, con su infancia llena de sacudimientos, ella tan joven y ya con un pasado: sus años de niña muda, la escuela mutilada, la incógnita eterna de la identidad de su padre, el calor de la familia de su tía María —tatuado en el centro de la sangre—, con sus primos Florentino y Meche, su tío y maestro abrazando el clarinete, su medio hermano Manuel Reyes, la vecindad en la Carranza…

Atrás queda también —para su suerte— su madre Victoria que tantos aguijones le ha clavado a sus ganas de vivir. La salvación le parece clara: su "graciosa huida" —como la de un torero— a Los Ángeles: volver a respirar sin los atragantamientos con su mamá. Sin embargo, también es cierto que desde ahora ya está añorando a sus amigos de las carpas, a "la Potranquita", a los muchachos del *ring*, al Prietito solidario y besucón… bueno, hasta a las fulanas que, para su enojo, la zarandeaban en esas carpas.

En México se quedan peleando en el banquete del poder Álvaro Obregón y Francisco Villa, el cadáver de Emiliano Zapata —que no termina de darse por muerto—, las balas perdidas que algún "echado pa lante" tira a capricho, nada más para que reconozcan a qué suena un verdadero macho.

Imposible dejar de lado el Teatro Colón, el Principal, el Lírico, a Mimí Derba, a Esperanza Iris con su teatro propio recién estrenado. Y como sabor del caldo, la "reborulla" de los amos del toreo: Rodolfo Gaona y Juan Silvetti, desencadenando los suspiros de las damas —decentes y no tan decentes— como "lirios desmayados" —según versos decimonónicos—. Los baños públicos juegan a las cajas chinas con sus historias eróticas secretas bajo resguardo; el Sanborns de los enamorados —y los glotones— en el Palacio de los Azulejos, donde se ofertan salsas molcajeteadas con totopos dorados para aderezar un menú propio de paladares exquisitos, que aplauden lo más mexicano de los mexicanos: el chile. Y hablando de comidas y comidillas, que no falte el "ajonjolí de todos los moles": las preciosuras que cambian —casi como al descuido— sus favores por dinero: doña Marina, Mercedes Larios, la Murciana, Margarita, la más que famosa "Matildona".

En el tren ruidoso, machacón, incómodo, María de la Luz Flores Aceves traslada su tristeza a otro país, a ver si ahí, por fin, le cambia la ventura. Dentro de su soledad, lo bueno es que lo único imprescindible de llevar, lo lleva: el jilguero que guarda en su garganta.

¡Qué sola ni qué nada! Así parecía, pero no... para ese viaje ya iba con el que sería mi único compañero inquebrantable, mi más amigo, el que nunca me fue infiel ni en las coloradas ni en las descoloridas, verdad de Dios: mi brebaje milagroso, el alipús... si era tequila, mejor. Esa vez, entre jaloneo y jaloneo, iba yo bien servida en el tren, pero no importaba porque ni quién me conociera, ni quién se ocupara de mí, ni tenían por qué andar los otros de fijados. De eso me aproveché: toda la noche chillé y chillé. Mi mamá me echó su maldición... como las gitanas... a mí me entró reteharta tristeza, y pos se me prendió el cuscus del miedo. Cuando abrí el ojo, traía el

chucu-chucu del tren metido entre oreja y oreja... ah, cómo me dolía la cabeza. ¡Parecía que a la gente le pagaban por hacer escándalo...! Nomás me retumbaba el cerebro... así comencé a pagar la herencia de mi mamá, con cada méndiga cruda... pero hasta el más santo lleva su pecado propio, ¿qué no? A pesar de todo, me cargaba el gusanito ese de cuando vas a jugártela en algo por primera vez, una mezcla de pánico y ganas... mejor me dediqué a pensar en lo mucho que me agradaba cómo se oían las guitarras y los violines con mi voz. ¡Pa qué lagrimear! Cuando menos acordé, ya estábamos llegando a la frontera. Me había insistido tanto Mr. Trallis, el quesque empresario gringo, con la frasecita esa de que "si quieres triunfar tienes que irte para Los Ángeles", que pos, tuve que probar... De entrada no le creí mucho, pero todo era cierto, me abrió una ventana para saltar lejos de lo que me fregaba. Fue muchas veces a la carpa para converncerme, hasta que la pelea con mi madre me dio el último empujón para firmarle el contrato. El paso ya estaba dado, y palo dado, ni Dios lo quita. Nomás esperaba que el contrato firmado con el gringuito no fuera "de paja", como los billetes de la Revolución, que no servían ni pa un demonio. Ah, y ahora con otra, con la cruda, a ver si podía pensar bien: tenía que dar sola con la dirección adonde me tocaba quedarme a dormir, porque Los Ángeles es una ciudad muy grande, y la mera verdad, ¡yo no le hacía ni pizca al inglés!

En los Estados Unidos, además de la gran demanda musical en la que se incluyen los temas mexicanos, comienza a soplar en el ambiente artístico un aire de frivolidad, pasión, fuerza, dinero, que surge alrededor de la industria del cine y se desparramaba al mundo entero. Es la primera etapa: el cine mudo. Brotan figuras idolatradas como la de Rodolfo Valentino, cuya intensidad de mirada —noctámbula, ojerosa— se apropia de los sueños más inconfesables del corazón de las mujeres; Mae West, con sus formas exuberantes, provoca un enloquecimiento lúbrico en los hombres; Chaplin genera con su mímica innovadora emotivos y conmovedores mensajes de injusticia social; Mildred Harris, "las pestañas más hermosas de Hollywood", exhibe su parpadear en tamaño gigante en las pantallas cinematográficas; el queridísimo cómico de las gafas, Harold Lloyd, desencadena carcajadas entre los cinéfilos.

Los pianistas de cada localidad —aun los de las pequeñas poblaciones—, animosos, se dan cita en las salas de proyección para acompañar en vivo, con sus notas cuidadosamente ensayadas, llenas de pasión, las historias mudas narradas y aderezadas mediante lentas caídas de ojos, posturas exageradas de brazos y piernas, gestos extremos. Los espacios cinematográficos, entrañables en cada comunidad, muchas veces se improvisan, algunas ocasiones en teatros, o bien en patios abiertos, o hasta en las plazas públicas, a donde cada espectador tiene que llevar su propia silla a modo de butaca. Ahí se va a dar rienda suelta a la costumbre de consumir alimentos durante la proyección. También ahí se da cita toda la población; eso sí, las damitas jóvenes siempre acompañadas de algún chaperón. La oscuridad propicia los juegos del amor.

La tiple María Conesa, "la Gatita Blanca", difunde un divertido tema pícaro a propósito del cine:

> *...y sale todo el público de los cinematógrafos*
> *y todo entusiasmático diciendo sin cesar:*
> *¡Ay, qué película feliz, cula película feliz,*
> *película feliz, cula película feliz...*
> *película sensacional...*

El México artístico, por su parte, asombra al ambiente pizpireto y juguetón con lo suyo: El Salón Rojo, en San Francisco y Madero, para estar a la vanguardia presenta los grandes estrenos cinematográficos; lo siguen el Cinema Palacio, en 5 de Mayo; el cine Odeón, por las calles de Mosqueta; el Majestic, en la colonia Santa María; el Lux, en la San Rafael. La prensa está atenta a las habladurías apreciadísimas sobre el mundillo de la pantalla. Los artistas mexicanos se frotan las manos por hacerse famosos en esa meca artística que representa Los Ángeles. María de la Luz Flores Aceves no ha de ser la excepción: al fin apuesta a ganar un lugar con sus grandes dotes vocales, al grito renovador de: "¡Viva la vida!".

Su instalación en Los Ángeles no es para nada difícil. El departamento que se le asigna después de pasar unos días de hotel no es grande ni lujoso, pero a ella le resulta el palacio de una condesa: sin ninguna duda, supera con mucho la comodidad, el espacio, la luz de la vecindad de los tíos. Por dentro está pintado de blanco de arriba a abajo, vestido con muebles sencillos de madera en color natural. Para donde ella voltee, lo encuentra resplandeciente. La cocina está equipada con aparatos que Luz no sabe ni para qué sirven y que tendrá que aprender a usar: en casa de la tía María no pasaban del molcajete y el aparato de madera para prensar masa de tortillas. En este suelo norteamericano, los modernos aparatos eléctricos se han vuelto parte de lo cotidiano. La poca ropa y artículos personales que trajo de México, parece que se pierden ahí.

La pared exterior del edificio es para Luz de lo más extraño, de simple ladrillo rojo barnizado, sin ningún recubrimiento de yeso, ni siquiera de pintura, como si no tuviera acabado. Pero la usanza es así, de lo más simple.

Lo que a María de la Luz más le importa se cumple: comienza a tener contacto con gente del medio del arte, Mr. Trallis se encarga de ese aspecto directamente, con mucha diligencia. La profecía del empresario, al parecer sí se va cumpliendo. Luz encuentra muchas puertas abiertas, se sorprende de que la música mexicana guste tanto, al igual que el vestuario típico tradicional que no se cansan de calificar como hermoso y llamativo. Las circunstancias le resultan por completo favorables, a lo cual no está acostumbrada, y no termina de salir de la agradabilísima sorpresa.

Su empresario, compartiendo intereses comunes con ella, comienza a programarle citas y audiciones para que la conozcan en cada lugar donde piense que tiene oportunidades. Parece que todo es querer, para poder. Las relaciones de él, además de amplias, son las idóneas. La jovencita tiene el propósito firme de seguir todas las sugerencias que él le haga.

Por fin, tras acomodarse en su primer hogar propio, instalada bajo el auxilio del que ella bautiza como *mi empresario gringuito,* que es como se dirige a él —nombre que a Mr. Trallis le hace mucha gracia— inicia el recorrido para mostrar su destreza vocal. Mr. Trallis no cumple con el prototipo del hombre "güero", es más bien moreno claro, mediano de estatura y un tanto regordete. Se ve que está perdiendo pelo, ella sabe de eso. Le gusta ponerse tirantes y sombrero.

La audición inaugural es para el dueño de un cabaret folclórico donde se preparan guisos mexicanos —con poco picante y mucho color—. Al fondo de la pista de baile, circular y de madera, se encuentra una tarima donde se ubican los cuatro músicos que la esperan. María de la Luz rápidamente acuerda los tonos de "Varita de nardo", de Joaquín Pardavé y "A la orilla de un palmar", de Manuel M. Ponce. Se planta al frente, deja correr la introducción y proyecta su voz sin ninguna timidez, prisa ni temor. La aceptación es inmediata: le ofrecen un contrato jugoso —para ser el primero—, con el que podrá cubrir sus necesidades con desahogo y hasta le alcanzará para reforzar el vestuario. Si se aprieta el cinturón, unos dólares se pueden ir para pagar clases de canto con un maestro bastante renombrado que le recomienda Mr. Tallis:

Mr. White, Kenneth White. La meta: avanzar, cantar mejor cada noche, refinarse. El empresario advierte el diamante que trae entre manos y da el segundo paso, comenzar a promoverla en la prensa. La va a impulsar, "claro que sí". Ella le ruega a la virgen de Guadalupe —y a las demás once mil vírgenes— que sea real esta puerta que le abre la vida. Está feliz… y alerta.

Este principio fue muy curioso, claro que ya traía bien prendida la mecha de la cantadera, pero en realidad, todavía andaba averiguando dónde comprar jitomates, cebollas, carne, queso, masa para tortillas, que sí había, por fortuna… lo principal, pues, para vivir… y luego, encontrar el tiempo para cocinar, limpiar la casa, lavar trastes, ropa, hacer la cama, bueno, eso que tienes que hacer del diario, ¡trapear!, que me chocaba, y sacudir seguido con trapo mojado, más si no tienes a nadie que recoja ni una pelusita, porque decía mi maestro que el polvo le hace mucho daño a la garganta. Tenía tanta energía… dormía poco, pero ni falta me hacía dormir más. Para mí mejor, así me quedaba más tiempo para estudiar. A veces los ensayos eran de muerte, pero aprendí un "truco veloz" que luego seguí usando pa toda mi vida: me llevaba unos chocolatotes, y órale, pa dentro… se me recargaban rebién las pilas. Ya sé que dicen que el dulce y el tequila no son buenos hermanos, pero a mí me funcionó. Cuando podía, me iba a conocer el barrio, los transportes, las tiendas… tardé en acostumbrarme a pagar con dólares y dimes y quarters… parecía mensa, ja, ja…nomás no le atinaba, qué risa me daba… ya después se me hizo pan comido… a todo se acostumbra uno… bueno, casi…

Ahora viene el trabajo duro: los ejercicios diarios de respiración, vocalizaciones, gimnasia, los ensayos, acoplarse con los nuevos músicos, definir repertorio, tonos —que ya desde entonces resultan fuera de lo común—, fijar las inflexiones, la velocidad y los tiempos con que ella necesita interpretar. El grupo que la acompaña es una pequeña orquesta típica, con guitarras, salterio y unos violines que suenan muy sentimentales, como deben sonar para vibrar con el sentir popular.

Los compañeros me cuadraban. Casi todos eran mexicanos... el salterio lo tocaba un viejo, don Pancho, ¡cómo me gustaba!, se sabía todas las canciones que se nos ocurrían... nos gustaba retarlo... él nomás se reía... decía que él, como el diablo, sabía más por viejo... me veía como una hija o una nieta. Me acompañaba con las segundas voces un tenor, ése sí joven, con buenísima voz, nuestros timbres se acoplaban perfecto... le decían el Johnny, pero se llamaba Juan... Juan Eduardo... era loco, se entusiasmaba cuando nos salía bonito y se ponía a bailar conmigo hasta que los demás lo metían al orden... tenía sonrisa de niño travieso. Cada ensayo era importante, no se podía perder tiempo, el estreno estaba muy cerca, así que para irme acostumbrando me ponía los trajes con todos los aderezos, con trenzotas, con los moños y para rematar, hasta con las botas y las crinolinas. Y pos muy al pasito, comencé a verme a mí misma cada vez más guapa. Se me figuraba que parecía más alta de tan derecha que me plantaba en el escenario. Me mortificaba no tener soltura al andar sobre la tarima con tanta cosa que me ponía, bien que pesaban... qué tal si me daba un porrazo... Todos me trataban muy "a toda mother..." nos fuimos haciendo cuates apapachones, de "abrazo y becho"... Trabajábamos a conciencia, pero la pasábamos bien juntos, nos enamoraba la misma música, discutir los arreglos, repasar cada frase hasta que saliera perfecta... me divertían... entendí pronto que no tenía más familia que a ellos, aunque yo fuera la solista... sin ese grupo me hubiera muerto de soledad... eran mi pan de cada día, mi cariñito de cada día...

Cuando se acerca la fecha del estreno en el cabaret, siguiendo el plan original, el empresario junto con el dueño del lugar preparan una serie de entrevistas para promover la temporada. Una de éstas se organiza en el domicilio de María de la Luz. Incluye una sesión de fotos con traje típico y ella elige el de mayor colorido. Como no hay quien la ayude, tiene que arreglárselas sola con las faldas largas, pesadas, la blusa bordada con chaquira —ésta merece un cuidado especial porque el hilo del bordado se puede reventar— y todos los accesorios, que con la prisa, le parece que son cientos. Se jala y se acomoda frente al espejo que le compró Mr. Trallis, que conoce su necesidad de revisarse completa. Tiene que quedar "en su punto", como una buena comida.

—¡Me carga! ¡No sé si son los nervios o qué, pero no me puedo acomodar esta ingrata falda de china poblana! —se queja María de la Luz luchando con su vestuario. Tiene que quedar de lujo para las fotos de ese día, le aseguraron que la mejor de todas la van a colocar en la vitrina de la puerta para entrar al cabaret.

—Mmh, mmh… Bueno —dice al fin—, parece que con tanto estirón ya quedó. ¡Bonita la ropa mexicana, qué bruto! —se regodea al verse en el espejo—. Ora nomás falta que el periodista este no hable español, porque entonces sí se va a juntar el hambre con la pobreza, como decía mi tía. ¡Ay, si bien me dijo la Potranca que aprendiera algo de inglés! Pos ya ni modo, ni tiempo tuve. La verdad, está bien lo de la entrevista —se pone los últimos toques de polvo en la cara—. ¡Mi primera entrevista grande en los Estados Unidos! Quién iba a decirlo. Todavía ni empiezo la temporada y ya voy a salir en el periódico —en ese momento se oye el timbre—. ¡Híjole, ya llegó el cuate! ¡Voooy!

Agitada, María de la Luz se dirige a la puerta. Al abrir, se encuentra con la sorpresa de que el periodista es un joven que parece casi de la misma edad que ella, aunque es algunos años mayor. Siente alivio, lo saluda con una sonrisa franca.

—¡Buenas tardes!

—Buenas tardes, señorita. Mucho gusto en conocerla —responde él dándole la mano, en un español marcado por el acento norteamericano.

—Yo soy Luz Flores, pero mi nombre artístico es Luz Reyes.

—Eso me imaginé, con ese traje... —comenta el periodista bromeando, con un gesto entre amable y seductor.

—Ah, me lo puse porque me dijeron que me iba a sacar unas fotos para el periódico —aclara ella rápidamente alisándose la falda, mostrando sin poder contenerse, cierto nerviosismo.

—Sí, sí, claro, para eso traigo esta cámara. Yo me llamo Gabriel Navarro, para servirle.

—Pues mucho gusto. Venga, siéntese, por favor. Este departamento es chiquito, pero el sillón es muy cómodo. Qué bueno que habla usted español.

—¿No sabía que soy mexicano? Lo que pasa es que tengo mucho tiempo acá, ya hasta se me pegó el acento...

—Gracias por venir.

—Caray —comenta Navarro sentándose—, en verdad es usted muy joven. Con razón la anuncian como *la cantante más joven del mundo* —afirma remarcando la frase.

—Sí —se apresura a decir Luz—, pero ya tengo experiencia.

—No, si no lo digo por eso. Es que es usted demasiado joven... y muy bonita.

—Bonita, ¿yo? —se sorprende del piropo.

—Claro, usted —recalca Gabriel Navarro volviendo a sonreír—. Y con ese traje parece una aparición.

—Se le agradece el cumplido —corresponde ella bajando los ojos con cierta timidez.

Ese momento es un parteaguas para Luz. No sólo a la Potranquita le podían lanzar piropos, también a ella.

—A ver, platíqueme, qué planes tiene aquí en Los Ángeles.

—Vengo a promover la música mexicana. Traigo un repertorio con canciones del maestro Esparza Oteo, de Tata Nacho, de Lerdo de Tejada, de Quirino Mendoza...

—Eso está muy bien, aquí les gusta mucho la canción mexicana y además me han dicho que tiene usted una voz primorosa.

—Eso lo tiene que juzgar el público... por lo pronto, voy a empezar unas clases de canto con un maestro norteamericano, no quiero desilusionar al público.

—Bueno, pero cuénteme todos los datos del estreno, quiero hacer una buena promoción de ese día y de la temporada completa.

La entrevista continúa, haciendo que la propia Luz Reyes —como decide llamarse entonces— reafirme qué espera lograr mientras le platica al periodista sus proyectos. Él percibe el futuro lleno de optimismo que proyecta ella. Curiosamente, también es originario de Guadalajara, como Luz.

Los ojos de ambos se miran. Se miran.

Navarro le toma fotografías desde varios ángulos, buscando luces distintas en lugares diferentes del departamento para diversificar los fondos. A ella la convence el desarrollo de su encuentro. Están por terminar.

—Muchas gracias por todo, señor Navarro. Ojalá las fotos hayan salido bien.

—Por favor, llámeme Gabriel. ¿Puedo llamarla Luz?

—Sí, claro... Gabriel. Espero no desilusionarlo.

—Yo desde ahorita le digo que va a alcanzar un gran éxito. Tiene usted una personalidad fuerte que imanta, como diríamos, con mucho ángel. Me gustaría volver a verla.

—Desde luego está invitado al estreno —se apresura a enfatizar Luz.

—Va a ser un honor escucharla cantar, estoy seguro que será un placer.

¡Qué bárbaro! No podía creerlo. Cuando se fue de mi casa, Gabriel Navarro ya se había incrustado en mi alma. Cómo era guapo y suave, amable, educadito. Ya no sé qué me daba más nervios, si el estreno o volver a verlo. Esa vez me quedé sentada en el sillón como lunática... no entendía bien a bien cómo estaba haciéndome una vida nueva yo sola... y así nomás, casi de entrada, aparecía este hombre que vio en mí a una Luz... con luz. ¿Por qué se sentirá que flotas cuando te prendes de alguien? ¿Y cómo es que sientes calorcito? Ni en sueños me imaginé las marcas profundas de Gabriel en mi vida. Nomás de acordarme... quisiera llorar... pero también sonreír a tantos recuerdos hermosos... cuántos abrazos, besos, risas... Mil veces me han preguntado por esos años que estuve en Estados Unidos, pero a mí no se me dio la gana contar nada. Eso es sólo mío, de aquí adentro... No dejé que nadie inventara chismes corrientes. Lo supo mi prima Meche. Y juró guardar el secreto. Lo cumplió. Le doy las gracias. ¿Que cómo pasó todo? ¿Por qué?

El estreno es un éxito absoluto; en éste, Luz se ve comprometida a cumplir con empeño lo que se espera de ella. La temporada abre sobre ruedas. El empresario está orgulloso, no se equivocó al elegirla con todo y ser tan joven. Se oyen aplausos. Más aplausos. Todavía más.

Gabriel Navarro tiene un lugar apartado el día del estreno, y finalmente en todas las funciones siguientes: no se quiere perder ninguna. Se le crea, sin darse apenas cuenta, una adicción por estar presente, cerca de la voz de Luz y del aire que respira. En Luz va naciendo esa misma atracción por estar juntos, verse, platicar, por comenzar a tocarse. Y comienzan.

Cuando el deseo de estar cada vez más cerca se les vuelve urgente, Gabriel y Luz, en un arranque de arrojo amoroso, deciden contraer matrimonio, sin consultar a nadie. Han pasado siete meses. Ella delira por él, aunque la envuelve un dejo de incredulidad por todo el significado que guarda una decisión de esa envergadura: desde ahora, ella le pertenecerá a alguien y alguien le pertenecerá a ella "como una posesión", a ella que nunca antes sintió tener nada. Con el pulso alborotado, entre risas y abrazos todavía iniciáticos, decretan el gran paso de su vida: la boda.

Juntos se volverán uno y el mismo ser.

—¿No se te olvidaron los anillos, Gabriel? —pregunta Luz dando vueltas nerviosa en el juzgado, con un pequeño ramo de flores blancas en la mano.

—¿Cómo crees? Aquí los traigo —le responde Gabriel, tomándolos de la bolsa del saco.

—¡Qué bueno, mi amor! Mira, ahí viene el juez. Gabriel… ahora sí va en serio.

—Te ves muy linda con ese trajecito blanco. Y el ramito se te ve mmm…

—¿Sí parezco novia? —se cuestiona Luz entre sonrisas y caras formales.

—No, pareces MI novia —se ríe Gabriel dichoso.

La ceremonia tiene lugar a mediodía, en un juzgado civil público —en un salón pequeño muy bien decorado para esos actos, con pisos y paredes de madera—. Es breve, pero una especie de órgano pequeño, un armonio, toca la marcha nupcial. Luz vuelve a la sensación de estar flotando —ahora sobre la nube de las novias y con mariposas en el estómago—. Llega el momento de la verdad cuando el juez les pregunta si se aceptan como esposos.

—Sí, acepto por esposa a María de la Luz Flores Aceves.

—Sí, acepto por esposo a Gabriel Navarro.

Los novios firman el acta civil, y ella queda convertida en la esposa oficial, real, legal, de Gabriel Navarro. De él. De su Gabriel.

—Hasta que la muerte nos separe —susurra Gabriel cómplice en el oído a Luz, mientras salen del juzgado.

—¡Qué muerte ni qué muerte!

—Se me hizo, ¡ya eres MI esposa! —la abraza eufórico en la calle.

—Sí, y tú MI esposo —le toma la cara con las manos, le besa la frente, la nariz, los ojos, la boca—. Ahora sí, vámonos juntísimos a celebrar... por nosotros... ¡y por los quince navarritos que vamos a tener!

Qué parranda nos echamos ese día. Y al siguiente. Y al otro. Estaba tan radiante. Gabriel me quería, a mí, a mí, a la niña fea, a la que mi mamá maldijo. Me acariciaba, me besaba, me apretaba como si estuviera por perder la vida. Yo casi me desmayaba. Recuerdo exactamente las formas de su cuerpo... el olor de amarnos... Y cuántas ganas le pusimos al departamentito para que se viera como un verdadero hogar, muy de nosotros. Cada cosa que comprábamos la elegíamos solos los dos, sin opiniones de nadie. Era nuestro lugar, de los dos entremezclados. Eso queríamos hacer, un... hogar.

> *Tener un amor,*
> *un amor suave y discreto de una mujer*
> *es como tener un nido*
> *perfumado y escondido...*

En sus noches de fiesta, Luz se desboca en la juerga. Ejerce su derecho a gozar ahora que ya se vive completa: con su hombre "pegadito", suficientes dólares y una enormidad de manos aplaudiéndola. Al paso de la temporada, buena parte de la concurrencia que la ha escuchado regresa una y otra vez. En cada presentación se ven más caras conocidas que quieren disfrutarla de nuevo. Luz reboza dicha. Gabriel la adora.

—Salucita, mi amor, porque nos querramos igual muchos años —brinda Luz con un esplendor desconocido. Gabriel ya no siempre participa, tiene mucho que escribir: artículos, reseñas, hasta una novela que le atrapa mucho tiempo. Es necesario estar sobrio para cumplirle a su máquina de escribir, no quiere perder el lugar de privilegio que se ha forjado en California. Sus responsabilidades actuales crecen.

La verdad, Gabriel cumplía cabalmente, pero se desesperaba porque yo tomaba, como decía, sin ton ni son. Me iba a cantar y ya se sabe cómo es eso, que si te tomas una conmigo por esa canción que me recuerda a no sé quién... y que si porque estamos celebrando un aniversario... y que... los pretextos surgían como conejos del sombrero de un mago. A la gente le gustaba que yo cantara y que compartiera con ellos un trago de los meros mexicanos. Yo disfrutaba que me iba a todo dar, pero a Gabriel comenzó a enfadarle eso de las copitas, y, pus la verdad, a mí no se me figuraba que fuera tan malo. ¿Dónde estaba el problema de echarme una copa? Todos tomaban, los muchachos del grupo, los que asistían a oírme, mis nuevos amigos... todos... todos, menos Gabriel...

Una madrugada, Luz llega a su casa a las cinco de la mañana haciendo un gran escándalo. Está completamente ebria, sin conciencia del ruido que hace. Gabriel ha pasado la noche entre dormido y despierto, esperándola angustiado, tratando de escribir, sin lograr concentrarse, una crítica para *El Heraldo* de Los Ángeles. Luz, en su exaltación, le grita para que la acompañe.

—¡Ya llegué! Gabriel, ¿dónde estás, mi amor? —vocifera Luz a voz en cuello—. Ven a darme mi besito de bienvenida.

Gabriel sale de la recámara, en pijama, baja las escaleras de prisa y se enfrenta a ella.

—¡Pero Luz, por Dios, son las cinco, hace tres horas que terminó tu presentación! ¡Mira nomás cómo vienes, no puedes ni caminar!

—Ay, qué bueno que estás aquí, te extrañé mucho, mucho —le contesta ella abrazándolo cariñosa.

—Ven, vamos a que te acuestes —le pide Gabriel ayudándola a caminar—. ¿Cómo puedes tomar tanto?

—Te quiero, Gabriel. ¿Sabías que te quiero? ¡Eres lo que yo más quiero!

—Camina despacio, yo te ayudo. Cuidado con las escaleras. Ya mañana hablaremos.

—Luego te cuento todo lo que pasó. Porque pasaron muchas cosas, ¿eh? —ella habla mientras comienzan a subir a tropezones—. Pero dime, ¿sí sabes que te quiero, mi precioso?

Luz Reyes comienza a tener conflictos cada vez más serios por beber sin control, hasta que se vuelve un desastre fuera de límites. Sin un entendimiento claro del significado de su éxito profesional, y de haber logrado un sueño tan significativo cuando se casa con Gabriel, aprovecha por igual alborozos, tristezas y recuerdos para acercarse a una copa. Nada ni nadie logra contenerla. A ella, simplemente, el asunto no le parece importante.

Ahí estaba el gusano en la manzana… ¡cuál gusano, gusanazo! Me iba bien, estaba segura de que eso bueno nunca se iba a terminar… hasta me hace sonreír mi ingenuidad… me salió vocación de "minera", pensaba que ahí estaba la veta para que nomás me acercara y agarrara y agarrara… Andaba como chinampina de contenta. Pero ai luego empezaron las broncas... las espantosas eran las que se armaban con mi esposo... mi esposo, suena tan lejano... me carga... qué duro estarse peleando con quien más quieres... pero él nunca aguantó que yo anduviera a medios chiles. ¡Yo creo que hasta asco le daba a Gabriel cuando se me pasaban las cucharadas! Sí, me acuerdo que el pobre me ponía unas caras... como las que yo le ponía a mi mamá por el asqueroso olor del aliento, si bien que se me grabó... pero me hacía guaje. Y pos unas veces estábamos contentos, pero luego comenzaba yo con la tomadera y todo se lo llevaba la fregada... ni cuenta me daba de lo que estaba haciendo... y pa colmo, al otro día... ni me acordaba, lo que se dice: ¡de nada! Cuántas cosas se echaron a perder por eso. La gente ya se daba cuenta y me lo advertía... y Mr. Trallis... Claro que me entraba la entendedera de que tenía que pararle... pero no podía... de veras, aunque no me creyeran, ¡no podía...!

Luz Reyes se ve envuelta en un vértigo. Ella, como las máscaras de teatro, muestra dos caras: una que se ríe, se divierte, se alcoholiza y de verdad goza, otra que se transforma y llora. A gozar no encuentra por qué renunciar.

Sí es cierto que me reí mucho muchas veces... me sacaba grandes gustos ser el alma de las fiestas, también después de los shows... que Luz para acá, que Luz para allá... ¡con los ojos sobre mí! Aprendí a andar bien maquillada hasta en el día, me sentía de muy buen ver. Se trataba de pasarla bien y yo me dejaba consentir... cantaba y cantaba como un rollo interminable de voz. Me carcajeaba con los chistes que contaban los amigos en las reuniones, hasta con los sonsos. Bebíamos parejo todos... era moda botanearla, hasta calabacitas verdes y chayote y elotes maduros comíamos de botana, como se usaba en Jalisco: le entraba con alegría a cualquier comida... era tan rico... Yo no sé porqué no aprendí a quedarme nomás del lado contento. Se me hacía lógico que me tomara en cuenta la "comunidad de habla español", como le llamaban. A los once meses de haber llegado, ya era parte de la Compañía Arte Nuevo del Teatro Hidalgo de Los Ángeles, le entré a fondo a la zarzuela y hasta a la opereta, porque eso sí, nunca dejé mis clases de canto. Pero decían los periódicos que de cantar estaba muy bien, pero que me faltaba aprender también a decir los parlamentos. Eso me tomó desprevenida, pero no me desmoralicé, saqué la cresta, como gallo de pelea de mi tierra, le pedí ayuda a mi maestro, a otras artistas, a Gabriel, que le sabía muy bien al mundo del teatro. Y como vi que les gustaban mis agudos cantando, me recargué en ellos y los pulí a más no poder. Y hablar en escena, pues no me gustó, lo mío era cantar, con lo que decían era una voz "impecable de oro y cristal". Y la realidad, queridos, y que quede claro, que con un par de tragos me salía... más divina. ¡Sin duda!

Mr. Trallis, el empresario, se vuelve su *manager*, la promueve para presentarse también como solista en el Teatro Principal. Ahí se inventa un rasgo personal: se viste de *soiré*, con trajes de noche en negro y violeta —el negro porque es intrigante, el violeta porque le da una pincelada sensual—. Su porte es el de una reina. Su mirada, sin embargo, mantiene un toque de misteriosa tristeza secreta, es parte de su imán. Con sus ya diecisiete años, le ayuda ser, no sólo la cantante mexicana más joven, como la anuncian, sino la más exitosa.

En Los Ángeles, por los teatros para latinos circulan muchas figuras de México: María Conesa, Fernando Soler, las hermanas Herrera —consolidadas en Nueva York—, la muñequita de corte zarzuelero, Esperanza Iris, con su compañía completa —orgullosamente formada por damas y caballeros mexicanos—, que triunfan con su obra *El país de la castidad*.

Pero Luz Reyes no siente ahí la competencia, el reto no está ahí, no, sino en dominar su propia técnica vocal; es en eso —claro, sin dejar de lado el "modelar" sus movimientos escénicos— donde ubica el verdadero y único camino para triunfar. No deja de cumplir con sus estudios y los ensayos. Le enoja, entonces, que quieran medirle el tequila.

...estaba cansada, harta, de que todo el mundo me quisiera poner a pensar en el "asunto del alcohol", cuánta histeria, chirriones. ¡Ya...! Aunque a veces... cuando andaba muy cruda, cuando me contaban las "barbaridades" que había hecho, yo sola me ponía a pensar en esa tarugada... Pero yo sólo quería cantar, cantar, cantar y abrazarme fuerte a mi Gabriel...

Después de casi dos años de estar casada con Gabriel —cerrando los ojos a sus altas y sus bajas, y al hecho de que su matrimonio no era cien por ciento legal, porque los menores no se pueden casar sin permiso escrito de los padres—, Luz busca que se realice una de sus más íntimas ilusiones, y parece que se le está cumpliendo.

—Por favor, doctor, dígame el resultado. Ya no aguanto los nervios.

—Muy bien, señora Navarro, a eso voy: le confirmo que está usted embarazada.

—Ay, no puedo creerlo. ¡Yo embarazada! Pero, ¿deveritas, deveritas, doctor, sin ninguna duda?

—Sí, señora, sin ninguna duda. Aquí están los resultados.

—Ay, doctor, creo que me voy a caer muerta ahoritita, pero de puro gusto.

Al enterarse de que va a ser madre, Luz no se aguanta y corre a su casa con los análisis en la mano, para darle a Gabriel la noticia que le está reventando en la boca por compartirla. Entra como loca a su casa.

—¡Gabriel, Gabriel!

—¿Y ora, Luz, qué haces aquí? ¿No tenías un ensayo?

—Sí, pero era más urgente venir contigo. Agárrate, porque te voy a dar la noticia del año: ¿listo? ¡Vamos a tener un hijo!

A Gabriel Navarro se le corta la respiración. Reponiéndose de la inesperada noticia, la abraza y comienzan a reírse juntos a carcajadas, como si no les cupiera algo tan grande. Están que estallan los dos como géiseres, con la plenitud del éxtasis juvenil. Se dan perfecta cuenta de que esto que les está sucediendo es único.

—¡Un hijo…! —repite Navarro, le cuesta trabajo parar de reírse—. Ay, ay, ya nos agarró el tonto… es que… tú… y yo…

—Sí, me lo confirmó el doctor, no hay ninguna duda, éstos son los análisis —constata Luz coqueta—. Se tiene que parecer a ti. Va a ser tan guapo como su papá.

—No puedo creerlo… voy a ser… papá… me haces muy feliz —asegura Gabriel en su español medio pocho. La abraza con ímpetu—. Y tú tan chiquita… quién lo dijera, mi amor.

—Ora sí, suéltame, ya me voy corriendo al ensayo, si no, me matan. Te veo luego. Te quiero, Gabriel, ahora te quiero ¡el doble! —lo estrecha y lo besa por toda la cara, como le gusta.

Esa noche, Luz canta como nunca. La vida le resulta absolutamente plena. Al terminar la función, como se le ha hecho costumbre, le da por brindar con unos amigos del público, sin reparar incluso en lo inconveniente que es beber en su "estado interesante". A cada uno le cuenta de su embarazo, de Gabriel y de lo feliz que es.

Su proyección artística aumenta. Su imagen aparece en periódicos locales anunciando sus presentaciones. La comunidad mexicana comienza a contratarla para sus festejos familiares. Mr. Trallis la promueve para cerrar nuevos contratos. Se tiene que dar tiempo para montar repertorio nuevo, si no, en ese medio competitivo, no avanza, y lo sabe. Los compañeros de la orquesta la ayudan a conseguir materiales impresos de autores mexicanos, su maestro los repasa con ella y, como paso final, ensaya con el grupo completo. Este proceso debe ser rápido porque el público siempre pide más.

Gabriel, como periodista de espectáculos, tiene buenos contactos en el ambiente artístico, así que la ayuda a darse a conocer. Además, ha hecho buena amistad con los compañeros de la orquesta y con los amigos que ella le presenta. Con el mismo entusiasmo, se da a la tarea de crear con ella —cuando ahorran un poco de dinero— su nuevo guardarropa para la escena.

Su *empresario gringuito* —ella sigue llamándole así, a pesar de que ya es su manager— está gratamente satisfecho con la temporada y coopera en lo que puede. Por principio, consigue para Luz un sobresueldo al comprobar que ya tiene un público que la sigue noche a noche, porque, como dice un viejo dicho: "ya se hizo de burros Pedro… ya lo mirarán de arriero". Y sí, en ella se percibe un futuro promisorio. Todos ganan, eso es lo ideal.

Una de esas noches de éxito, desvelo y tragos, con un embarazo que todavía no es evidente, Luz llega a su casa. Alcanza a darse cuenta de que su embriaguez no le va a gustar nada a Gabriel.

—¡Híjole, creo que ora sí me mandé! —piensa al tropezarse con una mesa—. Shh, no hay que hacer ruido, mejor que Gabriel no se despierte, si me ve así… se me vaya a enojar…

Sube las escaleras ayudándose con las manos, tratando de no hacer ruido. Al llegar arriba, para su mala suerte, se tropieza con un taburete. Grita. Gabriel sale asustado de la recámara. Luz está tratando de levantarse del piso.

—Perdón, mi amor, ya te desperté —se levanta con dificultad—, no pasa nada.

—Luz, mira nomás, otra vez vienes que no puedes ni caminar.

—No, si solamente me quedé platicando con unos amigos —balbucea tratando de defenderse.

—Vete de una vez a dormir, yo me voy a la sala, ya no aguanto... cómo no piensas que estás embarazada, que le hace daño al niño —la jala para llevarla a la recámara, pero ella se enfurece.

—Suéltame, yo me duermo cuando quiera, y además... quiero dormir contigo —protesta, intentando caminar.

—Mírate, no puedes ni quedarte parada. Ven —Gabriel trata de sostenerla.

—No, no y no. ¡Suéltame! Yo no me quiero dormir, quiero festejar contigo que vamos a tener un hijo, un hijito... así, chiquitito, igualito a ti... ¿Qué no estás contento?

—Luz, por Dios...

—Ven, ven conmigo —insiste ella tratando de abrazarlo—, vamos abajo a celebrar un ratito.

—Ve tú sola si quieres, yo no voy contigo así.

—Bueno —dice Luz con voz arrastrada—, pos entonces, con tu permiso...

En su rabia, al darse vuelta para bajar, Luz pisa mal el escalón. Trata de agarrarse al barandal. No puede. Pierde el equilibrio. Gabriel intenta sujetarla. No la alcanza. Luz se precipita escalón por escalón. Grita al irse golpeando brutalmente.

Gabriel corre escaleras abajo. Cuando la alcanza, ella está inmóvil en el suelo. Le levanta la cabeza. No reacciona. Trata de reanimarla dándole palmadas en el rostro. No quiere moverla, tiene miedo. Pasan los segundos, los minutos... son momentos de angustia. Por fin, ella abre con dificultad los ojos.

—¿Qué pasó? —pregunta en el piso, sin comprender qué está sucediendo.

—Te caíste y rodaste por toda la escalera —le explica asustado.

—¡Que burra soy! —intenta ponerse de pie—. Ay, Gabriel, no me puedo levantar, ayúdame.

—Sí, sí... te voy a llevar a la cama... ven, muévete despacito... ¿seguro no se te rompió algo? No vayamos a empeorarla...

Al día siguiente, Luz amanece completamente adolorida. Tiene moretones por todo el cuerpo. La cruda por la borrachera le cobra también sus cuentas. Ese día Gabriel se queda con ella, a pesar del coraje y la decepción que han ido germinando en él, como hierba mala. Con la voz congestionada, le avisa al representante de Luz que esa noche no va a ir a cantar porque se encuentra enferma.

En el transcurso del día, Luz comienza a tener sangrados vaginales que van haciéndose más abundantes. Le comienzan cólicos y un agudo dolor de cintura, los dos se ven y se aterran: el embarazo no está bien.

—Gabriel, me duele mucho el estómago... y aquí, la cintura...

—Luz, estás sangrando mucho, tiene que verte un médico.

Con horror, Gabriel ve venirse un aborto. Urge llevarla a un hospital. Llama una ambulancia para emergencias. Gabriel entra en un torbellino desquiciante. Luz va mal, muy mal. La tragedia es incontenible: adiós al bebé.

Esta vez, en su dificultosa recuperación, intensamente frustrada por la pérdida, a Luz la envuelve la culpa, reconoce que fueron sólo sus excesos y sus necedades las que mataron al hijo. Ya no sabe cómo más llorar, por primera vez, siente el alma seca.

Este episodio trágico deja una sombra en su cuerpo y en su espíritu. Se condena a vivir con esa rasgadura interna

—que se mantendrá quemándola en un ahogo incurable, permanente—. Su salud tarda en estabilizarse varias semanas, porque la violencia del aborto requiere de una cesárea que la obliga a permanecer internada. Los sangrados vaginales, aunque escasos, continúan por días, la asustan. Los moretones son grandes, oscuros y duelen. Tardan muchos días en borrarse. Gabriel toma las riendas de la situación con un dolor desconocido.

La notoria ausencia de Luz Reyes en los foros repercute en la prensa. La noticia se da a conocer como una enfermedad con manejo hospitalario. Se habla de una intervención quirúrgica inespecífica. Luz no quiere recibir a nadie, menos hacer declaraciones públicas. Las flores que le mandan al hospital van a dar primero a la sala de su casa y de inmediato a la basura, sin que ella siquiera las vea —a él no le interesa cuidarlas—. Resulta imposible evitar las conjeturas: las críticas hilan su ingreso al hospital con los escándalos de sus borracheras. Ven a Gabriel devastado. La hacen responsable de su aborto.

El gozo que vivía con Gabriel se quiebra, como un arcoíris que se parte: imposible volver a unirlo.

Dicen que al principio del embarazo no se sienten los movimientos del bebé, pero juro que desde los primeros días yo sentía cómo se movía rápido rápido de un lado a otro y chocaba con la matriz, eran como piquetes, yo juraba que iba a ser cirquero. Me quedaba quieta para sentirlo más. Gabriel nomás se reía, no sé si me creía, le decían sus amigos que era una locura mía… luego pregunté y sí encontré mujeres que habían sentido eso… bueno, tampoco les creyeron… pero esa sensación no la olvido, es mi tesoro… Perdí a mi niño, toditito lo perdí… ¿cómo hubieran sido sus ojos?, ¿y su piel?, ¿prietita como la de su papá?, ¿iba a ser alegre?, ¿niño o niña?, ¿y su voz, me la habría heredado? ¡Ni un rostro qué recordar, ninguna mirada, ninguna sonrisa..! ...nubes... nada... La herida del vientre me dolía, pero la de la matriz me daba miedo, ¿cómo iba a crecer cuando me volviera a embarazar con la cicatriz que quedó? Me la imaginaba tiesa, dura, gorda. Pero ya dije que no quiero hablar de eso, para qué... aquello se fue por siempre... duele cada pedazo de entonces. Quisiera borrar esos años de mi cabeza. ¡Mi bebé... y luego mi Gabriel! También él desapareció, se me murió. Me entró una locura: me ponía un velo de viuda, negro, que me cubría la cara, cuando nadie me veía. No tenía tanta fuerza... con tanta soledad... yo entera me volví un remolino... me doblé... y no voy a decir más, no se me da la gana. Ahí se acabó esa historia completa... mi historia y de nadie más... dolor, dolor, dolor... y ya.

Aquella Luz nunca rompe la privacidad de esos momentos, ni siquiera sus amigos más allegados conocen por su boca qué pasó. En *El Heraldo* de Los Ángeles se informa del aborto —sin hacer mención a las causas—, y de la difícil recuperación de Luz, a quien le envían votos por su restablecimiento.

Necesita consuelo, pero no quiere ver todavía a ninguno de sus amigos y compañeros. En su cómoda guarda cuatro o cinco cartas que ha recibido de Meche y de su tía: las saca, las lee de nuevo, le sirven de compañía. Se sienta a escribirle una larga carta a su prima, pidiéndole que la rompa cuando termine de leerla. Le da horror que alguien más conozca su debilidad, sus culpas, sus secretos.

En ella se filtra un sufrimiento que la golpea desde que se malogra el hijo, un sufrimiento que nunca se desvanece. De aquel aborto, a Luz le queda la cicatriz en el vientre y otra, igual de indestructible, en el alma.

Gabriel no soporta estar con ella, así que en cuanto la ve más repuesta, se muda con un colega y sólo va al departamento para llevarle a Luz comida y medicinas. Él ha bajado de peso, no duerme bien, se ve demacrado. Su amigo lo escucha llorar algunas noches, pero, respetando esos desahogos, no lo interrumpe. Ahora resiente estar tan alejado de su familia en México. Lo único que le ayuda es mantener su trabajo periodístico al día: hacer entrevistas, ir al teatro para hacer sus reseñas, y escribir aunque sea pocas líneas de su novela cada día… eso lo refresca.

Traté de convencerlo de que iba a cambiar, yo lo creía… la lección había sido brutal. Quizá si se hubiera quedado conmigo, hubiera sido diferente… no sé… no lo sabré nunca… Él también vivía el duelo por la muerte del bebé, aunque no lo conoció. ¿Qué hicieron los doctores con el cuerpecito? ¿A poco lo tiraron a un bote de basura? No me atreví a preguntar, qué espanto… todavía me dan temblores si lo pienso. Tampoco le pregunté a Gabriel a dónde fue a parar la ropita y los juguetes que habíamos comprado… cuando regresé a la casa, ya no encontré ni señal de nada que lo recordara. ¿Será verdad que se volvió un angelito? Gabriel ni siquiera lo mencionaba… pobre… muchas veces lo oí sollozar como un chiquito, aunque trataba de esconderse. Un día necesité que viniera a verme mi maestro de canto… como tabla de salvación. Vino y platicamos los dos con él… se portó muy… dulce, comprensivo. Nos hizo bien.

Gabriel, meses antes de este episodio, había comenzado a escribir una obra de teatro para Luz, *La maldita guerra*. Cuando termina el libreto, lo manda musicalizar y le explica que siempre lo pensó para ella, le pide por eso que sea la protagonista, desea cerrar su relación con un buen recuerdo. Luz mide lo que significa hacerlo y acepta, como parte de sus últimas presentaciones en Los Ángeles. Regresa al Teatro Hidalgo, un domingo 9 de octubre de 1924. Con la fortaleza vocal de sus dieciocho años, vuelve a triunfar.

Gabriel —como *El fantasma de la ópera*— ve su victoria, se deslumbra… y desaparece.

No tuve corazón para disfrutar del éxito, Gabriel ni por esas quiso volver a buscarme. Esa noche, en mi cama, volví a ser soltera… ¡Aaay, México, por qué estabas tan lejos! El correo no bastaba, tardaba tanto…

¿Cómo desaparece Gabriel? En boca de Luz, sólo hay silencio. ¿Muere como ella dice?

En honor a la realidad, Gabriel Navarro no muere ni pierde su fuerza, aunque Luz lo haya eliminado de su personal faz de la Tierra. Su actividad de periodista y de crítico de música, de Teatro y de cine en California se consolida, amplía sus rutas a la escritura creativa, nace su primera novela *La señorita Estela*. Escribir es un reencuentro con un mundo sin ella —su ex esposa, Luz tan bonita—, donde él vuelve a nutrirse de ímpetu, de aire puro, y se vuelca con un apasionamiento que le irá sanando de la aflicción. A lo largo de algunos años, salen de su máquina de escribir más novelas: *Los emigrados, La sentencia, El sacrificio*… Después vive arrebatos por el teatro, que conoce desde sus vísceras, incluso como actor, y consigue que se monten sus obras. Su participación en la prensa no se detiene, es más, perdura por muchos años. Y aunque ella sostenga en México que él ha muerto, es Luz Reyes la que se vuelve para él, *su pasado*.

También él se me murió, ya dije… me quedé viuda… yo así lo sentí, nunca más lo vería otra vez… ya no le volvería a cocinar mi comida mexicana, ni a verlo a los ojos cuando cantaba, ya no iba a darme masajes de pies cuando estuviera cansada, no nacieron los quince navarritos que soñé tener, nuestra cama se hizo cama de otros… no fue cierto que íbamos a envejecer juntos como nos juramos…

Dónde estás corazón, no oigo tu palpitar,
es tan grande el dolor que no puedo llorar...
yo quisiera llorar y no tengo más llanto,
lo quería yo
tanto y se fue... para nunca volver...

¿Adónde se van las ilusiones, carajo?

TRINOS DESPUÉS DE LA TORMENTA

Es el año de 1925. En México, a pesar de los esfuerzos de grandes grupos de ciudadanos, no se consigue mantener un estado de paz. Se perfila ya la violencia provocada por los nuevos decretos que promueve el presidente Plutarco Elías Calles contra el culto religioso, fundamentalmente el católico. La "Ley Calles", como se conoce a esta restricción, se establece para limitar los poderes de la Iglesia. Dicha ley es furiosamente rechazada por las masas creyentes, lo que provoca intentos de asesinar al presidente del país. Se conforma la Liga Nacional defensora de la libertad religiosa. Al organizarse la lucha de los cristeros, nombrados así por su vocación a Cristo Rey y por ser defensores a ultranza de la religión, se siembra una semilla religiosa que termina en una encarnada violencia. Esta revuelta católica, apostólica y romana cobra más de 70000 vidas en los tres años subsecuentes.

Una mañana resuena en la calle el *gritón*, a voz en cuello, dando la noticia sobresaliente del *Excelsior*:

—¡Atentado contra el presidente Plutarco Elías Calles! ¡Fanática religiosa intenta asesinarlo! —el atentado no prosperó, pero la noticia impacta en todos.

En este México de la mitad de los años veinte, las cosas marchan a tirones y empujones: la vida política está muy revuelta. En las calles se ven con frecuencia multitudes que manifiestan sus inconformidades. Curiosamente, en contraste con esos "dimes y diretes", al recorrer esas mismas calles es común escuchar la suave música de los organillos alemanes de cilindro, que ejecutan valses de México y de Europa, en convivencia armoniosa. Parece que buscan inducir a la tranquilidad.

Corre la época del legendario curandero "Niño Fidencio", el pequeño guadalupano guanajuatense —de cara redonda, pasado de peso— que nunca supo leer ni escribir. Es el tiempo en el que la fe católica de los feligreses busca su derecho a existir, a realizar sus rituales sin importar los laberintos políticos, económicos y humanos que se generan. Están dispuestos, para conseguirlo, a sacrificar la sangre de los miembros de la grey. El "Niño Fidencio" reza por ellos.

Al mismo tiempo, en una página por completo distinta, dentro de un espíritu impetuoso de esparcimiento, fiesta y presunción, la imagen de identidad popular del mexicano se delinea cada vez más: surge la Asociación de Charros. Se exalta en las mujeres el uso de la falda bordada con lentejuelas, la blusa llena de chaquira en el pecho y el peinado con trenzas gruesas entrelazadas con listones, como símbolo de la femineidad. El pantalón cachiruleado, muy representativo de lo masculino, acompañado por una camisa blanca bien fajada, ciñendo la espalda y la cintura, atuendo coronado por un sombrero bordado de ala ancha. Se enaltecen, así, ocasiones como las concurridas peleas de gallos donde se oye de pronto algún grito: "¡Mátalo, colorado, tú eres mi gallo!". Cada macho mexicano que asiste se pasea con su pistola al cinto, y si se puede, con una dama al lado para atraer la buena suerte: "¡Ahí van las apuestas!".

De manera simultánea, se consolida otro fenómeno culminante para el perfil de lo mexicano: la Dirección de Cultura Estética se da a la tarea de propagar por doquier la música popular del folclor nacional. En los pueblos, en las plazas, en los cuarteles, en las escuelas y en los campos, no se oyen sino canciones mexicanas. Los viejos cancioneros se desempolvan para recorrer travesías modernas, mientras el genio de los compositores está de plácemes: el calor de la musa vernácula germina. El negocio de publicar partituras y venderlas es un éxito.

Las grabaciones discográficas permiten difundir canciones tejidas con hilos del alma mexicana: queda en discos, como un homenaje de amor, el bolero más antiguo de México: "Morenita mía".

Conocí a una linda morenita y la quise mucho,
y mi amor es tan grande, tan grande, que nunca se acaba,
al contemplar sus ojos, mi pasión crecía,
ay, morena, morenita mía, no te olvidaré...

En este marco, en el que el nacionalismo baña todas las expresiones artísticas, retorna de Estados Unidos Luz Reyes. Tiene diecinueve años. Llega con el alma desfondada. Le gritan los remordimientos, carga luto. La niña que se fuera apenas unos años antes regresa como una mujer que jugó al amor y perdió. Ha cruzado por una filosa maternidad arruinada. Conoce demasiado de cerca al verdugo del alcohol, que la hace reír, sí, pero al final la lleva a los lamentos. Paga con su carne y su sangre la confusión etílica. Es hora de apartarlo, de escupirlo como veneno.

La soledad es perra... otra vez a empezar... necesitaba querencia, como dicen en mi patria, así que me regresé a México para encontrar el cobijo de mi tía María, de Meche, de mis amigas de antes. Ora sí llegué bien cuadradita: ¡le había tocado los pelos al diablo! Allá mismo en Los Ángeles, ya enfilada para regresarme, me metí en un tratamiento para dejar el alcohol, y por Diosito santo que no estaba tomando ni una gota. Pero yo no sé de dónde inventaron los canijos gringos eso de que las hormonas de borrego te hacen dejar la borrachera. Qué borregos ni qué ojo de hacha, ahí está mi prima Meche que fue testigo, y hasta cómplice, de esa locura: ¡casi me cuesta la vida!

Mientras tanto, en contraste sorprendente con su cuerpo lastimado, su voz, como diría un poeta: *se ha pulido como una piedra sumergida.*

La voz, mi "tersa" voz de soprano... si no es porque la traía metida, yo creo que hasta eso se hubiera quedado en Los Ángeles. De lo otro, pues... hay cosas de las que no se tiene que decir nada, es mejor callar... o mentir... lo que pasó, allá lo enterré... aunque sus arañazos se me quedaron... Me tocó rasguñar piedras pa salirme del hoyo en el que estaba... me acordé que una vez oí a una actriz decir que si estás en el fondo de un abismo, y te mueves, nada más puedes irte para arriba... eso quise hacer, tenía que volver a despuntar, como las yerbas en primavera, yo había visto retoñar hasta troncos secos en las cercas... la vida estaba adelante... en el "después"...

No es difícil imaginar el duro trance de una Luz joven que pierde el piso que la sostenía. Ella lo provocó, lo sabe. Confunde la culpa con la soledad, el dolor del cuerpo con el de su maltrecho espíritu. Su decisión de volver a México, a la vecindad con sus tíos, es como la del animal que busca esconderse para lamerse y sanar las heridas.

Para salir de Estados Unidos, entra en el torbellino de terminar sus vínculos laborales: como primer punto, cancelar el acuerdo con Mr. Trallis, su *empresario gringuito* —a quien aprendió primero a estimar y después, realmente a querer—, y para seguir, cumplir puntual su contrato con el Teatro Hidalgo, para evitar demandas riesgosas. No está en buenas condiciones para hacerlo, pero después de tratar de rescindir su compromiso, sin ningún resultado positivo, decide terminar la temporada, sabiendo que el costo físico sería muy alto, su recuperación, más lenta. El director del teatro, en el fondo, la obligaba porque pensaba que al concluir el plazo, Luz decidiría finalmente quedarse con un contrato mejorado.

Entiende cuando le repiten y le repiten que al volver a su patria perderá la oportunidad valiosísima de un futuro artístico promisorio que ella misma se ha forjado, que está ya en sus manos, y se volverá viento, nada. Elige el regreso. Inicia el agobio de desmontar su departamento —que llegó a significar una felicidad que no conocía—, de vender muebles, regalar aparatos eléctricos y enseres imposibles de llevar, que reparte entre sus músicos y algunos amigos que la extrañarán. Ahora tiene que empacar su aparatoso vestuario, enriquecido considerablemente. Le resulta bastante engorroso: mete los trajes de china poblana en bolsas cilíndricas largas de corte militar, de lona verde —que llamará *los muertos* por su parecido con las de cadáveres reales—, sin doblarlos demasiado para que no se maltraten. Tiene, además, el pendiente de terminar con los tratamientos médicos que siguieron a su aborto, etcétera, etcétera, etcétera. Está agobiada, triste, ofuscada.

Justo antes de irse, rechaza la fiesta de despedida. No está para risas. Espera que emigrar le ayude a sellar la cáscara rota del huevo que despedazó.

Finalmente, todavía aturdida por tanto movimiento y tanto esfuerzo, un día se ve de nuevo en un tren, ahora en sentido contrario al del viaje que la llevó a Los Ángeles con esperanzas: éste marcha de retorno hacia su México.

¿Por qué al mirarme en tus ojos
sueños tan grandes me forjaría…?

El recibimiento de sus familiares entrañables —Meche, Florentino, la tía María y el tío Florentino— en la estación de trenes de la Ciudad de México, para su consuelo, es inmensamente cariñoso. Los abraza: ya está de nuevo entre quienes la quieren sin juzgarla. Todo saldrá bien.

Supe de inmediato que no me había equivocado al regresarme. Era mi familia, que tanta falta me había hecho. En su casa me esperaban sopes, pambazos, rajas, ¡tepache!, hasta panqué de nata del de mi tía. Sentí una alegría inmensa… agradecí que no me preguntaran nada triste. Mi mamá no estaba… ninguno habló de ella… después supe que andaban peleados casi desde que me fui. Lo que comentaron fue que yo venía muy flaca, pero que ellos se encargarían de ponerme frondosa… me dio risa, como cuando niña… ¡Qué caras tan conocidas! Sentí alivio, de veras estaba en casa.

Por lo pronto, a Luz le urge platicar con su prima Meche a solas, lejos de la vecindad y de la familia. Necesita su ayuda, si quiere cambiar de vida. Y sí quiere, y querer es poder. Así que sin mucho pensarle, se organizan las dos para irse a un parque. Cuánto necesita de su prima.

—Ay, Meche, ya me andaba por salirnos, en la vecindad no hubiéramos podido hablar con tanto ruido… y tantas orejas chismosas.

—Se me hace que mejor ni te hubieras ido a Los Ángeles. Por lo que me escribiste, estuvo horrible.

—¡Y a qué diablos me quedaba! ¿Ya se te olvidó cómo andaba mi mamá de canija?

—No, pues eso sí, pero… ¡qué mal te fue!

—No sabría decirte, Meche, hay muchos que se mueren sin conocer el amor, yo por lo menos, ya lo conocí, y mucho... y en la cantada, para qué te digo si ya sabes, me fue muy bien.

—Híjole, prima, qué duro quedarte sin el hombre que quieres...

—Ya ni llorar es bueno, y te juro que si volviera a nacer, le entraría otra vez con el Gabriel. Pero no es eso de lo que te quiero hablar, te tengo que contar una cosa muy fea que me dijo el doctor luego de que perdí al bebé, y que me tiene llena de espanto. Me dijo que ya nunca, nunca iba a poder tener hijos —aunque no quiere, se le salen las lágrimas. A Luz la tiene atrapada ese nudo que carga todo el tiempo en la boca del estómago. Meche respinga, la noticia la enfurece.

—¡Pero cómo puede estar tan seguro! Ni llores, tú eres demasiado joven para que te salgan con eso. ¡Viejo bruto!

—No sé, Meche, a lo mejor sí es cierto. Si te digo que me puse requetemal, estuve muchos días en el sanatorio, hasta la respiración me faltaba, me tuvieron que poner oxígeno muchas veces. Y pa rematarla, el lugar estaba espantoso, te juro que olía a puro muerto.

—Bueno, pero no te quitaron nada, ¿verdad?

—Pues el doctor dijo que según esto, no perdí ni la matriz ni los ovarios.

—Ahí está, eso es lo importante, ni caso le hagas.

—Pero ya te enseñé qué cicatriz tan fea me quedó, si me hicieron como una cesárea. Además, me muero si no tengo hijos, peor ahora que ya probé lo que se siente estar embarazada, es lo máximo, prima.

—Tú no te preocupes, ya veremos cuando te toque, ahorita qué, ¡ni novio tienes!

—Es cierto, tiempo al tiempo... pero que conste que quiero un niño... ¡a fuerzas! —contesta Luz con ímpetu limpiándose los ojos con las manos.

—Así está mejor, sin llorar. Lo que me preocupa ahorita, Luz, es lo de… de… de lo otro, pues, ya sabes, de lo que me contaste en la casa.

—Ay, prima, si serás mensa —le dice Luz medio riéndose de ella—, a poco te da pena. ¡Dilo bien!

—Bueno, lo de los mentados borregos.

—No le vayas a contar a nadie, ¿eh? Si se entera mi mamá… o mi tía María… yo creo que me matan.

—Pues yo creo que sí.

—Eso queda entre tú y yo. Te juro, prima, que ora si ya no voy a volver a tomar jamás ni un traguito. No sabes qué horrible fue eso de despertarme en la cama del hospital y que me dijeran que había abortado a mi hijito. Me quedé tiesa, yo no me acordaba ni cómo, te lo juro. Me dolía todo el cuerpo. Me salieron un chorro de moretones.

—Ya ni lo pienses.

—Cómo no voy a pensarlo. No podía creerlo. Te juro que no me acuerdo de nada de lo que pasó. Gabriel me tuvo que contar que me caí de la escalera… y todo lo de después. Yo andaba con la borrachera cruzada… con eso de que me puse a brindar con mis cuates… yo qué sé por qué tantas cosas… ¡maldito tequila!

—Ni le des vueltas, mejor explícame cómo está lo de los borregos porque todavía no te entiendo bien a bien.

Luz le cuenta que en el mismo hospital donde ingresó por el aborto le explicaron que podían darle un nuevo tratamiento para curarla del "vicio" del alcohol. Se trataba de unas ampolletas para inyectarse una cada semana. El contenido de esas inyecciones era un compuesto de hormonas que se extraían de los borregos y eran procesadas en el laboratorio. En caso de ingerir cualquier tipo de bebida alcohólica, se produciría una reacción alérgica agudísima que la llenaría completamente de ronchas. Parecía infalible, así que no lo dudó y se trajo el tratamiento.

—¿Y no te da miedo? ¿De veras quieres que te las inyecte?

—Claro, prima. Qué, ¿no dices que ya casi eres enfermera? ¡Pos aquí tienes a tu primera paciente!

—No, Luz, ya en serio. ¿Y si se te ocurre entrarle a un trago? Porque, según veo, las inyecciones no te quitan las ganas de tomar.

—No, pos eso sí, ¿verdad? Pero, qué caray, a poco no tendré fuerza de voluntad… Ándale, ayúdame.

Desde su entraña, Luz piensa en el alcohol como en un demonio y está convencida de que puede dominarlo para construir una vida distinta, mejor.

Meche, aunque con dudas, acepta ayudarla, pero aún así, le advierte a Luz que es una hormona y que no conocen bien los riesgos. A Luz no le importa, necesita cambiar lo que ha sido incambiable.

Mientras van de regreso a la casa, Meche le platica que hace casi dos años se abrió una radiodifusora y que van muchos cantantes. Le propone acompañarla, si quiere, para que vaya a pedir trabajo. Luz acepta de inmediato.

EN 1923 SE INSTALA EN LA CAPITAL LA PRIMERA RADIO-DIFUSORA LOCAL, ADMINISTRADA POR RAÚL AZCÁRRAGA Y EL PERIÓDICO EL UNIVERSAL; SUS SIGLAS SON CYL, SU LOCUTOR ESTRELLA: JORGE MARRÓN, "EL DR. I.Q." ESTA EMISORA SE CONVERTIRÁ MÁS ADELANTE, HACIA 1930, EN LA VIGOROSA XEW, LA VOZ DE LA AMÉRICA LATINA.

Qué bien que ya estaba en mi México. Fue muy bonito sentir que tenía otra vez un lugar para vivir con mi clan, con cariño del bueno… Nada más me arrepentía de haber roto tanta fotografía de aquellos años con los gringos, parecía como si no hubieran existido… ni una guardé de Gabriel, ni siquiera de

nuestra boda, yo creo que por eso se me fue borrando su son-
risa que tanto me gustaba… hasta las flores que guardábamos
de mi ramo de novia las tiré… lo extrañaba como loca, pero
no decía nada. Para no variarle, mi mamá andaba quién sabe
por dónde, ni se enteró cuando me regresé. Ora sí cuidaba mi
voz como nunca. Y en verdad, como nunca, ¿eh?, sonaba lim-
pia, pareja, aterciopelada… estoy segura de que mucha gente
ni me reconoce la voz en las canciones de aquellos tiempos. Me
acuerdo de una… de "Amapola del camino"… ah, cómo me
gustaba cantarla: "Novia del campo, amapola, estás abierta
en el trigo, amapolita, amapola, te quieres casar conmigo…".
Qué bueno que la grabé, para que vean que no siempre tuve
la garganta desgarrada…

Después de darse unos días de descanso, Luz vuelve a los
escenarios, a los *cabarets*. Se repite un antiguo dilema: al salir
del país, su nombre artístico era Luz Flores, y como aquí
todos la conocen así, decide volver a utilizarlo.

Y la suerte se dejó venir, porque luego que entré en contacto
con los empresarios más fregones, Pepe Campillo y Roberto
Soto, comencé a hacer temporadas en los teatros importantes,
el Teatro Lírico, en la Cerrada de Cuba, y el Teatro Iris, el
de Esperanza Iris, "la reina de la opereta".

El Teatro Iris había sido una especie de teatro-circo que se
llamaba Xicoténcatl. Primero era de muros de madera, pero
luego, Esperanza Iris lo arregló muy elegante. Todo el mundo musical quería trabajar en ese lugar y en su par, el Teatro
Lírico. La contratación solía ser de primera.

Una noche, después de la presentación en un cabaret
menor, el Cielo Rojo, entre meseros que subían las sillas
sobre las mesas, y se daban a la tarea de tallar los pisos del
lugar a fin de dejar todo listo para el día siguiente —alguno

de ellos chiflando despreocupado "Peregrina"—, Luz recibe el recado de que la espera en el vestíbulo el famoso señor Campillo para hablar con ella. Termina de cambiarse el vestuario lo más rápido que puede, corre a verlo. La tez todavía la mantiene roja y brillante por el arrebato de la función. Esa noche la rueda de la fortuna le marca un cambio de cuadrante, definitivo.

—Mira, Luz, vamos al grano, te he oído cantar y me gusta, quiero contratarte.

—Muchas gracias, señor Campillo —contesta Luz, invitándolo con un gesto a sentarse en un sillón escarlata—, viniendo de usted es todo un piropo.

—Tú sabes que en el teatro trabaja mucha gente conmigo, así que hay ciertas reglas que hemos puesto para no tener problemas y que debes conocer antes de darme un sí —explica el señor Campillo mientras prende un cigarrillo con calma.

—Usted dirá…

—Vas a pasar con el señor Rosas, que es el administrador, para ver lo del contrato y para que te diga cómo van a ser las condiciones y los ensayos. Vas a tener que ir todos los días, somos una compañía de repertorio.

—Cómo no, usted nomás me dice a qué horas me quiere ahí, y ahí estaré —asegura Luz muy firme asintiendo con la cabeza.

—Eso te lo indicará Rosas —repite él acomodando el brazo en el respaldo—. De con Rosas te vas a ver lo del vestuario, que te pruebe Rosita los trajes de "La Dolores" y "La Tirana", ella ya sabe para qué escenas.

—Entendido, señor Campillo. Le agradezco mucho la invitación, tenga por seguro que seguiré sus instrucciones al pie de la letra. De nuevo, gracias.

—No tienes nada que agradecer, éste es un trabajo, a los dos nos conviene… Ahora nada más tienes que cantar como una reina para conservarlo. Si cumples como se debe con los horarios y estudias tus partes para los ensayos, no tendrás ningún problema.

—Claro que sí, señor Campillo. Estaré más que disciplinada.

Esa invitación me devolvió a la vida. Otra vez me sentí emocionada, muy emocionada. Hice temporadas de opereta... decían que un día podría cantar en la ópera... pero no era lo mío. Me gustaba jugar al vestuario como si fuera juego de niños, y oír a la orquesta en el foso, en vivo, apoyar a los cantantes... y creer que las escenografías eran de a de veras. Desde que regresé, me mordía las uñas, pero no le entraba a la bebida, me puse un horario para dormir, otro para vocalizar, otro más para hacer ejercicio... me llenaba de orgullo después de los primeros minutos de calentar la voz, cuando sentía que la voz me obedecía, que volaba hasta más allá de la cabeza y del techo, y sentía que me convertía en sonido, todo vibraba por dentro... qué momentos de plenitud, hermosos, donde no necesitaba a nadie, era sólo yo haciendo estallar mi voz, con los músculos del diafragma tensos, potentes, respondiendo... ahí estaba mi verdadera fuerza, lo que estremecía mi canto, mi vientre de madera recia, que nunca, nunca perdí... Uy, pero de lo que me pidió el señor Campillo, ¡qué disciplinada ni qué nada! Si ahí nomás fue el desastre. Además, en México me dio miedo anunciarme como Reyes sin haberlo platicado con mi hermano, que sí era Reyes, así que regresé al Flores, tal cual me apellidó, legal, mi mamá... y sí, también me convenía llamarme como antes de irme. Me gustó jugar con mis nombres... ¡qué loca! Y bueno, a pesar del jaloneo, pa delante le seguí... pero... chirriones, como todo lo bueno que me pasaba... siempre traía aparejado el lado oscuro de la luna. ¡Yo no sé, de plano! Juro que todo sucedió como sin darme cuenta... creo que por esa vez, sí me ganó la felicidad... hasta temblaba de gusto...

Pero… cómo la ven, saliendito de mi primer día en el Teatro Lírico, cuando terminé el viaje obligado entre el mentado señor Rosas "Cumple-Cumple-Cumple" y la del vestuario con su cantaleta de más arriba, más abajo, enderézate, me fui a contárselo a mi hermano Manuel… y pos ahí volví a perder… así nomás, como de perfil, como no queriendo la cosa…

—Y te digo que se portó muy bien conmigo, hermano. Atrás del foro estaba lleno de artistas dando vueltas por todos lados. Primero pasé con Rosas, que se quiso ver muy rudo y medio perro a la hora de darme las condiciones, aunque ni le salió, porque yo estaba con muy buena disposición, y ya sabes, luciendo la sonrisa. Ya luego me fui a probar unos castores a vestuario y mis moñotes pa las trenzas… y lo demás que se necesita.

—¿Castores? —preguntó Manuel sin acordarse bien de qué hablaba—. Pero ven, vamos a la sala y me explicas.

Manuel vive en un lugar no muy grande ni muy lujoso, pero tiene todo lo que él necesitaba. Sabe aprovechar sus ingresos para vivir mejor. Consigue habilitar un cuarto para su mamá, que de vez en cuando lo va a ver y se queda varios días. Hoy lo había sorprendido Luz con su visita, y quiere que su hermana se sienta cómoda, a gusto, en su casa. Luz se sienta en el sillón de la sala tan de prisa que ni siquiera nota que es floreado y nuevo. Está que no se aguanta por platicarle todo.

—Sigo —aclara Luz—, castores se llaman las faldas de las chinas poblanas. Ésas que son todas bordadas con lentejuelas y que tienen colores rojo y verde. También vimos el vestuario de las zarzuelas.

—A ver, a ver, eso significa que de plano te vas a dedicar a ser artista, Luz.

—Pos claro, ¿que no ves que es lo que mejor me sale? Y es lo único que sé hacer bien. ¡Desde cuándo que ando en eso, bobo! A poco no te gusta cuando canto.

—Ay, hermana, hermana, desde luego que me gusta, pero yo no sé qué destino te espera. Tú ya has visto lo difícil de esa vida. Hay temporadas largas sin trabajo. Te tienes que cuidar mucho para mantener la voz. Los hombres no siempre son respetuosos.

—Sí, Manuel, pero si es lo que más me gusta. Ya ves, a ti te gusta ser chofer... y eso eres.

—Ah, pero qué comparas, Luz. Con este trabajo tienes ciertas garantías, un salario seguro, contrato fijo, pero cantando... no te vayas a morir de hambre, hermanita.

—Ni modo, manito —declara convencida Luz levantándose, poniendo las manos en la cintura y empitonando el pecho—, pa qué me dio voz Diosito...

—Eso sí, Luz, de que tienes una voz linda... la tienes.

—Oye, Manuel, ya que te conté todo... —y titubeando le pregunta—. ¿No te enojas si te pido un favor?

—¿Qué, será dinero? —le pregunta el hermano poniendo cara de "ay, ya me dio miedo".

—No, es otra cosa bastante distinta. Pero, pos no sé ni cómo decirte.

—Como te salga primero, hermanita, ¿cómo ves?

—Bueno, ¡pos sí! —se da valor y lo ve directito a los ojos—. Mira... se me ocurrió que ahora que voy a empezar una nueva etapa en mi carrera... a lo mejor... me conviene ponerme un nombre nuevo...

—¿Y eso para qué?

—No, pos así nomás... para la buena suerte, como cuando te pones saliva detrás de las orejas. Mira, yo quisiera ponerme —dice Luz con lentitud, bajando un poco la cabeza—: Luz Reyes.

—¿Reyes, como yo? ¿Qué no te gusta Flores?

—Ay, manito, la verdad, no, no me gusta para nada. Siempre me hace acordarme que ni a papá llegué. Ya ves cómo es toda esa historia. En cambio, si me llamo Reyes, como que somos de verdad una familia. Bueno, tú y yo al menos. Es... como si tuviera un respaldo, pues, para que me entiendas.

—Luz Reyes... pues no suena mal.

—¿Verdad que no? ¿Te fijas? —preguntó Luz con ilusión, remolineándose en el sillón con modos de rancherilla—. En los Yunaites... pues... a veces lo usaba, ¿sabes?, y me iba bien. ¿No te enojas? ¿Aceptas?

—Pues sí, y se me hace un honor. Te lo agradezco, hermanita... Luz Reyes. Pero que conste que ni por esas estoy tan de acuerdo con que seas artista.

—No le hagas, hermano... Mejor dame ánimos para que me vaya bien.

Manuel, precisamente por el cariño que le tiene, quisiera que ella viviera una vida más sencilla, con mayor seguridad. Él conoce de las penalidades que trae consigo un medio inestable, más para una mujer. Y además, con esos horarios invertidos que viven los artistas, se les complica todo: trabajan de noche, duermen de día. Finalmente, a pesar de que se le llena el cerebro de miedos, termina convenciéndose de que su deber fraterno es respaldarla.

—¡Ándale, pues, ya quedamos! —responde Manuel entusiasta y se levanta para ir al trinchador a sacar unas copas y una botella—. Vamos a brindar por la nueva Luz Reyes, ¡la primerísima cantante! —con un impulso celebratorio, sirve dos copas.

—Híjole, manito... —duda Luz rascándose el cuello y luego mordiéndose una uña viendo las copas—. Yo no sé si deba...

—Qué yo no sé ni qué nada, órale, agarre su copa para brindar, que la ocasión lo amerita. Vamos a decir ¡salud! juntos, como para sellar el pacto.

—¿Y si me hace daño? —lo interrumpe asustada—. Es que no te he contado, Manuel, pero... a lo mejor sí me hace daño.

—¡Y por qué te iba a hacer daño!

—Es que… me estoy poniendo unas inyecciones —aclara Luz con voz temerosa.

—¡Qué inyecciones ni qué ojo de hacha! Ándale, ¿a poco no vamos a celebrar que ya somos Reyes los dos? —la incita Manuel juguetón acercándole una copa.

—Pos ora que me acuerdo, sí es cierto —Luz toma la copa dejándose llevar y brinda—: ¡Salud, Manuel Reyes, hermano!

—¡Salud, Luz Reyes, hermana!

—¡Por los Reyes! —remata Luz dando el trago que la regresa al infierno.

No, si ya se ve que eso de la fuerza de voluntad nomás no se me dio. Esa tarde nos quedamos ahí un ratísimo. Bueno, la verdad me encantó… sacamos recuerdos como nunca… nos reímos de zonceras, como de chicos. Lo malo resultó cuando salí de su casa, y de remate, se me ocurrió pasar de camino a ver a aquel antiguo amigo que hacía años que no veía: a mi preciosísimo Prieto. Con qué gusto nos abrazamos… Entonces sí, ¡la puerca terminó de torcer el rabo!

Al día siguiente, en su casa de la vecindad, Meche, bastante preocupada, ve que Luz no abre los ojos, acostada como un fardo en su cama. Meche quiere hacerla reaccionar a como dé lugar. Le da unas palmadas en la cara con las manos mojadas en agua fría.

—Por favor, muévete, Luz, ya despiértate —comienza angustiada a zarandearla por los hombros—. Ándale, te tengo que dar esta pastilla.

—Ah, jijo —reacciona al fin Luz, tapándose un poco los ojos, arrastrando la voz, pastosa todavía por la borrachera—, qué mal me siento.

—Ay, prima, qué bárbara. Otra de éstas y no la cuentas, ¿eh? —le dice Meche en franco regaño mientras la ayuda a medio sentarse para darle la pastilla y el agua.

Luz no está consciente de lo que pasa, tiene la garganta cerrada, la boca seca, comezón en todo el cuerpo, hasta en los orificios más insólitos y privados. Su piel completa está que arde, no le alcanzan las dos manos para rascarse al mismo tiempo por todas partes. Avienta las cobijas al suelo, se revuelve el pelo desesperada friccionándolo, se toca los ojos hinchados al darse cuenta de que casi no los puede abrir. Su prima Meche la observa, no sabe si con rabia o con tristeza. Alrededor, todo está ordenado. En su buró hay una jarra de agua, una toallita y algunos medicamentos.

—¡Cómo tengo comezón, Meche!

—Pues claro, si ya lo sabías. ¿No tú misma me dijiste que si te echabas tus tragos te iban a salir ronchas? Pues ahí las tienes, bien puestas, estás peor de roja que un tomate. Ten, trágate esta otra pastilla, a ver si te ayuda.

—Sí manita, dámela… pero conste que nadie me dijo que me iban a salir granos por dentro, yo creo que me podía haber muerto de asfixia, porque siento granos hasta en la lengua, ¡qué feo! Tampoco me dijeron que se me iban a dormir las manos…

—Y hasta con ésas —le contesta Meche enojada—, tuviste suerte de que el doctor Gutiérrez anduviera por aquí recetando a la vecina, si no… ¡a lo mejor de veras te nos mueres!

—¡Ay, cruz, cruz, manita! —Luz ahora se da cuenta de la seriedad de la situación y se incorpora un poco más en la cama—. Me duele mucho la cabeza.

—"¡…me duele mucho…!". Pos claro, zonza, qué esperabas, con semejante cuete que te metiste. Y debías verte la cara… ¡pareces sapo!

—Es que vomité mucho, ¿verdad? Medio me acuerdo. Siento los párpados gordos.

—Yo no sé a qué le tiras con tomar… ni las inyeccionzotas de borrego que te puse… a ver, ¡para qué diablos las trajiste desde allá!

—Tienes razón… —le contesta Luz sin medir las consecuencias. De pronto cambia su gesto y hasta se ríe con lo que se le ocurre—. ¡Mejor ya no me las pongas!

—¡Anda, loca! Lo mejor es que te duermas, ya luego platicamos.

—¿Te dije anoche que ya no soy Luz Flores? De ahora en adelante soy: ¡Luz Reyes! —suelta con orgullo, con una amplia sonrisa.

—Sí, ya sé, si te has pasado horas diciéndome lo mismo.

No, pos ya después hasta se me olvidó que existían las inyecciones, pero esa vez, palabra que casi, casi me muero asfixiada. Duré días para reponerme. Y con eso de que me urgía comenzar a ensayar… A los del teatro les inventé… ya ni me acuerdo qué inventé… pero me salvé… de las dos cosas, del ataque de los borregos que me dio y de que me corrieran todavía desde antes de empezar a trabajar… ja, ja… Lo que sí, lueguito me puse a vocalizar según me enseñó mi medio mexican teacher en Los Ángeles para que no se me notara nada en la voz. Cómo me carcajeo de acordarme: ¿de dónde sacaría aquel maestro esa vocalización tan chistosa que decía cantando escalas?: zancas de gallo pelón… y tocaba dos acordes con el piano: tan, tan… para subir medio tono, y otra vez: zancas de gallo pelón… tan, tan… y otro medio tono, y de nuevo: zancas de gallo pelón… ja, ja, ja… lo que hace uno por perseguir lo que quiere… pues con esas figuretas estudiaba… y me servían… sí, señor…

Luz abandona los tratamientos antialcohólicos por muchos años. Eso la tortura durante largas etapas, pero no logra brincar la cerca: ni familia, ni contratos jugosos, ni amores son suficientes. Por ahora, trabaja intensamente y sigue avanzando para subir la montaña profesional. Repasa mucho repertorio nuevo —para lo que le ayudan sus venturosas prácticas de memoria desde su primer repertorio de niña—, conoce a otros artistas, hace nuevos amigos, aunque no es dada a socializar con cualquiera. Se comenta que es difícil. Ella continúa reforzando, desde lo refinado de su voz, la personalidad y la fuerza expresiva que la distinguen de sus colegas. La competencia es fuerte, le divierte el juego con quienes la envidian.

Me gustaban las voces finas, cómo no, pero lo mío, finalmente, fue lo popular. Ahí sí aposté por los retos vocales. Era como si me hipnotizaran. Eso sí nadie me lo pudo quitar nunca, el placer que sentía por todas partes, hasta en el centro de los sesos, cuando me iba saliendo la voz... así, pues, como si me hipnotizaran. Claro que todos los maestros de canto te hacen cantar arias de ópera, pero eso lo dejé en los salones de clase... pero es cierto que el cuerpo entero se hace fuerte con las mentadas técnicas de canto... mientras me duraron, las adoré...

Es de cierto modo lógico que debido al gran dominio vocal de sus primeras grabaciones —la tersura del timbre, la seguridad de sus agudos— se relacione con posibilidades operísticas, pero nunca ingresa en el mundo del *bel canto* nacional. Admira las voces operísticas de la cantante mexicana Fanny Anitúa, y de la Tetracini, la cantante italiana que escucha en México. Es la época de las grandes sopranos elevadas al nivel de diosas, con una fama que da vuelta al mundo, como la de Amelita Galli-Curci o Toti Dal Monte.

Cómo me entran ganas, hasta muerta, de regresar el tiempo. Me encantaba vocalizar en mi casa con algunos compañeros. Qué distinto hubiera sido todo de haber tenido la voluntad para dedicar mi vida a cantar sin tanto trago... y sin tanto lío de gratis. Aunque luego también pienso que si hubiera sido de otro estilo, a lo mejor Lucha Reyes nunca hubiera llegado a ser Lucha Reyes. Eso nunca lo sabré: oigo volar mi voz... la gente me aplaude... canté y canté tantas canciones en tantos escenarios... por ahí andan... desde mis primeros discos se oyen lindas, ¿verdad? Las pienso y no sé qué quiero, si llorar, si gritar... si cantar... o de plano ¡echarme un bienaventurado tequilazo! ¡Ni modo, aunque bajo tierra, sigo siendo Lucha Reyes, "La Tequilera"!

Llega 1926: muchos artistas comienzan a consolidarse. Agustín Lara registra su primera canción en la Sociedad de Autores y Compositores: "La prisionera"; Guty Cárdenas llega al Distrito Federal, Tata Nacho lo descubre y le da todo su apoyo. De este último interpreta "Rayito de sol" y de Guillermo Quevedo, "Amapola"; se vuelve un éxito; Jesús Elizarrarás, con su figura pequeña y sus ojos inquietos de ardilla, compone "Tierra de mis amores", que se vuelve un auténtico himno para el estado de Guanajuato; Melquíades Campos escribe "Duerme"; Emilio D. Uranga y Valente Pastor nos regalan su piedra preciosa, "La negra noche"; el fox-trot sigue haciendo de las suyas, como en *Flor del vicio*, sobre una inocente mujer que termina de prostituta —tema recurrente en la época—; y ni qué decir de las producciones extranjeras que llegan a México y hacen estragos "en los corazones", como aquel famoso tango argentino: "Mocosita".

La recién estrenada Luz Reyes, con su *nuevo* apellido autorizado —que finalmente decide usar de ahí en adelante—, también busca estar en las carteleras y en el mundo agitado y competido de las grabaciones. Los discos están en boga, con una producción sin precedente. Las compañías disqueras extranjeras llegan a México. En un principio, las grabaciones se hacen sobre matrices de cera —lo que se registra, de principio a fin, queda para la memoria eterna, sin posibilidad alguna de corregirse. Éstas son enviadas sin demora, debidamente empaquetadas y protegidas, de regreso al país de origen, principalmente Estados Unidos o Alemania. Ahí se producen los discos finales, de pasta, se etiquetan y empacan para ser repatriados a las esferas locales de los intérpretes. Cada uno contiende por un lugar entre los que tienen el privilegio de ser grabados. La actual Reyes, también.

—Por Dios, Luz, ya no corras —se queja Meche resollando a media calle—, a ver si no nos caemos y no llegas a tu cita.

—N'ombre, si lo que quisiera es volar —replica Luz acelerando todavía más el paso—. ¿A poco crees que todos los días te invitan para grabar un disco?

—Pero no te hablaron para corredora de carreras, ¿o sí?

—Ándale, no te quejes, apúrate, ¿no ves que primero van a hacer las audiciones para formar el trío con el que quieren grabar? Capaz de que no llego a tiempo y ni me toman en cuenta.

—Un trío, mira nomás que locura —opina Meche sin perder el paso apresurado, con la voz entrecortada—, ya no hallan qué hacer para verse originales, qué le encuentran de malo a los cuartetos y a los duetos. ¡Tríos!

—¿Qué creías, chiquita, que yo iba a ser como cualquiera? —presume Luz con tono engreído—. Ya chole de duetos y cuartetos. ¡Ora yo voy a formar parte del primer trío de México! Me requetecanso que sí.

—Pues si ya se te metió en la cabeza, yo también me requetecanso que sí junto contigo, nomás eso faltaba.

—¡Abran paso, pelados, que ahí les va su mera madre, su Lucesota Reyes!

EL JILGUERO SE TRANSFORMA
EN RUISEÑOR

Con las ganas despiertas para dedicarse con ímpetu al trabajo, Luz se forja una fuerza interior que la mueve a quitar a quien sea que se le interponga para construirse un camino profesional. Sigue aceptando las invitaciones para participar en duetos y cuartetos, a pesar del apego que tiene a su propio repertorio. Con ellos tiene que desplegar su agudeza musical, porque no siempre canta la primera voz de las melodías sino las segundas voces. Con Margarita del Río, soprano, forma el dueto Anáhuac, que es seleccionado para participar en presentaciones donde son acompañadas por músicos de renombre, como La Orquesta Típica de Miguel Lerdo de Tejada, dirigida por el maestro Esparza Oteo. Se escuchan los violines románticos y plañideros, con un vibrato sutil, suave, delicado, mientras las guitarras insisten en los bajos; sosteniendo la armonía, el infaltable "retozón": el salterio, que le pone el toque distintivo de esa época al conjunto, dando soporte a las voces que lo redondean.

La prensa, de nuevo, sigue la trayectoria de Luz Reyes —reconociendo su actual solidez vocal— y le dedica cada día más notas para anunciar sus próximas presentaciones, y a veces, hasta publica algún chisme sobre ella. Pero, aunque parezca increíble, o una excentricidad o un delirio, Luz decide, una vez más, utilizar el nombre artístico de "Luz Flores". Teme verse marginada por la confusión de apellidos ahora que está volviendo a tener un lugar en el ambiente artístico. Su hermano se ríe, cada día la conoce un poco mejor, la comprende. Sólo ella sabe el esfuerzo que le cuesta mantenerse en la mirada pública, y todo lo sobria que se requiere para cumplir sus compromisos, pero logra un equilibrio con fructuosos resultados.

No, si ni duda cabe, nomás comenzaron a anunciarme en los periódicos y mi suerte cambió. En honor a la verdad, desde que entró el año de 1927 fue la pura dicha. Todo iba aceitadito, como sobre mantequilla. Para empezar, ya era yo LA REYES, así, con mayúsculas, como una gran señora... con el mismo apellido de mi hermano Manuel, y eso para mí... pos no por nada, pero se me figuraba que hasta funcionaba como patita de conejo: se me abrían las puertas por dondequiera... y con todo, seguía jugando a llamarme Flores. Por lo pronto, tenía el trabajo fijo que me había dado el señor Campillo en el Teatro Lírico. ¡Qué divertidas nos dábamos! No podíamos dar paso sin que algún periodista nos persiguiera. No pasaba un día sin que saliera alguna de nosotras entre las columnas de la prensa. Qué de chismes... y de inventos, cómo nos daban risa. Ay, todo se iba acomodando bonito para los duetos... y luego, para mi adorado cuarteto. La vida me olía a puras flores. Bueno, claro que no faltó el prietito en el arroz: las discordias con doña Victoria, mi señora madre. ¿Cómo halló tantos modos para fastidiarme? Bien que supo hacerlo. Y que la virgencita me castigue si miento. Pero por ahora, había que entrarle con montones de gusto al teatro.

Entre el brillo de la música alegre y las canciones picosas, la vida de las damas de la farándula sale a la luz pública. Se habla de sus voces, vestuario, secretos guardados dificultosamente entre bambalinas —como los ósculos, según suele llamarles la prensa a los besos, robados en las candilejas—, que se ventilan en el periódico *Excélsior* —fundado por Rafael Alducín en 1917 para beneficio de todos: lectores, artistas y público—, en *El Universal*—fundado en 1916, por Félix Palavicini—, y, por supuesto, en su edición vespertina *El Universal Gráfico*, que no debemos olvidar, por los amplios espacios dedicados al ambiente artístico. A cual más de *comunicativos*, todos se engolosinan con los chismes. Columnas como "De Telón Adentro", y plumas bajo los seudónimos de Crispín y Fatty, bien pueden ayudar a crear figuras míticas o a demoler la imagen de un artista.

Me requeteencantaba que hablaran de mí. Eso de que se ocuparan de uno, arriba o abajo del escenario, de veras lo saboreaba. Y luego, que me llamaran "ruiseñor", ya era lo máximo que me podía pasar. Entonces iba empezando la primavera, estábamos en abril del 27, afuera todo florecía, y adentro de mí, también. Estaba conociendo tanta gente, me invitaban a tantas fiestas... yo cantaba con cualquier compañera ocasional haciendo dueto a voces... como allá cuando empecé en el patio con mi tío Florentino...

Es el tiempo en el que las "chicuelas" de la Compañía Velasco —a mucha orden— muestran los encantos de sus atrevidas piernas desnudas, como columnas griegas. Eso sí, de muslos preferentemente carnosos, para regocijo del relamido público.

> *Pícaro tecolotito,*
> *quisiera ver un poquito*
> *lo que estás mirando allí,*
> *ay, cómo estará bonito,*
> *yo quisiera estar así...*

Tiene turno, por igual, el magnífico bailarín señor Bilbao, que triunfa en El patio de los leones de la Alhambra. Las presentaciones artísticas se difunden en los periódicos acompañadas por ingeniosos anuncios que invitan, por ejemplo, a felicitar con flores Smiles, con sede en Donceles 26 A; la zapatería La Nacional ofrece catálogos con modelos para hacerse zapatos en *glacé* francés o charol negro con piel oro, a la medida del pie más difícil, elegantísimos, selectos. Se hace publicidad el *Almanaque Bailly-Bailliére* o *Pequeña enciclopedia popular de la vida práctica*, cuyo costo es de $1.00 en la capital y $1.30 en los estados, que las féminas de todas las clases sociales consumen como artículo de primera necesidad. Así, vemos cómo el consumismo se robustece.

Ubicada en ese círculo, Luz Reyes no siempre sale bien parada, como cuando se desaparece del Teatro Lírico por varios días, y unos periodistas descubren que andaba *en calidad de fardo en un tren militar*, como la Adelita de la canción, muy bien acompañada.

...y ese oía que decía
aquél que tanto la quería...

Bueno, la verdad es que sí, esa vez sí me pasé de la raya. Claro que recordaba bien aquello de la disciplina que me dijo el señor Campillo que debía de tener... pero, ni modo, yo ya había sufrido demasiado, y ahora tenía ganas de divertirme... y... si se presentaba la oportunidad... Finalmente, despuesito, a pesar de todos los desmanes, se me hizo realidad el sueño de hacer algo distinto, de formar mi trío: el Reyes-Ascencio, el primero de México, a mucho orgullo; ahí estábamos yo... y Ofelia y Blanca Ascencio. Yo enmedio de las dos, porque era más alta que ese par, todas vestidas de chinas poblanas, con unos listonzotes en el pelo y unos collares largos hasta debajo de la cintura... entonces nos sacaron nuestras buenas fotografías pa repartirlas en toditito los periódicos... y qué bueno, porque aunque éramos muy lucidoras, ese trío no iba a durar mucho... pos pa que más que la verdad: por mi culpa. Luego luego se aprovechó de eso la metiche hija de su rechiflada mamacita de la Julia Garnica… se me enchurrusca el estómago de coraje nomás de mentarla. ¡Vieja chinche!

Los periódicos no pierden la oportunidad de chismosear lo posible y lo imposible en sus notas. El 23 de abril aparece una nueva noticia sobre ella: "Luz Reyes ha vuelto a desaparecer del teatro, sólo que ahora no se trata de ningún viaje sospechoso, pues está realmente enferma de la garganta y no puede cantar, con gran contento del otro ruiseñor, la simpática Julia Garnica… como que ellas dos se odian a muerte…".

En el teatro, entre bambalinas llenas de movimiento, subiendo y bajando tiples y artistas de baile todo el tiempo, con los camerinos llenos hasta el tope, cubiertos los tocadores de maquillajes, cepillos, peines, moños, tubos de labios, arracadas y con vestuarios de colores vivos, Luz se enfrenta a situaciones que no controla, por su carácter explosivo. Uno de esos días, en el pasillo de las oficinas se dejan oír los ladridos de un perra pequeña que acompaña a Luz cuando se topa con su contratador.

—¡Le juro, señor Campillo, que no sé cómo pesqué esta gripa! —se defiende Luz mostrándose preocupada y afligida en serio, bastante afónica.

—Mira, Luz, el asunto no es esta gripa —advierte el señor Campillo harto—, sino todos los problemas que le estás causando a la compañía.

—Bueno, ya vio usted que anoche hizo bastante frío, con eso de que luego entra norte por Veracruz…

—No trates de desviar la conversación, Luz, sé que celebraste tu cumpleaños —reclama Campillo disgustado—. Sabes perfectamente a qué me refiero.

—No, claro, señor Campillo, tiene usted razón —dice Luz tratando de ser dulce y coquetona—. Pero, ¿qué ya no le gusta cómo canto?

—Eso no tiene nada que ver —responde el empresario moviendo la mano, con voz intolerante—. No tengo nada contra tu voz, sino contra tu comportamiento —sube más el tono—, y tú sabes muy bien que hay otras voces que esperan la oportunidad que te dimos a ti, y hablo en particular del trío.

—Señor Campillo —suplica Luz contrita—, yo le prometo que de hoy en adelante…

En esa discusión están cuando se oye acercarse a una mujer que taconea con especial cadencia, es su rival: Julia Garnica.

—Buenas tardes —saluda la Garnica con voz francamente sensual acercándose al señor Campillo—. ¿Cómo está mi empresario preferido?

—¡Julia! —exclama él con cierta turbación, cambiándole la expresión adusta por una sonrisa—. ¡Qué gusto verla!

—Uy —interrumpe Luz irónica con su voz maltrecha—, ya le cayó una mosca a la leche.

Al escuchar a Luz, Julia tuerce la boca y no pierde la oportunidad para aventarle una puya a la Reyes, su peor contrincante.

—¡Con esa voz, querida —se ríe Julia mofándose de Luz—, seguro vas a tener un gran futuro!

—¡Por lo menos yo me gano la vida con la parte superior de mi cuerpo! —respinga Luz de inmediato.

—¡Pues sí, querida, la verdad, con tu parte inferior no se puede pedir mucho! —arguye veloz Julia Garnica.

Los artistas que pasan por el pasillo se divierten al escuchar la trifulca y ver las caras que va poniendo el empresario entre los dos fuegos.

—Por favor —pide Campillo nervioso, restregándose la oreja—, no hay ninguna necesidad de… bueno, de decirse cosas… innecesarias.

—Lástima, querida —aprovecha Julia para lanzar otro dardo filoso en contra de Luz—, para variar, ya pusiste de malas al señor Campillo.

—Pues sólo que haya estado hablando yo sola —suelta Luz incitándola.

—Creo que será mejor que me vaya a mi oficina. Julia, ¿podrías ser tan amable de acompañarme? —pide Campillo.

—¿Qué… en su oficina tiene un sofá cama que no rechina? —pregunta Luz con una punzante carga de veneno.

—¡Luz! —grita Campillo sin poder creer lo que escucha, descontrolado, furioso. Se vuelve a oír al perrito ladrando, nervioso por tanto escándalo.

—Ay, mira qué tierna, Luz, traes tu animalito —comenta Julia con un grave dejo de hipocresía—. Es una pena que en lugar de aficionarte a la piel de zorro —y añade despectiva— te hayas aficionado a la de… perro.

—No, fíjate que en realidad a esta perra más bien le tengo lástima… —dice Luz con inocencia fingida—, pobrecita, ni te imaginas qué nombre tan triste tiene…

—Seguro llevará el último nombre de tu lista de queridos.

—No… ojalá… —aclara Luz triunfal—. En realidad tuvo poca suerte, como es una perra, le tocó llamarse: ¡Julia!

Julia Garnica se le lanza a Luz Reyes para arrancarle todo el cabello que pueda, y entre cachetada y cachetada le vocifera:

—¡Eres una idiota, infeliz!

—¡No es posible! ¡No es posible! —grita Campillo tratando de separarlas, interponiéndose a manotazos entre ellas—. Por Dios, compórtense —y con un alarido suplica—: ¡Por favor, alguien ayúdeme! —De inmediato, dos compañeros vestidos de soldados romanos, con todo y casco en la cabeza, entran a la trifulca para separarlas. La perrita continúa ladre y ladre.

Al fin, Luz se da media vuelta carcajeándose de la furia de Julia. Ésta prácticamente ruge, perdiendo los estribos.

—¡No huyas, cobarde!

—No huyo —le grita Luz de salida—, más bien, no quiero lastimarte, chapis. Agradécemelo —le da la espalda—. ¡Adiós... perra!

Mmh, nomás faltaba que una vieja... penitente me quisiera pisotear. Además, ya andaba yo con otros planes más sabrosos que quedarme amarrada en el Teatro Lírico... por ahí se me presentó el famosón señor Torreblanca para ofrecerme formar parte del Cuarteto Anáhuac, y para más, con el acompañamiento de su Orquesta Típica. Vaya, vaya. Ahí se acabó el Trío Reyes-Ascencio, ya ni tiempo tuve de grabar con ellas el disco. Qué me importaba que se quedara la babosa de la Julia Garnica en mi lugar... no por nada, pero era como cambiar langosta por garnacha. Ni qué comparar... además, yo ya empezaba con el Cuarteto Anáhuac... ahí sí jugábamos bonito con la voz... me embebía con mis segundas voces... parecía un baile de sonidos...

A Luz Reyes se le hace diminuto el mundo de la "artisteada" —como le llamaba su hermano Manuel— para moverse a su antojo. Día a día se afianzaba con mayor presencia su imagen y, a pesar de sus difundidos desórdenes, el público y los empresarios —que bien conocen su negocio—la requieren cada vez más. Sin embargo, tiene que tranquilizar sus desplantes para compartir escenario con quien le asignen —siguiendo el hábito de los empresarios de subir a escena a muchos cantantes en una misma función— hasta con Julia Garnica, aunque, según la prensa, en amistosa competencia.

En amistosa competencia, sí, pero yo le ganaba. Bueno, todavía me acuerdo de aquella vez que nos juntamos Nancy y yo pa echarnos un quién vive con el trío, que ahora se llamaba de las Garnica-Ascencio, en la Plaza de Toros. ¡Triunfamos! Si hasta la misma Nancy y las muchachas decían que yo tenía una voz escalofriante... no lo dije yo... Además, desde que agarraron de moda hacer cada función dizque importante con un titipuchal de artistas, yo de maje me iba a quedar afuera, menos por la Julia... ahí conocí mucha gente... yo andaba como llena de burbujas, adoraba la fiesta, reírme, los besos...

AL CORRER EL AÑO DE 1927 SE DIFUNDE QUE EL PRESIDENTE PLUTARCO ELÍAS CALLES, LUEGO DE SUS SEVERAS LEYES RESTRICTIVAS CONTRA EL CULTO CATÓLICO Y EN MEDIO DE LA REVUELTA CRISTERA, PERMITE LA CELEBRACIÓN DE PRÁCTICAS RELIGIOSAS EN CASAS DE PARTICULARES.

Los ánimos se tranquilizan, los ojos vuelven a poner atención en otros ámbitos: se da la noticia del fallecimiento del célebre arquitecto mexicano que construyó el Teatro Juárez, en Guanajuato, y que realizó el proyecto de la Columna de la Independencia en la ciudad capital, don Antonio Rivas Mercado, quien fuera altamente reconocido por su trabajo y su talento. En las artes plásticas, Diego Rivera pinta su obra maestra en el Salón de Actos de la Escuela Nacional de Agricultura, en Chapingo. La excitación del mundo musical popular está dando frutos desconocidos: en el Politeama, Agustín Lara estrena "Imposible", su bolero de interesante influencia yucateca —novedosa forma musical—; el compositor Mario Ruiz Armengol, con apenas trece años —llegaría a ser una figura fundamental del arcoiris de la música del país—,se dedica a la composición de obras para teatro y revistas musicales; y Ricardo Palmerín, máximo compositor de bambuco yucateco, sobresale por sus aportaciones a la lírica, con la aparición de "El rosal enfermo".

Mientras tanto, durante ese mismo año, 1927, Jorge Negrete estudia en el Colegio Militar la carrera de Intendencia y su voz aún busca una salida. Pedro Infante —todavía lejos de ser el ídolo de masas— se encuentra en Sinaloa trabajando con sus manos la madera en una carpintería, con el gusto ya por silbar y entonar melodías; la compositora mexicana María Grever arriba al cine norteamericano, y escribe canciones con vigoroso éxito, contratada por la afamada compañía productora Paramount. En México, sin pena, la consideran un logro absolutamente mexicano.

El mundo de la radio hace lo suyo también, se amplifica: el 2 de julio, el *Excélsior* anuncia un Radio Concierto con los conjuntos vocales de Chapingo, dirigidos por el maestro Mario Talavera, en la radiodifusora CZE, emisora que después se transformará en Radio Educación.

Luz Reyes, en esos momentos, forma con Margarita del Río el Dueto Anáhuac, sin dejar de formar parte del cuarteto del mismo nombre, sumando la voz de tenor José Pantoja y la del bajo Juan R. Martínez. Para esas fechas, los cuatro trabajan muchas horas montando un repertorio elegido por el director Juan Nepomuceno Torreblanca, quien les ha prometido "las perlas de la virgen" con un viaje en puerta por Alemania, acompañados por su reconocida Orquesta Típica. La Reyes se siente una reina y lo disfruta. Necesita una carta de recomendación del señor Campillo.

En los movidos corredores del Teatro Lírico —donde florece el género chico, rebosante de humor pícaro entrelazado con el drama, con sus logradísimas escenas costumbristas—, se escucha:

—¡Quihúbole, Julita! —se lanza a saludar Luz—. Parece que ora sí te puedo hablar sin obstáculos porque ya somos iguales… perdiste tu derecho de picaporte con don Campillo.

—Qué, ¿visitando a las estrellas? —la contrataca la Garnica.

—Sí, pero no veo a ninguna.

—¿No te honra saludarme, o no te acuerdas que yo soy Julia Garnica?

—De lo que por ahí me acuerdo es de que un día tuviste derecho de entrada libre con el jefe. Has de ser muy aburrida —recalca Luz con sorna, cruzando lanzas—, porque le duraste muy poco.

—*Eso* no tengo que discutirlo con nadie... y contigo, menos, *alcoholita*. Pero mira, para que veas que no me ciego, lo que sí te reconozco, es que como cantante, en buena ley, te has ganado tu lugar.

—Pos ai tú juzgarás cuando oigas el disco que estamos preparando —añade crecida de orgullo Luz, simulando retocarse el peinado.

—Tampoco te ufanes demasiado de tu voz asopranada... acuérdate que es un don que no dura para siempre...

—Como los hombres, ¿verdad? —lanza Luz volviendo a picar el lado flaco de la Garnica.

—¿Y qué andas haciendo por aquí? No creo que hayas venido nomás para hacerme rabiar.

—Ando buscando a tu ex Campillo para que me dé una carta de esas dizque de recomendación. Me la pidieron para darme el pasaporte.

—¿Entonces sí es cierto que te vas con Torreblanca a las Europas?

—Pos ya ves —añade Luz, ancha como pavorreal—, para hacerme más famosa —en eso, las dos voltean, al escuchar una voz muy conocida.

—¡Luz Reyes, qué sorpresa! —grita desde lejos, sorprendido, Campillo, acercándose a ellas por el pasillo, abriéndose paso entre artistas y extras.

—Hablando del rey de Roma —murmura con muina Julia—. Yo me voy. Y ojalá tu gira salga bien, no vaya a ser que te salga el tiro por la culata.

—¡Cruz, cruz! —se persigna Luz—. No me eches la sal.

—Ya veremos cuando regrese el ruiseñor… a lo mejor regresa ¡zopilote! …y por cierto, ¿que el nuevo gavilán es… Torreblanca?

—No comiences otra vez, Julia, no quisiera volver a acordarme de tu mamacita santa…

—¡No puedo creerlo! —suspira Campillo levantando los brazos al cielo—. Desde allá las vengo oyendo…

—Como aquí el aire ya se volvió muy denso, mejor me voy a respirar a otro lado —dice Julia, alejándose con su peculiar taconeo vigoroso.

—¿Ya ves lo que provocas Luz? —articula molesto Campillo.

—¡Si eso lo dijo por usted, señor Campillo! —le aclara Luz moviendo la cabeza, con una sonrisa burlona.

—Bueno, ya, ya, no importa. Me imagino que vienes para algún asunto…

—Usted tan abusado como siempre. Ya sabe que a mí no me gusta mucho pedir favores, pero…

Luz, con amabilidad, le solicita la carta a Campillo y le explica los detalles mientras caminan a su oficina para prepararla. A él le agrada el asunto de la gira. Piensa que puede volver a contratarla con más fama.

Mientras, la máquina de escribir de un columnista del *Excélsior* sigue trabajando incansable, persiguiendo con pasión periodística las huellas de Luz Reyes. En su último reportaje anuncia la partida del Cuarteto y Torreblanca, a propósito de su encuentro con Luz en la corrida de toros. En la reseña, casi se pueden oír en la descripción de la plaza de toros los *oles* de los asistentes y fanáticos del arte taurino, y desde luego la música típica de la fiesta brava en cada tercio. Imposible no imaginarse los trajes con pantalones superajustados y chalequillos bordados de lentejuelas de los matadores, siempre de color extravagante y chillón, o a los aficionados, en las tribunas con sombreros negros coronando el atuendo dominguero. El columnista aprovecha para echar carroña contra el vejete que la acompaña. Eso refuerza la imagen libertina de la cancionera.

No todas las noches son iguales: por tanto desorden con que lleva Luz su vida, llega a tener problemas recurrentes con su voz, y a sentir verdadero terror de no poder rescatarla. Es el eterno reto entre la voz lastimada y sus ímpetus sin control: la llevan a estremecerse de pánico: nunca sabe cuándo le va a pasar.

—Me lleva. ¡Otro gallo! —se queja Luz asustada—. Por más que hago no me sale la voz. Así como dicen otros que ya no hay poder humano… pos pa mí ya no hay *tequila humano* que me ayude ahorita. No me haya salado de veras el viaje la estúpida de la Garnica —se desespera supersticiosa, haciendo cruces con los dedos, antes de terminar el trago de un caballito. Parece que flota de fondo la canción de "La borrachita" en medio de su inminente partida.

Borrachita me voy
para olvidarle…

EL RUISEÑOR PALIDECE

Después de muchos ensayos agotadores y luego de realizar trámites tras trámites administrativos y legales que parecen no tener fin, el Cuarteto Anáhuac, dirigido por el maestro Juan Nepomuceno Torreblanca —después de una festiva despedida de los colegas y los periodistas—, se instala en el barco Regine que lo llevará a Europa para su anunciadísima gira por Alemania. Todos los participantes se sienten ufanos, privilegiados y felices de realizar lo que en ese momento parece una aventura esplendorosa, sin duda: después de Europa, a México se lo comerán vivo. Traen en el corazón del barco las canciones más finas, un nostálgico salterio, los violines lagrimientos. La voz de Luz cobró de nuevo su máxima potencia. Ella se siente segura de su capacidad artística y el mundo le parece una pequeñez para adueñarse fácilmente de él. Vuelve a creer que la felicidad existe, sí.

—¡Miren nomás qué bonito! —suspira profundo Margarita recargando las manos sobre los barandales del barco—. Puro mar por todos lados. Ni un solo cachito de tierra.

—Se me quemaban las habas… ¡y los frijoles y las lentejas!, por estar aquí —suspira a su vez Luz—. Ya se me hacía que con tanto requisito nos quedábamos bien frustrados en México. Para amuleto, me merqué mi colección de rebozos —y añade, haciendo una lista con voz de niña empapada en el tema—: uno de greca, otro de caramelo, el de reserva con mi merito nombre, un rojo de repulgo deshilado, uno de seda color hormiga…

Leopoldo, violinista de la Orquesta Típica, las escucha sonriendo. Su espíritu bullicioso también quiere estallar. Habla y canta a la vez, como un loco. Alza los brazos para estrechar el cielo. Los suspiros profundos muestran la satisfacción de todos.

—Ayer en tierra firme, y hoy: *sobre las olas del mar…* —canta Leopoldo—. Se imaginan un naufragio. Que se me hace que aquí… ni los tiburones te encuentran.

—Ay, Leopoldo, qué poco romántico. Nosotras acá pensando en la paz, en la eternidad, en el infinito…

—Sí, hombre, y vas saliendo tú con los tiburones —le reclama Luz dándole un manazo en el hombro.

—Sí tú quieres —dice Leopoldo acercándose a su oído, bajando un poco la voz—, me pongo romántico, Luz.

—Ustedes ya ni la friegan —respinga Margarita de inmediato—. Espérense a que el maestro Torreblanca se dé cuenta del enredo que se traen, y a ver si no hasta me los regresa de patitas a México, nadando y sin salvavidas.

—Si tú no dices nada, mi querida Margarita —responde Leopoldo con un dejo de cinismo, remarcando el *querida*—, nadie se entera, porque eres la única que sabe de lo nuestro. Y estoy seguro que te da gusto.

—Además —se mete Luz—, yo no soy propiedad de ningún hijo de su… progenitora… aunque Torreblanca crea que sí.

—Pero a mí me quieres más que a Torreblanca, ¿no es cierto? —pregunta Leopoldo coqueto, haciéndole un discreto cariño en la barba.

A Luz —siempre percibiendo el fondo del sonido de las olas, jugando con la alegría del momento— se le ocurre alburearlo:

—Me gusta más tu violín que su batuta.

—¿Cómo puedes decir una cosa así? —protesta escandalizada Margarita—. ¿No te da vergüenza? —Luz le contesta poniendo cara de ingenua:

—Leopoldo es el mejor violinista de la orquesta, ¿o no?

—No, pues sí —admite Margarita—, pero...

—Aistá, manita.

—No te hagas... a poco crees que no le agarré al albur.

—Y qué —añade Luz sin pudor—, Torreblanca también es como la canción: un "Amor secreto", ¿o no?

Luz es consciente de que su romance clandestino con el director la sitúa en un puesto que le conviene, tiene privilegios, como lo del camarote de lujo que le dieron para ella sola. Es demasiado joven y dueña de ella misma como para acongojarse con moralismos que ni le importan ni la inquietan.

—En ese sentido, digamos —continúa irreverente Leopoldo—, yo ni por enterado me doy. Pero que conste que luego me entran unos celos de estrangulador...

—Tranquilo —interviene Luz aclarando el asunto—, ni es para tanto. A ninguno de los dos nos conviene que se sepa. Después de todo, es el director de la gira. Vamos a depender de él durante todo el viajecito... y el tiempo que nos dure Alemania.

—Y para que se les quite lo habladores, ahí viene el señor director —les advierte Margarita, como sugiriendo: ya mejor cállense.

Se escuchan los pasos de Torreblanca que se acerca para departir con el grupo. Estrena ropa blanca comprada, *ex profeso*, para el viaje. Luce una sonrisa propia del director de la orquesta, puesto máximo.

—Bonito día, ¿verdad? —comenta Torreblanca metiendo los pulgares en el chaleco—. Ah... —respira hondo la brisa—. ¿Ya desayunaron? No se les olvide que luego tenemos ensayo a las doce en mi camarote.

—Claro que no, "direc" —dice Luz seria, muy propia—, si nosotros también queremos que todo salga perfecto. Ya nomás es cuestión de acostumbrarse al meneíto de este barco chulo para que nos salga la voz sin temblorina.

—A veces no es fácil andar aquí, es cierto —Torreblanca sonríe volteando a ver sus propias piernas abiertas para mantener el equilibrio. Luego, como aguja obedeciendo a un imán, gira hacia Luz. Con delicadeza la toma del brazo para invitarla a tomar un café en cubierta. Ella baja los ojos y se deja llevar. El juego va bien, no necesita hacer un gran esfuerzo.

—Con permiso —reacciona Leopoldo seco—, tengo algunas cosas que hacer.

—Te acompaño, Leopoldo —lo apoya Margarita—, a ver si vocalizamos un rato, ¿estás de acuerdo?

Torreblanca, sin imaginar lo que está sucediendo a sus espaldas, contesta muy amable inclinando la cabeza, pensando que es el gran ganador de la partida:

—Adelante.

Luz, muy quitada de la pena, agita la mano despidiéndose:

—¡Nos vemos al rato!

El barco mantiene el curso rompiendo las aguas para crear su propio oleaje. El ambiente es inconfundible: marejada, brisa, el ruido constante de la maquinaria, los gritos de los marineros, un gustillo a sal que se adentra en la boca. Alrededor del barco se ve sólo agua, bueno, de día, porque de noche: atrapa los ojos la cantidad insólita de estrellas.

La organización del grupo, en lo musical, ha resultado perfecta: partituras, atriles, instrumentos, estuches, el armonio para vocalizar, todo está a punto, en estado profesional de primera línea, hasta un asistente asignado viaja nada más para encargarse de los asuntos operativos del acomodo de todos los elementos que requiere la orquesta: partituras, particelas, arreglo de las sillas, sitio especial del armonio, colocación de los estuches, la brea para los arcos de los instrumentos de cuerda. Torreblanca acuña grandes expectativas para esa gira, comparte sus sueños con una Luz joven, que lo recarga de energía.

Eres alta y delgadita, tus pasiones me provocan,
tu cintura delgadita, tu nariz afiladita,
no te cambiaré por otra y aunque sea la más bonita...

Ya sólo se trata de tener paciencia para llegar a la tierra prometida. Sólo se trata de eso, el éxito los aguarda.

Era increíble verme a mí misma en ese barco. Yo que había sido tan pobre, tan malquerida... no estaba mal: llevaba una oferta que me iba a dejar mis buenos centavos, andaba viajando más que bien acompañada con mis dos velas encendidas, la voz me salía como fuente... por más que le pensaba, no me cabía que muy pronto íbamos a llegar a "las Europas"... yo ahí, mira nomás... y en tan buenas condiciones... estaba segura que 1927 era mi año de suerte... los ayeres se me iban adormeciendo, pasaban días sin que se me apareciera el recuerdo de Gabriel... iban nuevos muchachos en la orquesta muy jaladores, no sentía ningún miedo...

Mientras aquella travesía marcha con la alegría que alimenta la ilusión del triunfo, en México, Pepe Campillo continúa generando movimientos musicales, con su gran visión empresarial. En un afán publicitario monta una feria frente al Teatro Lírico, en la calle de República de Cuba, y convoca a un pomposo concurso-festival de canciones mexicanas con la finalidad de ampliar el repertorio del Trío Garnica-Ascencio, para consolidarlo como el grupo más original.

En este festival se dan a conocer innumerables canciones inéditas, que al paso del tiempo, el pueblo hará parte entrañable de su canto cotidiano. Es un acontecimiento enorme. La gente se vuelca entusiasmada para alcanzar lugares improvisados frente al escenario, igualmente improvisado. Los participantes y los cantantes se colocan frente al jurado. Los compositores están nerviosos. Se vota; a la cabeza, en primer lugar: "¿Dónde estás corazón?" de Luis Martínez Serrano, y en segundo: "Nunca" de Guty Cárdenas y Ricardo López Méndez.

¿Dónde estás corazón?, no oigo tu palpitar,
es tan grande el dolor que no puedo llorar...

El detalle chusco de la contienda es que, en afán competitivo, Pelagio Cruz Manjarrez le pone música a unos versos del poeta Jaime Torres Bodet, mientras que Belisario de Jesús García, hace su equivalente... ¡con los mismos versos! Vaya fiasco, aunque no se consideró fraude, ambos fueron eliminados.

De ese evento surge la canción de Silvano Ramos "Allá en el rancho grande", que más tarde se convierte en el tema principal de la película titulada justamente con ese nombre. A partir de ese momento, el cine y la música se hermanan. Uno de los participantes, el pianista y compositor Salvador Pérez, muere poco después de esa contienda, y alcanza apenas a dejar sus canciones "Presentimiento", "Virgencita" y "Alma de mi alma".

La Orquesta Típica de Torreblanca y el Cuarteto Anáhuac conocerán este nuevo repertorio hasta su regreso de Europa.

El auge en México continúa.

EN EL PERIÓDICO EXCÉLSIOR SE PUBLICA EL 7 DE ABRIL DE 1927 UNA NOTICIA QUE APLAUDEN LOS MÚSICOS DE NUESTRO PAÍS: "LA MÚSICA MEXICANA SE IMPONE EN EL EXTRANJERO. EL DEPARTAMENTO MEXICANO DE DISCOS COLUMBIA NOMBRA DIRECTOR AL POPULAR COMPOSITOR ALFONSO ESPARZA OTEO, LO CUAL PERMITIRÁ UNA IMPORTANTE APERTURA PARA QUE LA CALIDAD ARTÍSTICA DE NUESTRO PAÍS SE CONOZCA EN EL TERRITORIO VECINO".

Por otro lado, dentro del arrebato de la afición por lo taurino, se consagra el famosísimo torero Fermín Espinoza,
"Armillita". Esta ocasión gana su derecho de piso como no-
villero. Mucho se oirá de él después de esa tarde, en la que la
corneta se luce al marcar los cambios de tercio, hasta llegar
a la espada mortal sobre el lomo de la bestia. La fiesta brava
acapara la atención de un gran público. Las figuras taurinas
crecen, se fortalecen; en una sociedad ardiente, un público
masivo que se entrega de manera incondicional construye
entre oles y aplausos a sus toreros favoritos, quienes además de prestigio, reciben dinero y tienen una impresionante
vida social. Los respalda su enorme difusión en la radio y
en la prensa. Y para terminar de cerrar el candado, también
la música relacionada con la fiesta brava se intensifica y se
consume con fruición, tanto por aficionados como por no
aficionados. ¡Es un movimiento lleno de euforia!

Entre otras novedades, muchos personajes del extranjero también nutren, en un intercambio sin precedentes, las
necesidades estéticas y de esparcimiento de los mexicanos:
Harry Langdon, el cómico de moda, norteamericano de
Iowa, protagonista del cine mudo, conquista México con
sus graciosas dotes mímicas; la actriz Norma Shearer, nacida
en Canadá, derroche de *glamour* y picardía, se consagra aquí
con su película: *Esclavas de la moda*; sus fotografías comienzan a circular para su venta y se atreve —en un oportuno
frenesí— a posar absolutamente desnuda, con una respuesta de beneplácito rebozante por parte de los caballeros, de
sonrisas adornadas de bien peinados bigotes; la estrella Pola
Negri, la de los ojos profundos y la boca luminosa, irrumpe
en nuestro país ganándose una gran preferencia. El Ballet
Caroll debuta en el Cine Olimpia, con la obra *Sobre las olas*,
acompañada por el sonido consentido del salterio, el público
aplaude de pie al culminar cada función. Es igualmente atrac-
tivo acercarse al Teatro Ideal, donde se desarrolla un ciclo de

teatro argentino, con boletos muy peleados y llenos totales. ¡Qué manera tan efervescente de disfrutar la vida!

Las crónicas del momento aseveran que los artistas "se pasean como pavorreales en el jardín del arte". Tal parece ser justo el caso de Luz Reyes, en tanto se mueve al ritmo que le impone la travesía marítima y su divertida vida nueva. Ha borrado la palabra que la persiguió durante años: angustia. En su interior, el presente y el futuro que tiene a la vista la renuevan y la llevan a sobreexcitarse.

Ay sí, muy feliz, muy feliz, y... bueno, pos qué caso tiene mentir si ya todos conocen la verdad. ¡Para lo que me duró el gusto! Al principio todo parecía genial. Pero ahí luego, demasiado pronto... aparecieron las arenas movedizas. Bien que quisiera borrar hasta el último recuerdo de ese viaje donde pisé los carbones del infierno. Nos fue peor que en feria. Esos son golpes de la vida, no vaciladas. En Berlín sepulté para siempre aquella voz tan admirada, después, los engranajes de mi garganta se torcieron para siempre. ¿Sí se acuerdan de esa canción de "Alma de mujer"? Tan repreciosa que me salía con el cuarteto... me lleva...

> *Son mis noches de dolor*
> *recordando un viejo amor...*
> *y en mi triste soledad...*

Eso era cantar, ¿verdad? Eso era lo que les gustaba a mi prima Meche, a Florentino, a los tíos... al papá de mi bebito muerto... a mi hermano... bueno, hasta a mi mamá. A veces me pregunto si yo de a tiro no estaba hecha para lo bonito... Otras veces pienso que era porque tenía que pagar la deuda de tantas méndigas carcajadas que me eché cuando andaba por ai entequilada, porque ni crean que la pasaba tan mal... nos dábamos unas divertidas... como para sacarle envidia

*al más pintado… y luego, pos tener amores con quien se te
daba la gana era bien sabroso… ora que la mayor delicia de
todo, siempre fue mirarle los ojos atentos al público desde el
escenario…*

El Cuarteto Anáhuac y la Orquesta Típica de Juan Nepomuceno Torreblanca pisan Berlín a mediados de 1927, para
iniciar la gira. El cuarteto fue conformado con precisión de
reloj: en las tesituras de soprano y alto, Margarita del Río
y Luz Reyes —quienes conocen muy bien los alcances de
sus voces unidas, desde que se presentan en México como el
Dueto Anáhuac—, y por la parte masculina, Juan Martínez
al lado de José Pantoja, en las voces de tenor y bajo. Así —sin
dejar de ensayar, con disciplina casi religiosa durante el trayecto por mar y con el azul incrustado en los ojos—, llegan
a tierras europeas. En breve se moverán en Berlín, entre el
encanto de las luces y las sombras de un escenario.

Pero no todo lo que brilla es oro. La cosa no va bien,
algo camina en el sentido equivocado: comienzan las cance-
laciones por la bajísima venta de boletos. Eso se traduce en
una brutal reducción de ingresos. Como emergencia para
rellenar los hoyos financieros, se ven obligados a aceptar
presentaciones de segunda en cafés y restaurantes, con ambientes saturados de ruidos de tarros de cerveza, platos, risas
estruendosas, miradas dispersas, desatentas a la música que
escuchan.

—Bueno, muchachos, vamos a empezar —anuncia Juan
Nepomuceno Torreblanca atrás de un pequeño escenario,
mirando su reloj—, no creo que llegue más público.

El Cuarteto Anáhuac afina sus voces al mismo tiempo
que los instrumentos de la orquesta. Todo está dispuesto. Se
escuchan carraspeos de los cantantes para relajar la garganta.
Luz anuncia suavemente:

—Ya estamos listos.

Rayando el sol... me despedí,
bajo la brisa... y ahí me acordé de ti...

El empresario alemán que los representa sufre apenado y se lamenta con las manos en la cabeza. Opina al final de la presentación —haciendo esfuerzo por hablar español—, después de los pocos aplausos que se escuchan:

—Es una pena. En verdad ustedes son un grupo excelente, no comprendo que no venga más gente. No sé qué más inventar para promocionarlos.

Parece que las notas tocadas, aun las más alegres, se vuelven fúnebres, o mejor dicho, funestas. Esas funciones de remiendo económico apenas añaden centavos a la bolsa común. Poco a poco la incertidumbre se transforma en miedo. Y termina siendo de pavor.

¿Cómo se le tendrá que hacer para asegurarse de que llegue público a una función? Ésa es la eterna incógnita de todos los artistas: de los buenos y de los malos. Nosotros, por más ganas que le echábamos, lo juro, nomás no lográbamos juntar público. Torreblanca, el pobre, comenzó a desesperarse cuando se empezaron a cancelar contratos, porque no se sacaba ni para pagar los gastos... cada día estaba más histérico, gritaba a cada rato, y... bueno, pos la mera verdad, lo que se dice yo, que me indigestaban los gritos y sombrerazos, no le ayudaba mucho que digamos... porque ahora sí, si él gritaba, ¡yo aullaba!

Además de la situación desmoralizadora que enfrentan en cada función casi vacía, la calidad de los hoteles baja abruptamente y se ven forzados a hospedarse en cuartuchos de quinta. El estado de los cuartos es desastroso: pequeños, sucios, sin baños privados, con las alfombras luídas y manchadas, apestosos a moho, a falta de limpieza, a mugre vieja. Todos lo resienten, pero artistas al fin, encuentran cómo compensarlo: músicos y cantantes se reúnen a beber y cantar en alguna de sus habitaciones durante los ratos libres, que cada vez son más. Torreblanca se desespera con esto, no está para nada de acuerdo, el poco dinero que les entra lo tiran en sus juergas, *¡cómo es posible!* Pero el grupo ya no le hace el mismo caso que al principio, ni le guardan el mismo respeto. Adiós a la disciplina exquisita de los ensayos bajo su batuta. Luz, ni se diga, cada día es más rejega con Torreblanca y más cínica en sus amoríos con Leopoldo.

El frío intenso los toma por sorpresa, nunca se lo imaginaron tan brutal, no están preparados ni de ropa ni de espíritu, cada vez los ataca con mayor fuerza la añoranza del sol de México. Comienza a coquetearles la depresión, la cruda por el alcohol de cada noche los noquea. Luz y Margarita juegan —haciéndose las graciosas— a competir para ver a quién le duele más la cabeza, casi hacen apuestas. Para colmo, ya el dinero no alcanza para comidas decentes. Si siguen así, se preguntan: ¿podrán llegar a estar peor?

Es evidente que la economía de toda Europa está prendida con alfileres. Se desplomará pronto, ante el asombro mundial, como un frágil castillo de plumas. ¿A quién le importa entonces un grupo de músicos mexicanos con el trabajo y las ilusiones desbaratados? Torreblanca da vueltas en su jaula del hotel buscando una salida. Se asume como responsable del grupo y siente un desasosiego desconocido, lacerante, está avergonzado. ¿Qué más puede hacer? Sus dependientes lo perciben.

Una de tantas noches, en el cuarto de Luz, se reúnen algunos compañeros para divertirse.

—Se me hace que ahora sí Torreblanca ya no va a aguantar tanto gasto, sin que le paguen los que nos contrataron —se queja Margarita con susto, ya medio alcoholizada al igual que los demás.

—Yo también estoy preocupado —replica Leopoldo dejándose caer en la cama—. Que se me hace que esta gira va morirse de un síncope cardiaco.

—Por Dios, Leopoldo —lo regaña Luz—, a las giras no les puede pasar eso.

—Ya lo sé, Luz, ya lo sé, es una manera de decirlo —continúa Leopoldo incorporándose inquieto—. Pero el que yo creo que sí puede acabar así es tu jefecito querido —agrega con ojos de temor—. Pásame la botella.

—Y eso que todavía no se entera de lo de ustedes —advierte Margarita, siempre un poco más sensata, aunque riendo burlona—. Ya ni la amuelan, cada día están más indiscretos. Yo no sé cómo el "direc" no se da cuenta. Ayer por un pelo de rana los pesca besándose en el corredor.

Sin que se den cuenta, se abre apenitas, muy suavecito, la puerta del cuarto, que está semioscuro.

—Órale —nota Leopoldo al levantarse—, ya se nos abrió la puerta. Voy a cerrarla, no vaya a ser que se nos meta el chamuco.

Al paso de Leopoldo hacia la puerta, Luz lo jala mientras le dice:

—Mejor aprovechamos que ya te levantaste para que te quedes aquí junto a mí.

—No me jales —le contesta Leopoldo zafándose coqueto—, no te vaya a aplastar.

—Mmh… —contesta Luz cariñosa— si de eso pido mi limosna.

—Mejor yo ya me voy, no me gusta hacer mosca —interrumpe Margarita poniendo cara de muina, moviéndose hacia el pasillo. Afuera el silencio es completo.

—No, manita, quédate —la agarra Luz del brazo—. Vamos a hacer un pequeño brindis, por… ¿Por qué brindamos, tú?

—Pues porque el menso de Torreblanca no se entere que ustedes se quieren —exclama riéndose Margarita, entrando de nuevo al juego.

—Ah, ya sé, porque pronto podamos conseguir trabajo nosotros solos —añade Leopoldo levantando la copa.

—Viene de ai. Por esas dos cosas —brinda Luz levantándose y gritando a voz en cuello, alzando la copa con todo el brazo—. Hasta el fondo: ¡salud!

La puerta, que seguía medio abierta, se abre ahora sí de golpe y aparece en el marco Torreblanca con la mandíbula trabada, descompuesto.

—No puedo creerlo —les grita acercándose a ellos.

—¡Maestro Torreblanca! —exclama Margarita asustada, se incorpora ante su autoridad.

—Eres una cualquiera, Luz, ya me lo habían dicho. Cómo pude ser tan ciego —se le arroja a Luz y le da una cachetada.

—¡Ay! —gime Luz sorprendida, llevándose la mano al rostro.

—Infeliz —le responde Leopoldo y se lanza a golpes contra Torreblanca, defendiendo a Luz—. Para eso estás bueno, para pegarle a una mujer.

Se ponen a pelear. Se caen muebles, objetos y hasta reputaciones con todo lo que se gritan.

—Canalla. Y en mis propias narices —grita Torreblanca desencajado.

—Por favor, ya párenle —suplica Margarita metiéndose a fuerzas entre ellos. La situación parece extrema. En el jaleo se tropieza con una lámpara que vuela al suelo.

—Qué párenle, ni qué nada —protesta Luz jalando a Margarita en un arrebato apasionado—. Órale Leopoldo, dale duro a este viejo presumido bueno para nada —continúa altanera señalando a Torreblanca—. Para nada, ¿oyes? ¡De una vez que sepan que ni pa hombre sirves!

—Ya, ya, Leopoldo —detiene la pelea el propio Torreblanca separándose de Leopoldo—, yo no peleo por cualquier mujerzuela.

—Como tu madre —le contesta Luz con soberbia.

—Prefiero no contestarte —Torreblanca se dirige a la puerta arrastrando los pies, acomodándose el pelo, y termina gritándoles—: ¡Hasta nunca! Ah, y ya verán qué sencillo es conseguir trabajo aquí ustedes *solos* —acelera los pasos y azota la puerta. No volverán a verlo.

Yo no sé ni qué pensar de toda esa historia en Alemania. Acepto mi parte de culpa, pero nomás el cachito que me toca… de lo demás, ya ni entiendo cómo se desmoronó… me quedaron recuerdos horribles, ora sí que el frío de afuera se hizo de adentro. Del viejo bruto ni me acuerdo, bueno, nomás de que era buen director, eso que ni qué. Y, para ser honesta, del Leopoldo aquel todo acaramelado, menos. De lo que me acuerdo demasiado bien es de todas las veces que sentí hambre en ese año, porque el muy ca… mión de Torreblanca, ya ni la fregó, ai nomás nos abandonó a nuestra suerte… o mala suerte, para que quede mejor dicho, y no nos soltó ni un quinto. Entonces sí, a morder pobreza en serio…

Los siguientes meses son en extremo penosos para el Cuarteto Anáhuac y los miembros de la orquesta. Abandonados por el maestro, completamente a la deriva, sin los boletos de regreso a México, sin hablar el alemán y sin dinero, les toca padecer, en el colmo del desastre, uno de los inviernos europeos más helados. Las posibilidades de que el grupo se presente se vuelven cada vez menores, a nadie le interesa contratarlos, y cuando sale algo, les pagan "que ni para papas…". Los alemanes enfrentan una fatal caída económica que va cada minuto más a pique: los inicios de la Gran Depresión del año de 1929 comienzan a azotarles el rostro. El presidente de Alemania, Paul von Hindenburg, busca resolver la situación junto con su ministro de Negocios Extranjeros, el señor Stresemann, pero no lo consigue. La crisis abraza a los alemanes. En Europa se percibe cómo avanza. En México se refuerzan los cantos de los pobres:

Marchemos agraristas a los campos
a sembrar la semilla del progreso,
marchemos siempre unidos sin tropiezo
laborando por la paz de la nación...

El Cuarteto Anáhuac y los miembros de la Orquesta Típica terminan trabajando en los restaurantes y cafés alemanes, pero como lavatrastes por un poco de comida. Luz principia con problemas en su garganta debido al frío y a las malpasadas, que le desencadenan una infección difícil de controlar. Su voz enronquece al paso de una inacabable tos perversa. Le arde el pecho. Ella dice, melancólica, que ha de ser su corazón: extraña con furia a México, incluso en los detalles que allá ni le gustaban. Ya estaba dispuesta hasta a someterse a los enojos de su mamá. Parece increíble, pero inclusive a ella la extraña. Y doblada su voluntad, llora cuando cree que no la ve Margarita.

—Mira nomás en qué fuimos a terminar nuestro pretencioso viaje por *las alemanias...* —rezonga Luz tosiendo, mientras trabaja cerca de Margarita—, en esta cocina grasienta ¡de lavatrastes!

—Ni te fijes, al fin que falta poco para juntar el dinero del pasaje —responde Margarita positiva, enjuagando platos—. Y prefiero esto que andar haciendo cola en la fila de los necesitados, como los otros días.

—Guácala de comida más fea —respinga Luz recordando lo horrible del sabor insípido de los guisos.

—Me muero por llegar a México, amiga —se ilusiona Margarita—. Uy, qué diera por un taco de carnitas.

—Yo, aunque fuera de frijoles —contesta Luz, tosiendo y secando los platos ya enjuagados que le pasa Margarita.

—Ándale, ya son las cuatro, Luz, te toca tu medicina. A ver si ahora sí se te quitan la tos y la ronquera esa.

Afuera de la cocina se oye el relajo de los parroquianos alemanes que son muy gritones. Adentro les llega más loza embarrada de grasa. Todo es incontrolable, como un hilo de media nylon que se rasga. A esas alturas, Luz no le cree a ninguna medicina, pero temerosa, se toma lo que le dicen los doctores, por si acaso.

—Creo que ya ni me importa. Hace tantos meses que no me sale ni una triste canción. Se me figura que ya no voy a volver a cantar después de ésta.

—Ni lo digas, Lucha, cruz, cruz, vas a ver que luego se te pasa —la consuela Margarita con ternura.

—Oye —se queda meditando Luz—, ¿cómo me dijiste?

—¿De qué?

—De nombre.

—Ah, eso —le contesta su amiga riéndose—. Te dije Lucha.

—Y ora por qué.

—Pues… nomás por querendona. A poco no les dicen así a las Luces de cariño… y bueno, pues no me vas a negar que tú andas con urgencia de cariño.

—Pues no me suena mal… una vez alguien me dijo así en Los Ángeles, pero ya ni me acordaba —dice Luz reflexiva—. *Lucha…* fíjate que me gusta. Hasta me cuadra llamarme así… por lo del cariño metido, pues. Qué tal se oye: *Lucha Reyes…* suena bien…

Margarita, divertida, toma agua del fregadero con la mano, se la avienta al pelo y le dice:

—Aistá: Yo te bautizo con el nombre de: ¡*Lucha Reyes*!

—No seas zonza —le reclama Luz también riéndose, tratando de taparse la cabeza con los brazos—, no me eches agua, ¿no ves que me puedo poner peor de la ronquera?

—Ah, y cómo crees que se bautiza, ¿con aire?

—Tienes razón. Viene el chorro pues, pa que sea legal el *Lucha Reyes*.

Este momento, con apariencia de un simple juego amistoso, tiene una significación enorme: es un parteaguas en la vida de María de la Luz Flores Aceves, pero no sólo en la de ella, sino también en la historia de la música popular mexicana. Aquí se dan los primeros pasos hacia la erupción del volcán: *Lucha Reyes*.

Las dos se ríen y aligeran su carga de lavatrastes. Lucha vuelve a toser con un sonido seco, sordo, lamentable.

Sí, me gustó mucho lo del nombrecito de Lucha... y la bautizada... ja, ja... ¡cómo me reí con Margarita! Es curioso, pero sé que después, cuando ya me conocía más la gente, a varias niñas les pusieron Luz para poderlas llamar Lucha, en mi honor. Rara, rara la cosa esta de la vida. Total que ahí estábamos en Berlín, ora sí que sufre y sufre, pero buscándole entre todos al buen humor para no hundirnos. Por muchos menjurjes y mugres que tomé, no se me acabó la tos. Así duré casi el año completo, y se me hace que me podía haber quedado igual toda la vida si no hubiera sido por el cónsul de México en Berlín, don Ángel Robledo, que sí fue nuestro ángel de la guarda, a él le debo mi respeto. Nos arregló nuestros papeles para poder regresarnos, y hasta dinero nos regaló para completar lo de los pasajes. Como yo en algún cambio de hotel perdí el pasaporte, a saber dónde, él me lo repuso... ya no me acuerdo cómo fue que salió con mi fecha de nacimiento en el año 1905 en vez de 1906... bueno, pero no tuvo importancia. Todavía le estoy agradecida: se portó a la altura... Cuando ya nos veníamos, se me hizo una bola en el estómago nomás de pensar que ya no pudiera volver a cantar, y pos, de qué iba a vivir si no sabía hacer otra cosa, ni modo que de lavar trastes también allá. Sentía harto coraje con el mentado Torreblanca, que se hubiera enojado conmigo, bueno, ni se lo discuto, pero no son modos esos de dejar colgados de la brocha a todos los demás... ellos qué culpa tenían... y aunque yo no acostumbraba arrepentirme de nada, ahora sí me arrepentía de tanta desvelada, de mis amores tontos... de

las malpasadas para comer, dormir tan poco, salirme cogiendo
frío a lo idiota, quién me manda andar cantando en la calle,
hasta vaho me salía... mis pobres pulmones... me dolía el pe-
cho... méndiga tos que agarré... ¡méndiga! ¡Se me rompió la
voz!... mi voz... rota... ¡qué demonios iba a hacer ahora...!
¡qué demonios...!

Salir de Alemania es para ellos una compensación caída del
cielo. La colaboración solícita del cónsul mexicano, el licen-
ciado Ángel Robledo es total: concreta su traslado a México.
El grupo de músicos y cantantes del maestro Torreblanca, se
reúne para agradecerle su ayuda.

Luz-Lucha no puede controlar un acceso de tos.

—Ya no tosas, Lucha —le dice Margarita—, mejor respira profundo, suavecito, como ayer.

—Si quieres, tú no hables con el cónsul —la alivia
Leopoldo del compromiso—, nosotros le damos las gracias
por ti.

—Ay, sí, qué va a pensar —contesta Luz aspirando con
dificultad, tratando de obtener más aire.

El cónsul entra a la oficina donde ellos se encuentran
con los documentos en la mano.

—Buenas tardes —saluda el cónsul.

—Señor cónsul —habla Leopoldo con seriedad—, a
nombre de mis compañeros y el mío propio, quiero agradecerle profundamente su ayuda para poder regresar a nuestro
país.

—Se lo merecen —responde afable el cónsul—, ustedes
son un grupo musical espléndido. En México podrán con-
tinuar con su carrera. Ya nos veremos por allá en alguna de
sus funciones.

Luz vuelve a toser con fuerza, sin poder contenerse.

—Discúlpela —pide Margarita justificándola—, es que
ella nunca se pudo adaptar al clima.

—Por eso le agradezco el doble su cooperación, señor cónsul —añade Luz tapándose un poco la boca—. Allá en México, a lo mejor con el solecito...

—No se preocupe, Luz, esa tos se le tiene que quitar — el cónsul voltea hacia la puerta de salida acomodándose el abrigo. Les entrega los documentos—. Bien, es el momento de partir, los espera el barco —estira la mano para despedirse de cada uno—. Será un placer escucharlos en México.

En el viaje de retorno, Luz se mortifica agriamente por su situación vocal. Ningún comentario positivo de sus compañeros la alivia. Siente un temor más grande que ella. Su vida artística está en colapso. La tos con su ronquera la persigue, se vuelve un verdugo. ¿Qué va a pasar cuando pise tierra sin voz, sin dinero, sin futuro?

—Ora sí, Margarita, se me hace que de ésta no me salvo —se angustia Lucha sin poder controlarse—. Me duele un chorro la garganta. No vaya a ser cierto lo que dijo el doctorcito ese, el último, de que ya se me hizo un nódulo en las cuerdas vocales, porque entonces sí ya me fregué...

—Yo no sé si será cierto lo de las cuerdas vocales ni me importa lo que te dijo el doctorcito de los "callos" que dizque se te hicieron —asegura Margarita—, pero lo que puedo garantizarte es que tú tienes cuerda para cantar... que va para largo, Lucha... es cosa de que le vuelvas a hallar el modo...

Maldita la gracia que me hizo ese viaje a Berlín... lo único que guardo con cariño es lo chula que se portó la Margarita, cómo me estuvo cuidando, siempre al pendiente de lo que necesitaba... aunque la tos perra no dio su brazo a torcer... había ratos que me daba fiebre. De regreso, ni porque el mar estuviera tan bonito me calmaba, me hacía falta aire, me entraban ataques de tos bien largos. Traía unas ojeras moradas horrendas. Todo me cambió, todo... estaba tan flaca... me tenía harta la comida alemana... de eso seguro me iba a reponer en cuanto comenzara a entrarle a los sopes, a los tacos de guisos de mi tía... con tortillas, que ya hasta en sueños se me aparecían... una vez soñé que abría un clóset y estaba retacado de paquetes de tortillas... de eso no me preocupaba, pero de la cantada, ¡híjole! faltaba tanto... ¡faltaba todo!...

El Cuarteto Anáhuac, a pesar de todas las dificultades conocidas, graba un disco formidable de aquella experiencia alemana. En él queda guardada para siempre la primera voz del ruiseñor Luz Reyes, en temas como "Alma de mujer", de Ernesto Mangas, "¿Dónde estás, corazón?", de Luis Martínez Serrano, "Amapola del camino" de Guillermo Zornoza y Juan Ramón Jiménez, "La potranca" de Silvano Ramos, "Siboney" de Ernesto Lecuona, "La negra noche" de Emilio D. Uranga y Valente Pastor, y hasta aquella canción triunfadora en el concurso promovido por el señor Campillo, "Nunca", de Guty Cárdenas.

Conocí un miedo que quién sabe cómo se llame, que tenía que ver sólo conmigo misma, con quien era yo, como si no valiera nada o como si valiera pa una pura tiznada. Yo que pensaba llegar muy triunfadora de Alemania, y más bien pasó lo que la tal Julia Garnica me gritó como amenaza antes de la gira: ¡el ruiseñor se volvió zopilote! Ah, qué la fregada...

> *Yo sé que nunca besaré tu boca,*
> *tu boca, de púrpura encendida,*
> *yo sé que nunca llegaré a la loca*
> *y apasionada fuente de tu vida...*

EL AVE SE ACURRUCA MIENTRAS
PASA EL VENDAVAL

En México son tiempos de riñas y rivalidades entre figuras políticas, y tanto lío afecta de manera indudable y sin remedio a la economía, y por añadidura, a los ámbitos social y cultural. El aire huele a ansias de poder. La sociedad se polariza en sus opiniones políticas. Surgen altercados que llegan a la violencia entre quienes revientan de odio por sus discrepancias. Las armas le entran al baile.

En el exclusivo restaurante La Bombilla sucede un hecho insólito. El sitio es suntuoso, como se hace evidente en el baño de las señoras —ricamente decorado con un lujoso espejo con marco dorado, ancho y labrado con flores realzadas, al frente de un sillón de brocado y terciopelo en tonos rosa fuscia, verde manzana y dorado—, hay que hacer cola para entrar a los privados. En el restaurante se dan cita personalidades y figuras públicas. El lugar está lleno, se escuchan los sonidos característicos del ambiente: conversaciones, risas y música. Los meseros circulan solícitos entre las mesas, llevando en alto sus charolas, las tazas de porcelana producen ruido al entrechocar con las cucharas y los platos.

Un día este barullo se interrumpe por un acto fanático. En medio del habitual murmullo se escucha el estruendo sorpresivo de dos balazos. Un cuerpo se desploma de inmediato, golpea el piso. Se escuchan gritos de miedo, confusión y angustia. Los asistentes guardan silencio para poder entender qué está sucediendo. Los invade el estremecimiento, se percibe la gravedad del incidente. Del silencio estalla un nuevo alarido:

—¡Mataron a mi general Obregón! —dos hombres, agitados, forcejean cuerpo a cuerpo con quien disparó, jugándose la vida, mientras alguien más grita con furia:

—¡Deténganlo! ¡Asesino! —los hombres que pelean contra el hombre de la pistola logran someterlo. La gente, aturdida, se levanta de sus sillas, algunas se tiran al suelo; los hombres se acercan despacio, incrédulos, para confirmar lo que escucharon. El general Obregón está tirado. Parece efectivamente muerto. Muchos sentimientos se despiertan de golpe: la rabia, la obligación de la venganza, el temor a perder los sectores de poder que el general ya había ofrecido para su nuevo periodo de gobierno.

SE CONFIRMA: EL 17 DE JULIO DE 1928, EL PRESIDENTE ELECTO DE MÉXICO, EL GENERAL ÁLVARO OBREGÓN, MUERE ASESINADO EN EL RESTAURANTE LA BOMBILLA A MANOS DEL DIBUJANTE JOSÉ DE LEÓN TORAL, MIENTRAS LA ORQUESTA TÍPICA DE ESPARZA OTEO INTERPRETABA LA CANCIÓN "EL LIMONCITO".

EN EL CORTEJO DEL ENTIERRO SE ESCUCHAN LOS RÍTMICOS TAMBORES MILITARES Y LAS TROMPETAS AL PASO DEL FÉRETRO DEL PRESIDENTE ELECTO ASESINADO, RODEADO POR EL PUEBLO. LO CUBRE LA BANDERA DE MÉXICO. SE ESCUCHA EL HIMNO NACIONAL MIENTRAS BAJA EL MANDATARIO A SU ÚLTIMA MORADA. SE DECRETA DUELO EN TODO EL PAÍS.

SE NOMBRA DE URGENCIA A EMILIO PORTES GIL COMO PRESIDENTE PROVISIONAL PARA OCUPAR LA SILLA PRESIDENCIAL AL TÉRMINO DEL MANDATO DE PLUTARCO ELÍAS CALLES.

La noticia estalla brutal. Al enterarse, el pueblo se turba, flota el desconcierto, más rabia. La lógica completa del crimen no logra esclarecerse. El ambiente político está que hierve, cayó la cabeza que habían elegido para dirigirlos.

Ajenos a este revuelo por el poder, provenientes de Alemania, desconectados del hecho sangriento, los ex músicos de Torreblanca se deslizan al vaivén del mar, acercándose a su tierra, gracias a la ayuda del cónsul.

El grupo al fin arriba a México, el país suyo, suyo, después de "tanto brinco y tanto salto", de zozobras, de las ingratas temperaturas bajo cero. Están hambrientos de noticias, necesitan enterarse cuanto antes de qué ha pasado, antes de reintegrarse a su medio.

Como primer dato, les cuentan que el Trío Garnica-Ascencio, que apenas despuntaba cuando se fueron, ha logrado mucho reconocimiento y fama. La noticia le cae a Luz en pandorga, más que nada, por su incapacidad de presentarse en público por el momento, y porque sea precisamente Julia Garnica la más exitosa, peor con la maldición que le echó, y que se hizo realidad.

Quería arrancarle los cabellos a la condenada Julia y zangolotearla por el piso del teatro... que todos vieran que yo era su mera madre... se salvó porque me prohibió el doctor salir de la casa con las fiebres que me estaban dando, que no dudo que hayan sido consecuencia del entripado que hice por esa bruja. Me acuerdo y me encabrito.

En el ámbito del cine, hay buenas nuevas importantes: Dolores Asúnsolo López Negrete, mejor conocida como Dolores del Río, ha dado a conocer su primera película filmada en Hollywood: *Johanna*, el inicio de un porvenir muy prometedor en su carrera, que abre, por añadidura, una vereda para la incursión de otros actores. Es un espaldarazo fuerte para la consolidación de la presencia artística de los mexicanos en el efervescente Estados Unidos. Los norteamericanos llegan a desarrollar verdadera devoción por algunos artistas. Se sabe que hay que dar pasos firmes, estar alertas, incrementar sin tregua su calidad. Está abierto el juego del triunfo como en un ajedrez: o se gana o se pierde.

La prensa, a estas alturas, con las novedades musicales tan gozadas en los teatros y en las calles, se rinde a la música mexicana "llena de poesía y de encanto, arte medularmente nuestro que es delicia y orgullo".

Los brotes del arte están floreciendo, nada los detiene.

Un acontecimiento impulsa vigorosamente el rumbo del talento nacional, la prensa afirma que: "...indiscutiblemente, nuestra típica y emotiva música popular gana terreno en el exterior. A través del maestro Manuel Esparza Oteo, los artistas mexicanos reciben el apoyo de la Columbia Phonograph Co. Incorporation". Esto es verdad, para fortuna de muchos artistas, porque Estados Unidos se nutre de la sensibilidad del México creativo. Los discos comienzan a circular de manera cada vez más amplia.

Cuando el barco arriba en el otoño resplandeciente de 1928, para Luz es un acontecimiento feliz y triste. La Reyes vuelve a México con un profundo temor ante la vida. Presiente que la experiencia vivida en Alemania ha rasgado para siempre su aparato vocal por completo.

Cuando llegué a mi México tan añorado, ya no hallaba ni cómo hacerle, primero, a tragar camote con la familia que me quería matar porque, claro, por ahí se enteraron de que lo que me hizo daño fue tanta trasnochada... el frío... las hambres... los hombres... andar tomando de cualquier alcohol que me caía en las manos... y al final, los ganadores fueron los bichos inmundos que se adueñaron de mi garganta. Si alguien me regañaba, yo me quedaba callada, porque... pos... no tenía nada que defender. Pero no me di por vencida, como si fuera un edificio cuarteado por un derrumbe, me comencé a reconstruir. Había que comer bien para ganar peso, y órale, pa luego es tarde. La tos como que disminuía y no, la voz parecía tortuga patas arriba, ni pa tras ni pa delante. Pero me di cuenta de que ya se me iba haciendo costumbre tener que volver a comenzar cada tanto, para eso Diosito mismo me había llenado de tanta fuerza de voluntad, sólo que ahora sí que encontré una solución bien extraña para meterme unos centavos... uy, uy, uuuyyy...

Para el grupo recién llegado, es una suerte encontrarse con que ahora los artistas mexicanos tienen mayores perspectivas de empleo, de giras al extranjero, de hacer más y mejores grabaciones. El espectáculo sigue de fiesta, a pesar de los problemas políticos: llegan las primeras películas con sonido a nuestro país y se puede decir que con esto irrumpe una deliciosa algarabía alrededor del cine. Escuchar los diálogos es una maravilla para los espectadores que se embelesan, pero además, recibir la música que acompaña la cinta, y que es compuesta especialmente para su lucimiento, conquista hasta al espectador más insensible. Los primeros éxitos musicales masivos surgen gracias a las películas: se tararean, se escuchan en el radio, en las casas y si lo permiten, se bailan y se gozan con todo el cuerpo.

Vale destacar un fuerte contraste: en los Estados Unidos, los actores del cine mudo amenazan con irse a huelga por el continuo rechazo que reciben de los productores, al comprobar que sus voces no sirven para el nuevo cine sonoro, aunque esos mismos productores reconocen que sus gestos, las miradas con ojos abiertos enormes, exageradas, su expresión corporal exquisita, las manos elocuentes, el movimiento de las cejas, todo había sido magistral. Pero el mundo gira, ni modo: hoy, en el cine, es el tiempo de la voz.

Entre tanto, se dan escándalos en el cosmos artístico que, para no variar, siguen a la orden del día conmoviendo las emociones de sus seguidores: Dolores del Río se divorcia tras el estreno de su película *Ramona*, que resulta un verdadero éxito. Los seguidores se polarizan en sus opiniones.

Por igual se ve surgir en estos momentos a Salvador Novo —a quien conoceremos como célebre cronista de la Ciudad de México—, cuya obra de teatro *Ligados* se estrena en el muy prestigioso Teatro Fábregas. Lupe Vélez, con su belleza y buenas dotes de actriz, conquista irrefutablemente Hollywood, y en México, la gente se le entrega por completo. Curiosamente, para entonces la cantante María Antonia Peregrino, conocida más adelante como *Toña la Negra* —querida, admirada y aplaudida a rabiar—, aún se encuentra quemándose las pestañas en la carrera de Medicina. Y Agustín Lara, sin poder contener su talento de compositor, escribe la canción "Mujer" sobre una tapa de caja de cartón, en una época en la que no tiene ni para desayunar.

Al mismo tiempo, la gente gusta cada día más bailar, por lo cual acepta con avidez las novedosas propuestas: el bolero se fusiona con el danzón y con el ritmo delicioso del son oriental cubano, con las composiciones de Miguel Matamoros. Los centros nocturnos proliferan, se llenan de humo de cigarrillos, de sombreros elegantes, de lámparas tenues y discretas en cada mesa, de pistas de baile de madera, de abrigos de pieles por aquí y por allá.

¡No, si bien dicen que el hombre es el único animal que se tropieza dos veces con la misma piedra! Me fui a Alemania montada en la fantasía de que me iba a hacer la cantante más famosa del mundo, mmh... y me regresé peor que perro con la cola entre las patas. Qué famosa ni qué nada. Igualito como me pasó cuando me fui a los Estados Unidos, llegué a México toda fregada y a abrir brecha de nuevo. Ya no sé cuál de las veces me fue peor. Cuánta historia. Ora sí que hasta con pasaje de tercera viajamos en el barco para México... y la maldita "ronquera alemana" no me la podía arrancar con nada. El miserable frío lo traía en el alma. Cómo lloré de desesperación. Pero todo para nada. Pa rematarla, pus uno

se llena de ilusiones de que cuando esté en su casa otra vez,
le van a ayudar a sentirse mejor, a curarse, a levantarle el
ánimo, pero… pos no siempre sale así… maldita sea… Llegué
directo a la vecindad con mis tíos y mis primos, buscando el
refugio de la cueva propia, tapada de la nariz y la boca, tose
y tose, sentía vergüenza con ellos, pero me recibieron con
abrazos, sonrisas, todo cargado de cariño… lo que no sabía
es que mi madre pasaba unos días con ellos… y yo de necia…
de puro bruta… no sé de dónde pensé que me podía recargar
en ella… uf…

Luz, en su cama, tose y llora del dolor en la garganta, y en algo que con seguridad es el alma. Cada día más ronca, llega tan al límite de la desesperación que le pide asistencia a su mamá.

—Mamá, por favor ayúdame. Ya sabes que nunca te pido nada, pero ahora, de veras, no puedo sola…

—Eso lo debiste haber pensado antes… Antes —le responde doña Victoria enojada, déspota, intransigente—. Qué chistosa, ¿no? Un año, un año y ni siquiera te acordaste de tu madre. Cuándo dijiste *aquí le mando estos centavos para que trague la vieja.* Porque todavía como, ¿eh? No, ya me podía haber muerto de hambre, ¿verdad? Y tú… ni en cuenta. ¿Qué crees que yo barro el dinero, que me cae de un árbol o qué?

—Por Dios, mamá, ya te expliqué que nos fue mal en la gira. Torreblanca nos dejó a todos botados allá, sin dinero, ni siquiera teníamos un lugar para vivir… ¿por qué no me crees? —le pide Lucha con un tono de súplica, cansada.

—No, si eso sí te lo creo, pero se te olvida que tú también tuviste la culpa de que pasara eso. ¿Quién te manda andar jugando con los sentimientos del pobre hombre ese, Torreblanca? ¡Yo te oí cuando le contabas a Meche! ¡Cochina!

—¿A poco de veras me vas a dar una clase de moral, mamá? ¿Tú?

Doña Victoria se enfurece y avienta al piso la taza que trae en la mano. Se acerca amenazante a la cama.

—Yo no doy clases de moral ni de nada… lo que digo es que ni creas que te voy a tener aquí pa alimentarte, de mantenida, como si fueras una señorita catrina. No sabes hacer absolutamente nada. Ya estás bastante grandecita para estar pidiendo fiado. ¿No te da vergüenza andar dando lástima?

Para alivio de Lucha se aparece su prima Meche:

—¿Y ahora, por qué se están peleando?

—Pos es que mi mamá dice que ella no va ayudarme —Lucha llora con sentimiento.

—Cínica —le escupe la mamá en la cara a Lucha—, eso es lo que eres, una cínica.

—Mira, tía —dice Meche tratando de suavizar la situación—, lo que ella quiere es que la ayudes nada más mientras puede volver a cantar.

—Nada más, mamá. A lo mejor es cosa de unos días —suplica, anunciando el llanto.

—Qué días ni qué tus calzones —dice doña Victoria fúrica—. Ya llevas más de dos semanas aquí y yo no veo, ni de lejos, para cuándo se te quite la méndiga tos, ahí echadota todo el día.

—¿Y qué esperabas? —dice Lucha sollozando—. Si ni siquiera tengo dinero para las medicinas que me recetó el doctor. ¿Tú crees que tus tés esos son mágicos? Mis tíos no pueden hacer más, gracia hacen con tenernos a las dos aquí.

—Lo que se necesita es ver a un especialista —interrumpe Meche—. Y precisamente eso era lo que les venía a decir, ahí en la clínica donde trabajo hay un médico que está dispuesto a revisarte sin que le pagues ahorita.

—¿En serio, prima?

—Sí, le conté que tú eras una cantante famosa que había estado en Alemania y todo eso, y que se emociona, ya te conocía… Nos dio cita para mañana en la tarde.

—Pues a mí me importa un bledo lo del medicucho ese…
ya te dije que no te mantengo, y ¡no te mantengo! —reafirma
con cara de saña doña Victoria, con el mismo tono enfurecido
y aventándole manotazos por donde puede—. Ni creas que
voy a estar aquí nomás viéndote como a las gallinas: puro
empollar… Así que vete buscando otro trabajo que no sea
de pajarito cantador. Abusiva, descarada.

Ya ni la fregaba, si ni estaba en su casa… es más, ella también
vivía de mantenida con mis tíos, aprovechándose de que yo
llegué con ellos… era raro que diera algo para la comida… y
qué se le iba ocurrir ponerse en mi lugar… ni de chiste… pos
como bien decía la canción: "…tú no sabes mi mamita ni lo
sabes comprender" …de veras salió gritona y mezquina…

Volvía a recibir el desprecio de su madre. Eso, por añadidura,
la inundaba de una tristeza sorda. Intuía que aquel problema
en su garganta era más grave de lo que aparentaba. Pero ella
alguna vez había oído decir que cuando se cierra una puerta,
se abre una ventana. ¿Sería cierto? Duda y teme. No sabe de
dónde puede sacar fuerzas aunque sea para pensar. Lo que
tiene claro es que no se va a dar por vencida, aunque se esté
tronando los dedos.

Para ese entonces, yo ya tenía los pantalones muy bien puestos
como para dejarme caer, aunque si he de ser sincera, andaba
quebrada, sí, pero es que nomás no terminaba de compo-
nerme. Mentira que estaba pidiendo limosna, lo que quería
era algo de apoyo, cariño, comprensión. Si mi madre no me
lo daba, allá ella y su conciencia… tendría que ir otra vez
a buscar quién me lo diera. A veces ella se portaba suave
conmigo, platicando o trayéndome algo de comer… una vez
hasta me cepilló el pelo con un poco de talco porque no me

lo podía lavar, y me peinó, cosas que yo disfrutaba, aunque no me lo crean... pero le duraba lo que un suspiro... y no era frecuente, cuando la veía sonreír, yo me alegraba... se veía rechula... sé que esos momentos, aunque cortos, para las dos fueron importantes... A lo mejor eran puras ganas y figuraciones mías... pero esta vez no fue el caso... "ni modetes", como dicen en Jalisco... Por lo pronto, urgía solucionar lo de mi garganta. Así que órale, a ver al doctorcito amigo de mi prima Meche... ¡Diosito lindo, ai te encargo, ya ayúdame para que salga de ésta!

Cuando Meche y Lucha llegan al consultorio, se encuentran con que el doctor tiene una sincera intención de apoyarlas. El lugar es impecable, todo huele a limpio, a sano. Lucha siente que también ella se puede limpiar ¡y curarse! Está nerviosa.

—A ver, a ver, calmada Lucecita, abra la boca... así... diga "eeeee" —pide el doctor al introducir el abatelenguas en la boca de Lucha, al tiempo que introduce hasta el fondo de la garganta un pequeño espejo como de dentista para observar el funcionamiento de sus cuerdas vocales y su estado de salud.

—¡Agh..! —Luz tose y con un aspaviento trata de incorporarse para respirar mejor—. ¡Ay, perdón, doctor! Es que me dan ganas de vomitar.

—Tranquila, no se preocupe, es natural su reacción. Vamos de nuevo. Ahora sí, diga "eeee"...

—Eeeee... —responde Lucha menos aprehensiva.

—Ahora diga "aaaaaa".

—Aaaaa...

—Saque un poquito más la lengua...

—Uy, doctor, creo que ora sí me voy a vomitar —advierte Luz con vergüenza.

—No se preocupe, es suficiente, ya puede descansar —el doctor camina a su escritorio y hace apuntes en una libreta.

—Oiga, doctorcito, ¿verdad que usted la va a ayudar? —le pregunta Meche al médico, inquieta, levantando las cejas como en una súplica.

—No lo interrumpas, Meche, ¿no ves que está escribiendo? —reconviene Lucha a su prima.

—Bien —continúa el doctor—, el primer asunto es que trae una fuerte infección en la garganta, y el segundo problema es que tiene nódulos en las cuerdas vocales.

—¿Que tengo qué? Algo me habían dicho, pero no sé qué es eso —pregunta Lucha ignorante y asustada porque todavía no consigue entender lo que significa.

—Ay, manita —repite Meche más conocedora—, nódulos.

El médico, sereno, le explica que los nódulos son una especie de callos que se forman en las orillas interiores de los músculos de las cuerdas vocales cuando han sido maltratadas por irritaciones continuas, ya sea porque llevan mucho tiempo inflamadas por alguna enfermedad, o porque se han estado forzando al hablar o al cantar. También toser de ese modo las daña. Improvisa unos dibujos sobre una hoja para hacerle más ilustrativo el problema. Se los explica.

—¡Válgame! ¿Y eso es peligroso? —salta Luz asustada.

—Lo que ella quiere saber, en realidad, doctor —interviene Meche— es si se va a curar para poder cantar pronto. Ya ve que ella es cantante y de eso trabaja.

—Sí, doctorcito, quisiera saber como en cuánto tiempo se curan los... ¿nódulos?

El doctor le advierte que lamenta mucho decirle que no se conoce una curación definitiva. Le explica que algunas veces se intenta una intervención quirúrgica, pero resulta muy arriesgada porque si el bisturí corta un poco de más sobre el propio músculo vocal, se pueden dañar las cuerdas de manera permanente. Aun cuando la intervención sea exitosa, a largo plazo, no es muy segura y se pueden volver a formar los nódulos si no se aprende la forma adecuada de manejarlos. Para esto, le proporciona un cuadernillo y le indica practicar los ejercicios de vocalización y de respiración que contiene, necesarios para ayudarle, aunque no le garantiza nada. Le recomienda por un tiempo comunicarse por escrito y hablar lo menos posible. En realidad, y a pesar de que no pretende atemorizarla, se ve obligado por ética profesional a pronosticarle que de hecho será muy afortunada si vuelve a hablar normal, pero de cantar, opina, puede irse olvidando…

—¿Qué, que me olvide de cantar? Ah, nomás eso me faltaba, que un mugroso callo me impida cantar. ¡Un callo! Mi madre. Usted encárguese de la infección, y del mentado callo me encargo yo. Nomás faltaba —se engalla, pero la tos la vuelve a frenar. Al pasar el acceso exclama con rabia—: ¡Si no canto, la vida me vale una chingada! Y perdón por la palabra.

Ora sí estaba hablándome al tú por tú con el destino. No importaba para dónde le corriera, siempre veía cómo se acababa el camino. Parecía pesadilla… pero era verdad, me tocó jugarme lo más importante del mundo para mí: la voz… Iba en serio: el destino apostaba por dejarme callada, y yo le apostaba a que no… al final… gané, en buena ley. Tuve que tragarme el amor propio pa salir con mi nueva voz toda rara, al principio dispareja, pero le fui hallando el modo… Por un buen rato, bastante largo, durante meses, seguí al pie de la letra los ejercicios que me dio el doctor… y dejé de hablar lo más que pude, hasta andaba con una libreta y un lápiz colgados en el cuello para anotar lo que quería decir en vez de hablar, todos en casa se alinearon, hasta mi mamá… avanzaba como jugando "gallo, gallina"… pero como mula terca, le seguí duro y dale… tenía que poder… tenía que poder…

Muy pronto se muestra qué elige como trabajo en lo que se cura de la garganta. Necesita dinero y lo va a conseguir. Surge su temple valiente... y aventurero.

Sí, me da risa, me costó las burlas y los sombrerazos de mi mamá y los cochinos comentarios de las chismosas del teatro... pero en el balance, gané... bueno, todavía no estoy muy segura de qué gané... la voz de terciopelo, pues no, pero ai la dejo... que otros digan... ah, porque antes de volver a abrir el pico... de veras me ataco de risa... se me ocurrió entrarle a otro numerito, conste que nomás para tener unos cuantos pesos y repartirlos con los tíos y la jefa... y me funcionó... desde luego, de cantar ni hablemos, andaba más ronca que un sapo, así que, siguiendo la moda de ese tiempo, me metí a trabajar de corista... moviendo la cadera... en serio, me desacalambré y me volví: ¡rumbera!

La música de rumba y los ritmos "cachondos" le dieron cabida a una Luz bailadora que peleaba en lo privado por recuperar una voz que nunca más tendría. Se cuida mucho, como el médico le indica. El progreso a la salud es lento, pero favorable. Bailar la divierte, ponerse los atuendos de ese tipo de espectáculo la mata de carcajadas, nunca se pensó llena de plumas hasta la cabeza y vestida con trajes chiquititos de colores chillones y fosforescentes. Le parece un juego de niñas disfrazadas. Y sin más, el siguiente paso surge cuando los clientes del lugar le mandan recaditos escritos en servilletas, invitándole una copa, una cena, algún paseo, o ya en un arrojo extremo, una cita íntima. Pero ella no pretende aceptar, su preocupación es otra, no está en condiciones de hacer travesuras peligrosas y tontas. Cuidarse para cantar, ahí está la prioridad.

En un cabaretillo de mal ambiente —apestoso, oscuro, incómodo, donde se dan cita las prostitutas con el público asistente y el manoseo está a la orden del día—, se encuentra

Luz, para estrenarse en la nueva actividad que le permite un ingreso, aunque no muy abundante, para irse curando de su infección, guardarse la voz y ganarse una entrada extra para sus gastos. Se esparcen risas y comentarios, por completo vulgares, por todos lados.

La novedad de Luz —como se da a conocer en ese otro medio— es que seguro que por comer en muy buenas cantidades los añorados sopes, tacos y fritangas que extrañó tanto en el extranjero que odió, su cuerpo, hoy de bailarina exótica, comenzó a subir de peso, a quitarle la cintura y a ensancharla en lugares francamente inadecuados. De urgencia corrió a un gimnasio popular y tuvo que cerrar la boca ante esos platillos deliciosos.

Qué friega eterna... este problema estúpido lo tuve por años: comer- subir, ejercicio-pa bajar... claro que con el ejercicio de los ensayos y de bailar se me fue acomodando la cintura... no me veía tan mal... era una chistosada, pero me tenía entretenida y me aliviaba la obsesión de quitarme la ronquera... las compañeras eran más cuatitas y mucho menos competitivas que las cantantes... ahí conocí a Conchita, bailaba, pero durante el día era una masajista de lo más platicadora y buena gente, y fuimos amigas por muchísimos años... no duré en eso mucho, pero me di una buena ventilada...

Luz tenía necesidad de que alguien de la familia la presenciara en su nueva andanza, y quién mejor que Meche. Y ahí va al cabaret a ver de qué se trata. ¡Se llevó una verdadera sorpresa!

—Así se mueve el bote —grita un fulano borracho, aplaudiendo y tratando de sostener su vaso más o menos vertical—. ¡Yujuy! Que no descanse la cadera.

—Ay, Dios, yo no sé para qué se me ocurrió hacerle caso a Luz, no debí de haber venido —se lamenta Meche molesta—. ¡Mira nada más qué cosa más fea!

—Eso es bailar, mi princesa —grita otro viejo igual de borracho—. Qué buenas agarraderas tienes, tú las pones y con ellas me entretienes —se ríe prosaico.

—Qué barbaridad, adónde se fue a meter la prima Luz, qué idea la de venirse a bailar como cualquier rumbera. ¿Por qué no se le ocurriría trabajar en una tienda o vendiendo cosméticos, o qué sé yo? No, tenía que ser de rumbera. Si será terca. Quería escenario y escenario tiene, que ni qué. Pero está de salir corriendo...

La música para que bailen los parroquianos se acaba en el cabaret muy avanzada la noche. Mientras, se intercala con los *shows*. Se escuchan aplausos desperdigados, risas salteadas, se mueven algunas copas. Rechina el arrastre de las sillas.

—¡Quihúbole, prima! —la recibe Luz muy quitada de la pena mientras se cambia de ropa en el minúsculo camerino iluminado con luces amarillas, opacas—, ¿cómo la estás pasando?

—Cómo quieres que la pase. ¿Que no oíste al viejo borracho ese que te estuvo diciendo puras vulgaridades?

—Ay, manita, ¿y qué esperabas en un lugar como éste? —le responde Lucha con desparpajo.

—Pero qué testaruda eres, Luz, yo ya me hubiera salido desde el primerititito día. ¡Qué empeño de aguantar!

—Había que ganar dinero, ¿no? —se ríe Lucha sin ningún enfado, terminando de cambiarse—. Pues ya me lo estoy ganando. Pero te juro por las once mil vírgenes, con todo respeto a ellas, que voy a volver a cantar. Y ahora, me voy a echar un buche de agüita santa para quitarme el frío. No vaya a ser que afuera me ataque un aire perdido.

—Qué quitarme el frío ni qué nada —la regaña Meche—. ¿No ves que te puede hacer daño? Ya ni la amuelas. Lo que has de hacer para el frío es ponerte una ropa más abrigadora. Mira nada más qué encueradeces las tuyas...

—Bueno, es la ropa con que se baila esta música, ni modo que no me la ponga —se sigue riendo Lucha sin empacho—. Pero ya dime cómo se te hace que bailo.

—No, pues sí te sale. Tú siempre bailaste bien. ¿Te acuerdas de niñas cuando nos poníamos a bailar juntas? —ahora la que se ríe es Meche—. Ah, qué figuretas hacía yo... y tú, ¡como la reina!

—Ya ves, ¡si lo traigo en la sangre! Y además, qué, no pasa nada. No les hagas caso.

—Viéndolo bien, tienes razón, y al fin que nada más va a ser un tiempito.

—¡Ya sal, princesita! ¿Qué no vas a venir? ¡Acá está tu mero mero Barbazul! —le grita el viejo, que ha decidido esperarla afuerita de la puerta del sucio camerino.

—Ay, bueno, Luz, pero tener que aguantar viejos así... la verdad... fuchi... te compadezco...

> *...pero verdad de Dios que da pena*
> *verla siempre tan solita*
> *como abeja sin colmena*
> *tan sabrosa y tan bonita...*

¡Qué carcajadas me agarran de acordarme de mis bailadas como rumbera! ¡Chinteguas, no quería quedarme fuera del escenario, y esa fue una solución! Palabra que no sé ni cómo se me ocurrió... pero, pues... se me ocurrió. Ahí comencé a conocer algunos políticos dizque muy fufurufos... mmh, ya cuetes, eran peor que el viejo borracho aquel que tan mal le cayó a mi prima Meche. Todavía andaba yo como gorila porque parecía que ya no iba a regresar nunca a cantar. Y eso me daba retortijones de tanta tristeza. A nadie le decía, pero por dentro, nomás se me hacía más y más nudo la garganta. Y ya poniéndome nostálgica... cuánto extrañaba tener una guitarra junto que me calentara los oídos... Tenía

una compañera que cuando alguien se desesperaba, nos decía: "piano, piano, se va lontano". Y para mí sí fue cierto, porque despacio, despacio, pero se me hizo llegar lejos.

Luz no permite que los malos tiempos la liquiden. Adentro de ella habita un temperamento fuerte, decidido, volcánico. Había aprendido que nada que valga la pena es fácil, y está dispuesta a la batalla. Se está templando un espíritu indomable. Luz Reyes se arriesga en un albur todavía inseguro. Quiere ganar con su voz los escenarios, no importa el esfuerzo que se necesite.

Mientras, el mundo sigue su curso. Había que oír el deleite del jazz-dixie que irrumpe con entusiasmo en nuestro entorno musical: el empresario Roberto Soto contrata a los Black Star Demons, que presentan la obra paródica *Sea una de cal por una de arena*. La gente verdaderamente se derrite, se fascina con el *feeling*.

El Teatro Principal compite con una serie de presentaciones de la española Pilar Bello, la estupenda bailaora cañí: guitarras flamencas, palmas, zapateado, un cuerpo con movimientos ondulantes de ensueño. El mundillo torero se vuelca en masa, llena el teatro, echa todos los oles que caben en el recinto. Va a verla una vez y otra y otra.

En áreas internacionales, con un valeroso toque de presencia femenina en un supuesto mundo masculino exclusivo y excluyente dentro de la técnica moderna, se forma un grupo interesantísimo, insólito, de damas aviadoras; en él, destaca la fascinante Elinor Smith, joven norteamericana de diecisiete dinámicos años que logra un récord de vuelos. Las chicas, por entero, la aplauden, la aclaman alegres y "reinvindicadas": ¡*voilá*, se puede!

Desde luego, esto compite sanamente con la locura del cine que sigue en su apogeo: está, para ejemplo, la divina Greta Garbo enloqueciendo a la orbe completa, comenzando a configurar su inasible estela legendaria.

Todo se estaba moviendo, y yo también quería moverme, pero no haciendo ochos con las caderas. Ya estaba de Dios que se me compusiera de algún modo la voz. Se me iban los días vocalizando suavecito y haciendo ejercicios de respiración muy concentrada. Mis pobres pulmones al principio respingaban, pero al rato comenzó a salirme algo distinto, una voz rara, más grave, nueva. La infección se me fue quitando... y la mugrienta ronquera también... casi ni podía creerlo. Yo sentía un fuego que me quemaba las entrañas por volver a pegar el grito. De a poco, fui agarrándole confianza otra vez al canto. Ya no me acomodaba bien con las canciones de antes, las finas, las agudas, pero había tanto repertorio original nuevo... Comencé a preparar otra vez mi vestuario, los zapatos, mi maletita de maquillajes, los trajes elegantes para pasar tarjeta con los empresarios. Y fue entonces cuando me llegó el gusto aquel tan bonito, que mantuve después hasta que se me acabó la vida: me aficioné a los perfumes como loca desenfrenada... me encantaba salir a escena oliendo bien sabroso. Es más, según yo, los usaba como amuleto. Cómo se habían de reír luego la prima Meche y mi sobrina Carmela porque ai andaba cargue y cargue frascos de un lado pal otro cuando volví a cantar... pero era mi antojo, ¡y qué! Y con la misma, sin olvidar el miedo, por ahí me mantuve fiel a mi doctorcito lindo que tanta paciencia me tuvo, el "Doctor Precioso Guitián".

En una de las consultas, Luz no pudo impedir que fuera doña Victoria, que se encaprichó.

—Oiga, doctor —pregunta Meche ansiosa—, ¿usted cree que ahora sí se está componiendo mi prima?

—No le hables, Meche, ¿no ves que me tiene que oír los pulmones? —le pide Luz con una voz prácticamente normal, sentada de espaldas al doctor.

El doctor se ríe:

—No se preocupe, la oigo perfectamente bien.

—Doctor —se oye a la mamá de Luz, con "dos que tres espadazos" de tequila adentro, metiendo su cuchara—, yo vine porque soy su mamá y necesito saber la mera verdad de lo que le pasa a mi hija. No quiero que estas dos luego nomás me salgan con inventos y puros cuentos.

—¿Verdad, doctor, que ora sí estoy mejor? —pregunta Luz más segura, con ilusión.

—Pues el primer sorprendido soy yo —opina el doctor—. La infección ya sabíamos que tenía que ceder. De eso ya está como nueva. Pero de la voz… no pensé que se fuera a recuperar así, sinceramente… la oigo bastante bastante bien.

—¿Se le hace que vaya a poder cantar otra vez? —insiste Meche con cara de súplica.

—Dígale la verdad, para que de una vez se desengañe —insiste doña Victoria—. No quiero que vaya a creer que se puede comer de ilusiones. Usted sabe que la vida está muy cara…

—Ay, mamá —se queja Luz apenada—, ya deja que hable el doctor —añade—, dígame, ¿cómo me ve?

—La veo muy muy bien, Luz.

—¿Sí va a poder cantar? —interviene Meche.

—Pues que se me hace que sí… por lo pronto, para hablar, ya está al cien por ciento recuperada —confirma el doctor amable y sonriente, picarón.

—¿Está usted seguro? —vuelve a la carga la mamá.

El doctor les indica que si sigue ejercitándose como hasta esos días, sus cuerdas vocales se pueden ir recuperando, reaprendiendo a funcionar con normalidad. Él no quisiera hablar de un tiempo exacto, todavía Luz debe irse con mucho tiento, pero trabajando con frases cortas después de una vocalización suave, estaría en condiciones de ir montando un repertorio frase por frase, cuidando de no forzarse. La señal de que tenía que descansar se la darían las propias cuerdas, sin duda.

—¡Yujujuy! ¿No que no? ¡Se los dije! —se levanta como loca y tira el instrumental de la mesa—. Ay, perdón, doctor, ya le tiré las cosas.

—Ah, si serás babosa —la regaña su mamá—. Mira nomás... a ver si no rompiste algo, porque yo no lo voy a pagar por ti.

—No se preocupen, no pasó nada —responde el médico despreocupado, ayudando a levantar el instrumental—. Ahora sólo le deseo que tenga mucho éxito en su regreso a la vida artística. Ya me tocará escucharla.

—Le estoy tan agradecida, doctor —lo abraza Lucha emocionada—. ¿Le puedo dar un beso?

—Claro que sí —le contesta él riendo. Ella le da un beso tronado en la mejilla.

La mamá se va desesperando con la escena y todavía medio incrédula de la supuesta mejoría, suelta:

—Ya vámonos, ándale, nomás le estás quitando el tiempo al doctor.

—Gracias, muchas gracias, doctor —repite Lucha a punto de ponerse a gritar—. ¡Ya voy a cantar, otra vez a cantar! Y téngalo por seguro, lo voy a invitar a oírme, ¡cómo de que no!

Y canté. Para pronto puse a toda la compañía de bailarines rumbosos a que me oyeran las canciones que iba poniendo. Les gustaban mucho las juguetonas.

> *Me siento lacia, lacia, lacia,*
> *tu amor me trae agorzomada,*
> *y estoy cansada y aburrida de tanteadas,*
> *me traes de encargo y nomás queres vacilar...*

Éste es el momento en que, a punta de esmero —conquistada con imposición férrea—, surge la voz grave, rasposa, irregular, intensa, bravía de Luz: *adiós, para siempre adiós*, a la tersura ya muerta y sepultada.

Y con todo y que la voz todavía no se me acomodaba bien a bien, les gustó porque les gustó. Hasta porras me echaron y toda la historia. Comencé a darle con fe de la buena a la ensayada. Poco a poco encontraba en mi garganta nuevas querencias... había que hallarse un nuevo estilo porque ni para qué negarlo, no sonaba igual que antes, como que ni los tonos se parecían. Fui poco a poco sustituyendo la rumba por canciones. Empecé a cantar con compañeras en lugares ai más o menos, luego en fiestas. Media con cuidado mis alcances... me fui acostumbrando a oírme distinta, a cambiar mis famosos tonos agudos... cantaba sin importarme esa voz medio quebrada que me cargaba después de casi dos años afónica. Ora sí, ya no era la "jovencita soprano inocente, ilusionada" que conoció mi primer público... o domaba a la fiera o la fiera me comía... decidí domarla... cantar... cantar como me saliera y como se me diera la regalada gana...

EL PÁJARO CANTA AUNQUE
LA RAMA CRUJA

Entre un mundo de notas periodísticas sobre gángsters y drogas, el 24 de octubre de 1929, conocido muy bien como el *jueves negro*, el rotativo de un periódico estadounidense se prepara para dar una de las noticias más terribles de la década, poniendo con ella en jaque hasta al último habitante de su país:

> ESTALLA LA BOMBA ESPECULATIVA EN EL MUNDO FINANCIERO DE LOS ESTADOS UNIDOS. SE DERRUMBA EL MERCADO DE VALORES: SE CANCELAN 40 000 MILLONES DE DÓLARES. SE COLAPSA EL MERCADO INTERNACIONAL: EL MUNDO ENTRA EN LA GRAN DEPRESIÓN.

El murmullo del gentío que corre cada día a reunirse frente a los tableros de todas las casas de bolsa del mundo se vuelve un barullo ininteligible, a los pocos minutos de conocer los datos fríos, se pasa de nuevo a un silencio sordo y mudo, más cercano al de un velorio.

Entre estas turbulencias mundiales, México continúa escribiendo su propia historia con Emilio Portes Gil a la cabeza de la nación. Es el fin de una década muy movida que ha enfrentado la reconstrucción política del país, después de las devastadoras luchas intestinas de la Revolución, y es el principio de otra que, con desenvoltura, se inicia cuando México abre sus puertas de par en par a las influencias comerciales, artísticas, y por qué no, también a la de la moda, del extranjero.

Se verá, por ejemplo, que junto al lado del Teatro Principal, se inaugura el primer café de comida rápida o *quicklunch*, con una aceptación entusiasta de la sociedad que encuentra en ello una señal de avance hacia el primer mundo. Claro que para eso se tiene que ignorar la realidad de la pobreza de muy buena parte de la población.

Con idéntica euforia, la gente se pelea por ver el cine norteamericano de Stan Laurel y Oliver Hardy, El Gordo y el Flaco. La comicidad del acto fallido que representan lleva a los espectadores a "revolcarse de risa" en las butacas. Se puede llegar hasta las lágrimas por la jocosidad.

Y qué decir de la seducción de las grandes bandas estadounidenses, que con sus cadencias románticas incitan al baile a las parejas en México. Es el *glamour* de muchos lugares públicos, pero también de encuentros privados, íntimos.

Por su lado, los *blues* introducidos por Bessie Smith se vuelven famosos, consentidos, son todo un advenimiento. El ritmo sincopado de los músicos negros se difunde cada vez con mayor fuerza y gana terrenos enormes en los gustos sensibles de la audiencia. Además, el gran barítono Dennis King impacta al público cinematográfico con la película musical *El rey vagabundo*, presentada, con largas colas, en el Cine Olimpia.

México no se queda en la sombra: recrea y, asimismo, exporta a todo el mundo el antiquísimo Jarabe tapatío, que después de años de existencia se vuelve la música con que se identifica a nuestro país. Aunque suene a una locura, se escucha esta música como *fresco símbolo* de identidad para los mexicanos de todo lugar y estrato social de la República.

Y lo que no se pierde nunca es el gusto pícaro y juguetón del pueblo. La Reyes encuentra aquí una veta enorme, muy sabrosa, con la que se divierte y divierte a los demás. Por supuesto, ya con esa nueva "voz de fuego", como la llaman publicitariamente.

> *Tengo una novia muy seria,*
> *que no le gusta jugar,*
> *cuando le doy un besito*
> *me comienza a regañar...*
> *ya no, ya, no, ya no me beses,*
> *que me voy a disgustar...*

Ésa es la pura verdad. Se me hizo una voz bronca, fuerte. Y así se me hizo el carácter. Ya me había cansado de andar dando tantas explicaciones por cada cosa que hacía o que me pasaba. Me sentí trapo inservible todo el tiempo que pasé para recuperar la voz... cuánto reclamo, cuánto grito de mi madre... cuánto rascarle al monedero a ver si entraba majuja con la bailada ... y el malvado miedo... ahí terminé de cerrar el candado: hay cosas que se van y no regresan jamás... nunca... aunque se te haga cachitos el cerebro, y de paso el alma. Ya no me gustó hablar de más con la gente, ni reírme por cualquier tarugada. Me reprochaban que anduviera de mal genio... ándenle pues, y qué esperaban, ¿que me pusiera muy alegre cuando andaba muerta de espanto por la maldita ronquera emperrada? Y ahí les va un poco de carroña para que coman los buitres: nunca me volvió a gustar mi voz, ni siquiera en los tiempos en los que el público más me consentía, me perseguía y pagaba sus buenos fajos de billetes por oírme... Yo me había enamorado de mi voz aflautada. No sé ni cómo tuve fuerza para seguir en la carrera. O más bien sí, ya no quería volver a lloriquear como una vieja guanga cada vez que me venía un recuerdo triste... decidí que era mejor chillar con una canción, pero chillar de a de veras, desde el fondo de las entrañas, haciendo que todos sientan el dolor de uno... y de paso, el suyo propio... y luego... olvidar los pesares... Yo ya sabía que todos, todos cargan un mal dolor entre los huesos... dejé de sentir vergüenza de que lo juntaran con el mío. A mí no se me dieron fáciles las palabras, pero cantando... era tan sencillo soltar todo lo que me cargaba

193

en el espíritu. Para eso me sirvió la voz, ¡para aventarle al mundo cómo siente una mujer de verdad! Y parecía que no estaba el horno para bollos como para andarse riendo, pero cuando me agarraba una canción de esas chistosas, picarona, de las de doble sentido, me llenaba a reventar de risa, de la buena, honestota, de una en la que juegas a pasarla bien a tu antojo. Entonces se enfriaba la sangre caliente de las heridas.

...si tú tienes curvas,
yo tengo un tobogán,
a ver si esa Cuquita
se quiere resbalar...

Tenía por ahí un guardadito a mi favor: mucha gente me había oído antes de irme para Alemania y me esperaba, así que en cuanto las mugrosas fregaderas de la garganta se acabaron, me puse para pronto a buscar trabajo de cantante entre mis conocidos bien parados. Todavía no sabía que mis aplaudidos agudos no me saldrían, que ya no me iban a volver a salir en la vida, pues, pero para mi suerte, con changuitos y todo, conseguí dónde cantar... y con quién acompañarme, porque como dice el refrán: más tiene el rico cuando empobrece, y sí, me quedó voz de sobra, aunque les ardiera a muchas... rara, que ni qué, pero además, ¿a poco me amputaron el alma? Volví a ser Luz, "la voz", que era como me conocían aquí... qué de líos armé con tantos cambios de nombre y apellido... de santo y seña... no me convino todavía ponerme el "Lucha" que tanto me gustó... Margarita siempre me llamaba así cuando nos veíamos... pero necesitaba recuperar mi antiguo lugar en el medio...

Mientras, la prensa mantenía en movimiento al rotativo y volvía a seguirle las huellas a Luz Reyes. Por 1930, *El Universal Gráfico* anuncia: "Luz Gil, la mexicana que conquistó Cuba, y Luz Reyes, la siempre aplaudida, presentarán "Éxito de las

Luces", con sus mejores números, en la Academia de Billar "La Boite", ubicada en Av. 16 de Septiembre, no. 6, una atracción que envidian los teatros". Claro que con ellas se anuncian las quinielas del frontón como parte del evento y se ofrece música toda la noche. "¡Mañana —dice la prensa—: arte y belleza!".

Luz Reyes escala de nuevo el candelero de la farándula. Tiene veinticuatro años. Vuelven los tiempos en que la buscan como solista y una vez más, para formar parte de otros conjuntos.

Y un día, casi sin darme cuenta, ya andábamos mi amiguísima Nancy Torres y yo de nuevo haciendo dueto... mi amiga fiel, la Potranquita. Estaba contenta... revoloteaba como catarina... con ella sí caí en blandito: me chuleaba que mi voz fuera más enérgica, nunca consideró mi cambio de tesitura como un defecto. Algo vio entonces en mí, no sé qué, bien a bien, pero no se equivocó... Por su lado, le volaban pensamientos de futuro. Todavía no teníamos muchas presentaciones, pero no hubo desperdicio de tiempo, buscamos nuevo repertorio, nos fajamos fuerte para ensayar, acomodar nuestras voces, memorizar, ajustar estilos. Aprovechando lo de la bailada, seguí haciendo ejercicio, eso me tenía como cuchillo bien afilado... me crecía el aliento. A Nancy ya le andaba por irse pa los Estados Unidos. Le gustaba cantar, pero la seguía jalando más lo del cine, así que el atajo fue audicionar con uno de los que se llevaban artistas para los Estados Unidos... ¡y que nos contratan para una gira por el sur!... yujujuy... con todo y mi voz ronca. Apenas lo podía creer, después de mis experiencias tan enredadas en el extranjero, ya estaba otra vez empacando porque nos íbamos de gira con los gringos... ah, qué cosa... Nos fue bien, la verdad. Hacíamos todo juntas, fenomenal, pero un día, como ella era tan bonita... pos, la moneda se dio vuelta, carajo...

Metida en un cuarto de hotel chico, típico del sur de los Estados Unidos, de esos de un piso, con los automóviles estacionados justo frente a cada cuarto, con una pequeña cafetería olorosa a tocino, al costado de una calle muy ancha, Luz ensaya repitiendo cien veces cada frase, tratando de que le salga el canto lo más limpio posible:

—...las rancheritas que van a misa bajan la vista pa no mirar... las rancheritas que van a misa... las rancheritas que van a misa...

—¿Y ora, tú, Luz, qué haces? —la interroga con burla Nancy.

—Pos aquí como una loca, ¿no oyes? —contesta Lucha entre acariciando y apretándose la garganta—. Trato de hallar un tono que me acomode.

—Qué, ¿a poco te duele otra vez la chiflada garganta?

—Hasta eso que no, pero nomás no me hallo: que ora mejor parriba, que no, que ora pa bajo.

—A ver, chiquita, tranquila, ya párale y ven —Nancy le prepara un ron con miel y limón, a partes iguales—. Ten, tómate este elixir mágico, de a poquitos, a mí siempre me resuelve la voz.

—Ah, qué Potranquita tan sabia, tienes razón. Órale, pues —Lucha levanta la copa, le va echando traguitos y hasta hace un poco de gárgaras. Se sienta a esperar el efecto. Mientras, platica. —Bueno, por tu cara de gusto supongo que te fue muy bien con el cuate ese del teatro.

—Ni te imaginas, manita... resultó ser productor de películas. ¡Lo que yo andaba persiguiendo! La mera verdad, no se me ocurría qué me iba a decir, ¿pero qué crees?

—Ya suéltala.

—Mira, primero me echó de piropos... medio tarugos, pero bueno... luego me salió con lo de siempre, ya sabes, que si estás casada, que si no tienes compromiso...

—Mmh... ¿dónde he oído eso antes, tú? —suelta como meditando irónica Lucha con la mano en la barba. Nancy se ríe.

—Y yo, ya sabes, como sirenita enjabonada... nomás no pudo pescarme para nada...

—Así se hace, mi chula, nomás faltaba... —le suelta Lucha muy echada pa delante.

—Y ya que estaba como a punto de soltarme la primera manoseada, que me levanto, y yo, como reina, que me le planto enfrente muy salsa y que le digo: "bueno, bueno, al grano, dime para qué me quieres, porque tengo un ensayo en el hotel y ya tengo que irme".

—¡Y que te manda a la refregada! —exclama Lucha.

—¿Pues vas a creer que no? Que me va diciendo —la Potranca finge la voz—: "Mira, princesa, aquí hay mucho dinero, mucho más del que te imaginas, pero el *business* está en el cine. De seguro tú ya te habrás visto en un espejo la carita hermosa que tienes y, con ese cuerpo, ya no falta más que pulirte algunos detalles insignificantes para hacerte estrella de cine".

—¿Eso te dijo?

—¿Luego? —responde Nancy oronda—. Y cómo ves que me gusta la idea.

—Cada quién es libre de decidir pa dónde jala —responde Luz extrañamente seca. Ve el peligro que se le viene encima: quedarse otra vez sola. Del miedo que le entra, hasta comienza a enojarse—. Allá tú. Yo sigo en lo que ando, en las canciones, y pos, ni modo, por algo Dios te quita de mi camino.

—¡Oye, oye, pero qué tono, voy a acabar la gira contigo como quedamos... arrieros somos y en el camino andamos... no me digas que te vas a enojar conmigo!

—¡Yo me enojo con quien quiera! Me voy a servir una copa como Dios manda... y ora que me acuerdo, ¡contigo no quiero enojarme!, así que: amigas, aunque... aquí se rompió una taza... y cada quien para su casa...

—¿Y eso, qué quiere decir?

—Que en cuanto acabemos la gira me regreso para México. Yo allá tengo unas velas que seguro van a prender —Luz rellena dos vasos con trago—. Ten tu vasito, ¿no?, vamos a brindar porque tu decisión sea... jugosa.

A la Potranquita le tuve su cariño. Era alegre, ligerita... Pero, pos ora sí que cada quien... ella tenía un destino, yo otro. Ella era bonita, yo me miraba al espejo más bien medio fea. Lo raro fue que al final, también terminé entrándole a las películas... ¡Ah, la vida! Se acabó el dueto, ni moditos, otra vez a refundirme en el departamento viejo, como malo, amplio, como bueno, al que me había mudado en el Centro de la Ciudad de México. Lo bueno de ahí era doña Mari, la señora de la fonda del local de abajo donde luego yo comía. Guisaba resabroso... ai nomás nos hicimos amigas, y por mi Dios que me enseñó a preparar sus platillos secretos, hasta a hacer bacalao complicado me puso, porque eso sí, siempre me gustó guisar. ¡Mmh... qué rico... nomás me acuerdo! Me acompañaba con ella para cocinar juntas, para seguir, paso a paso, cómo lo hacía, y sí que le aprendí los trucos, ahí están mis amigos y la familia para confirmarlo... bien que les gustaba mi cuchara... era muy entretenido. Con todo y todo, ya sin Nancy, en esa época anduve conociendo muchos músicos, y ahí luego hice otros duetos, como esos tan buenos con Margarita del Río y con la Luz Gil. Se me iba desanudando la madeja.

En este momento Luz Reyes tiene claro lo que quiere y camina firme en el sentido deseado: al intrincado laberinto interno que trae consigo le entra luminosidad. Pronto se perfila para ser una de las artistas consentidas del corazón de la radio, donde la solicitan a morir. Le cuesta trabajo creerlo. Su repertorio crece semejante a una nube. Para estas fechas, la radiotécnica ha evolucionado mucho. Ya no se usan los receptores de galena ni los audífonos, tampoco se usan más las pianolas ni los fonógrafos. Lo moderno ahora son los radioreceptores de cuatro tubos, cuyo precio es aproximadamente de seiscientos pesos. Muchas familias ahorran un buen tiempo para lograr hacerse de uno. Y la voz de Luz Reyes florece ahí, acompañándolos.

Y es que por fin, el 18 de septiembre de 1930, un suceso cambia de forma tremenda la vida artística de México. Ese día, entre música de marimbas, se escucha por la radio la voz de un conocido locutor con un tono cálido, entusiasta, celebratorio:

—Amigos, les saluda Leopoldo de Samaniego, desde los altos del Cine Olimpia. Me enorgullece presentar al aire la inauguración de su nueva estación de radio: la XEW, *La voz de la América Latina*. Hoy, por primera vez en México, se han dado cita las más grandes estrellas para deleitarnos con sus voces privilegiadas. Están con nosotros: Alfonso Ortiz Tirado, Juan Arvizu, Néstor Mesta Chaires, Ana María Fernández, Josefina *Chacha* Aguilar, la Marimba Chiapaneca de los Hermanos Foques, la Orquesta Típica de la Policía dirigida por Miguel Lerdo de Tejada, y los compositores Jorge del Moral y Agustín Lara. La presentación es acompañada por innovadores efectos sonoros, como los aplausos sin público en vivo, que se van oyendo a lo largo de la presentación. También, se encuentra la forma de reproducir los sonidos que se tienen que incorporar a las radionovelas para dar verosimilitud al ambiente: recipientes redondos de plástico sobre una caja de arena que simulan el sonido que produce el trote de un caballo, láminas de acero que al ser manipuladas semejan escalofriantes truenos, jarras de agua para producir el sonido de cascadas. Hacer efectos de sonido se vuelve, con el tiempo, una especialidad. Y por hoy, esa inauguración es el inicio.

—Ahora escuchemos al tenor Alfonso Ortiz Tirado interpretando la bella canción de María Grever, titulada: "Te quiero dijiste".

Te quiero, dijiste, poniendo mi mano
sobre tus manitas de blanco marfil...

Como un globo, muchos valores musicales se elevan hasta alcanzar la fama internacional sólo por pertenecer al elenco de la XEW. Los compositores mexicanos apenas se dan abasto para aumentar en serio su producción, y poder satisfacer el hambre del auditorio por oír nuevas canciones. Más tarde, las radionovelas fascinan a los radioescuchas. Se vuelven un factor esencialísimo para la difusión de este medio de comunicación.

La sociedad comienza a integrar a los artistas a su vida cotidiana. Se desarrolla un sentido de acompañamiento estrecho. Los domingos, después del horario de la corrida de toros, las familias acostumbran reunirse alrededor de la radio para escuchar un concierto instrumental y continúan embelesándose más tarde con sus cantantes favoritos. Para esto, el orden de los muebles de las salas y los comedores de las casas ha tenido que ser readaptado para poder sentarse lo más cerca posible de la radio, que suele ser un aparato grande, muy vistoso y que es, también, un signo de prosperidad.

La música mexicana es impulsada con fuerza, en beneficio tanto de los compositores como de los propios intérpretes, que ahora se ven forzados a estudiar repertorio inédito continuamente para cumplir su misión de estrenar, sin parar, ante tan profusa demanda popular. De ese prolífico repertorio, sólo un pequeño porcentaje entra a la producción de discos de acetato.

Hay una notable y extraña excepción: los grupos de mariachi, que después son tan fundamentales en la curva musical, en este momento son sorpresivamente rechazados por la gente. Nunca es claro el porqué. Quizá sea por la indumentaria poco vistosa que usan o porque esos mariachis no cuentan aún con los instrumentos enérgicos que después los robustecen. Su dotación todavía es pequeña: apenas de dos violines, una vihuela chica, un guitarrón de golpe, arpa y tambora. Así hacen sus primeras presentaciones en la capital del país, hacia 1929, con la esperanza de llegar a públicos más amplios, pero eso no sucede, de hecho, tampoco logran ingresar formalmente a los grupos promovidos por la XEW. Han de pasar varios años para que se incorporen la trompeta y las guitarras, se elimine la tambora y más tarde el arpa. Con estos últimos mariachis robustecidos, de gran fuerza, es con los que se acompaña Lucha Reyes cuando se consolida como solista, ya con ese nombre. Ella aplaude —antes que ningún otro compañero— estos cambios, en especial el regocijo de la potencia de la trompeta. Su teatralidad vocal encuentra ahí una base sólida. Siente que entra en un ping-pong maravilloso de energías. La fuerza de su temperamento queda apuntalada. Venga el mariachi. La colma de una felicidad musical que sólo los músicos saben que existe: el enamoramiento estético, íntimo, de plenitud.

Pero, antes de que Lucha Reyes alcance su mayor auge como solista, Luz Reyes todavía enfrenta una situación que no marcha del todo bien. A pesar de los contratos que le salen aquí y allá, incluyendo sus invitaciones a la radiodifusora, no termina de resolver sus necesidades económicas, que se vuelven más exigentes mientras más la solicitan. La realidad es que está envuelta en la costumbre general de los empresarios de pagar muy poco a los artistas. Tiene que aceptar invitaciones de todo tipo.

¡Ah, cómo di vueltas en esos dos años! Apenas sacaba suficiente para comer y mantener un vestuario decente. Ya me había hecho a la idea de que mi voz era como era ahora, y ni pa dónde hacerse, adiós filigrana, yo no iba a dejar por nada la cantadera, como le llamaba mi hermano Manuel. ¿Será que me desesperé? ¿Será que pude haber limpiado más

la voz si me hubiera aguantado otro rato nomás bailando? ¿Me faltó hacer más ejercicios de respiración y de colocación de voz antes de lanzarme a cantar como loquita? A veces se me ocurrió... pero eso nunca lo sabré. Además, me seguían contratando... a veces en cabaretuchos de mala muerte, ¡qué hacerle!, la exigencia profesional era menor, me podía relajar y darme el lujo de unos traguitos de más... de irme por ai de parranda con alguien... Sincerándome, sí llegaba a salir a escena llena de alcohol hasta las orejas... tequila, de preferencia... Otras veces tenía suerte y me llevaban para cantarles a las viejas de los politicones, a las mujeres legales, a las merititas esposas, se entiende... Ésas sí eran dizque casas decentes: había que comportarse a la altura. ¡Cuánta mentira!

En esas ocasiones a Luz Reyes la aleccionaban muy bien: por ningún motivo podía poner su mirada en alguno de los varones mientras cantaba, siempre debía fijarse sólo en las mujeres. Ellas jamás habrían de suponer que sus maridos tenían algo más personal que ver con la cantante. Era una regla convenida. Ella la cumplía, aunque por dentro se estuviera carcajeando de las damas burladas, y lo sabía por conocimiento de causa.

—Señorita —solicita solemne el dueño de la casa—, ¿sería usted tan amable de interpretar en honor de mi señora esposa —la señalaba ampuloso—, en su cumpleaños, una canción dedicada?

—Cómo no, felicidades señora, para usted... —contestaba Luz muy educada, viéndole los ojos a la esposa.

Otras veces, les cantaba a las mujeres del "lado oscuro" de la vida, que eran muy divertidas, a ellas, cualquier hijo de su refregada, muy casado y con casa decente bien puesta por allá, galanteaba a cambio de sus "favores" por una serenata... y me requerían a mí... eran noches en jardines y banquetas, llenas de estrellas, de grillos, se sentía el friíto hasta sabroso...

—Ssh —silenciaba Luz a los músicos cuando afinaban, ya con sus tragos encima—, no hagan ruido, no se nos vaya a despertar la paloma. Y hey tú, venga de ai la botella, circúlenla, vámonos calentando la garganta todos parejos —pedía, entrándole a lo que ellos llevaban, lo que fuera—. Ora sí, muchachos, que salga el sentimiento con mucho brío.

> *Sin saber que existías te deseaba,*
> *antes de conocerte te adiviné,*
> *llegaste en el momento que te esperaba,*
> *no hubo sorpresa alguna cuando te hallé...*

A estas alturas, a Luz Reyes ya no le importa si interpreta canciones de sufrimiento o de risa, todas le gustan por igual, con todas desahoga algún sentimiento propio. Comienza a configurarse la artista pícara de las canciones retozonas, se hace fuerte su interpretación desgarrada.

Pero ella, como todos, fantasea con realizar sus ilusiones. La rondan imágenes que le cambian de repente el sentido a la circulación de su sangre.

Una de esas noches tuve un sueño. Soñé que estaba parada en una calle, sola, con una llave grande en la mano para abrir una puerta. Me daba miedo que alguien me la quitara; corrí por una calle larga, empedrada, medio oscura, y llegué a una casa de rejas verdes de metal, toda llena de barrotes cincelados bien bonitos. Abrí y entré a una huerta inmensa, llena de árboles de frutas y el suelo todo cubierto de pasto muy verde. Mi respiración se hizo profunda de puro contento. Oía cómo mi voz cantaba sola... acompañándome... y al fondo, estaba una casa chiquita, cálida, con flores afuera... adentro guardaba una cunita a la que no podía acercarme. Oí pasos... y al voltear, vi los ojos de un hombre... del mío, el que era de mi casa, el que debía llenar con un bebé junto conmigo la cuna... pensé en las palabras: confianza y ternura... Eso quería. Aunque tarde, después de muchos años, la vida real me dio una casa como la de ese sueño: armé mi huerta con hartos árboles frutales, con flores de olor y pasto fresco por el Camino de Contreras... mmh... todavía lo huelo...

> *Caminito de Contreras,*
> *subidita del Ajusco*
> *por las verdes magueyeras,*
> *de ahí se me viene el gusto,*
> *subo corriendo el Ajusco*
> *sólo por venirte a ver...*

Busqué y perseguí a ese hombre de mi sueño en muchos hombres... para qué... nunca llené bien a bien la cuna... y nunca se me hicieron realidad la confianza ni la ternura... dicen quesque sí, pero que yo no lo supe entender... A saber, quizá hubo uno que trató y no lo dejé... no sé... quizá... dicen que unos pierden lo que quieren, y otros quieren lo que pierden... será...

Luz Reyes en verdad pelea porque esa ilusión se le cumpla. Y el destino, pronto, se pone amable: le ofrece los ojos cafés de un hombre que, sin mentiras, quiere amarla.

—A ver si ora sí comenzamos a tiempo, Juancho —suspira Luz sin mucha esperanza—. La verdad, sí me gusta cantar en este Frontón México, pero ya ni la friegan, son reteinformales... ya ves, ayer salimos dos horas más tarde de lo que nos comprometimos...

—¡Uy, yo no quisiera ponerme de gallito, capaz de que no nos vuelven ni a invitar! —se queja Juancho sin mucha fuerza.

—Sí, ya sé... mejor me callo —se resigna Luz y voltea rápido al escuchar que se acercan unos pasos—. ¡Ah, chirriones, y quién es ese muñecote que viene entrando!

—Se llama José Gutiérrez, es guitarrista de los buenos. Si quieres te lo presento, es mi amigo.

—Pa luego es tarde, hijo... —contesta Luz mientras él se acerca.

—Quihúbole, José, mira, te presento a la cantante Luz Reyes —formaliza Juancho—. Él es José Gutiérrez, Luz.

—José Gutiérrez —repite ella moviendo la cabeza, recorriéndolo completo con la mirada—, me da mucho, mucho gusto conocerlo, José Gutiérrez. Y no sé por qué, pero me gustaría más bien llamarlo Pepe.

Topóse con encontróse... como dicen los ocurrentes del Bajío cuando una se topa con uno que la anda buscando desde antes de conocerla... justito donde cae el rayo del amor puro...

LOS TRINOS ENLAZADOS REVERDECEN

A estas alturas, Luz ya se siente más segura con su nuevo canto, y a pesar de los pesares, comienza a acostumbrarse a lo que su garganta decide: qué y hasta dónde subir y bajar, prácticamente sin su anuencia completa, como si fuera un corcel sin jinete. Muchas veces se sorprende de los sonidos que le salen, como de esos graves tipo "la mala de la película", que antes ni soñaba oírse, y que la verdad, sí le caen muy bien.

Sonaban de quítate que ahí te voy: fuertes, como para hallarle un modo de decir las cosas diferente. Comencé a darme cuenta de que ya nomás no me encajaba copiar a nadie. Los tonos de mi voz todavía desconchinflada, que no controlaba del todo, me hicieron cavilar por horas en que ya me tenían harta los estilos dulzones y románticos de mis contrincantes, que, para terminar la discusión, ya ni me salían. Me pasaba grandes ratos domesticando los grillos y los sapos que me brincaban de la boca. Había verdaderos chirridos que me mataban de risa. A veces de plano no podía creerlo: ¿pues qué era aquello? ¡Hasta para silbar me había cambiado la voz! Me obsesioné buscando afinar cada sonido, si lo lograba... estaría salvada. Entonces me comprometí con humildad con san Judas Tadeo a llevarle sus flores y su veladora cada miércoles para que me echara una manita.

Y casi sin darse cuenta —como si caminara de puntitas—, de tanto repetir cada frase de cada canción que estudia

—cuidando mucho la afinación y no lastimarse— se fija con más agudeza en lo que significan las letras de las canciones. De pronto, cantar parejo y bonito deja de resultarle importante. No, no puede ser que se trate sólo de lucir la voz, ¿dónde quedan el dolor, la agitación, la euforia, la pasión puesta en las letras? Le llega una inspiración repentina, como si en un sobresalto la alumbrara un rayo.

…bueno, si me enojo, grito, si me duele, lloro, si estoy feliz, me río, si me lastiman, reclamo…

Entonces, comienza a gestar una nueva forma expresiva para darle aliento a cada emoción que vive dormida en las canciones.

…las palabras se dicen con música, sí, pero se sacan de la vida real, con toda su verdad… qué importa que la voz se escuche dispareja: lo que pasa en las canciones ¡es igual de disparejo…!

Ahora sí —gracias a que san Judas Tadeo la escuchó, piensa ella—, encontró cómo enlazar sus voces fracturadas a cada emoción: unir "lo roto con lo descosido". Y sin precipitarse, poco a poco, frase a frase, sacando provecho de sus nuevas habilidades vocales, va creando una interpretación desbordante de acentos, de matices, donde un grito se difumina en un susurro. Se expande su pecho. El aire con que emite su voz se va volviendo vendaval.

A pesar de la satisfacción expresiva que experimenta, Luz a veces duda: ¿será cierto esto que ella entiende ahora? ¿Y si nada más sirve como escudo para tapar su voz actual tan rara?

Mientras esas dudas le navegan por dentro, afuera le llega una tromba inquietante: Pepe Gutiérrez. Desde su encuentro inicial, los anzuelos se ven caer entre ellos.

—En primer lugar —responde sonriendo amable y galante José Gutiérrez después de la presentación con Luz—, el gusto es mío, y en segundo, es un honor que me llame Pepe una cantante tan maravillosa como usted.

—Que se me hace que tanta formalidad va a terminar echando a perder el caldo. Por qué no mejor partimos el turrón y nos hablamos de tú... y qué tal si comenzamos a platicar de la música que tocas, Pepe. Ya me dijo Juancho que eres muy buen guitarrista.

—Me gusta tu modito, Luz —aclara Pepe sonriendo y moviendo la cabeza—. De verdad me gusta...

Pues así como Dios quiso que dos y dos fueran cuatro, así quiso también que Pepe y yo nos juntáramos... tocando, ensayando, buscándonos. Hicimos un dueto, los Trovadores Tapatíos... y nos fue bien... muy bien... nuestras voces se acoplaban como el lucero de la noche y la luna... a la gente le gustó... y quién iba a decirlo, en el amor, igualito de parejo nos acoplamos Pepe y yo...

> *...a la orillita del río*
> *y a la sombra de un pirul,*
> *su querer fue todo mío*
> *una mañanita azul...*

Luz Reyes y José Gutiérrez encuentran una expresión propia de la canción mexicana. Amén de que caen parados en una época afortunada: discos Peerles acaba de patentar su marca, la XEW despliega su contratación a nuevos artistas, surgen compositores y temas que, con el paso del tiempo, llegan a ser grandes clásicos, como la canción "Mujer" de Agustín Lara, quien comienza a ser reclamado por la sensibilidad de las damas de la época, después del éxito alcanzado con su tema musical compuesto para la primera película sonora mexicana, *Santa*, filmada en 1931. De igual modo, despuntan algunos autores internacionales como el puertorriqueño Rafael Hernández, quien es contratado por la emisora XEB, de la cigarrera El Buen Tono. Sus composiciones, la rumba "Cachita" y el ovacionado "Lamento Borincano", se convierten en grandes éxitos.

> *Sale, loco de contento*
> *con su cargamento*
> *para la ciudad, ay,*
> *para la ciudad...*

La efervescencia artística abre sus puertas para recibir el ingreso del compositor y cantor veracruzano Lorenzo Barcelata —autor de "Cielito lindo", quien entra con el pie derecho. La voz excepcional del tenor José Mojica —retirado más adelante a la vida religiosa, en la más alta plenitud de su arte—, lanza a la fama canciones como "Divina mujer" de Jorge del Moral. Es el momento en el que Joaquín Pardavé escribe su bolero "No hagas llorar a esa mujer". En todo esto engranan perfectamente los Trovadores Tapatíos.

En esos días, a principios de la década de los treinta, una tragedia tremenda enluta a la familia escénica de México: el lunes 2 de marzo de 1931, el Teatro Principal, tan fundamental, es destruido por un incendio sin control. En el siniestro perecen doce personas de la compañía de Roberto Soto, que apenas en la última tanda del domingo primero de marzo había representado *El fracaso del sábado*, título que parecería premonitorio de la tragedia.

Como corolario, durante 1932, se desbordan de nuevo las aguas políticas y pierden la calma:

Renuncia el presidente de la República, el ingeniero Pascual Ortiz Rubio, dando paso a la

PRESIDENCIA AL GENERAL SONORENSE ABELARDO
RODRÍGUEZ.

Sin embargo, eso no parece afectar el consumo de los espectáculos. Ese mismo año, el periódico *El Universal Gráfico*, en su edición del 12 de junio, anuncia la participación de los Trovadores Tapatíos en el Frontón México. En ese lugar se libera una vertiginosa actividad de este dueto. Luz Reyes, por su parte, conserva ese nombre artístico para hacer dueto con Pepe Gutiérrez.

Es claro que a Luz la arrebata su nueva pareja.

¡Híjole, tan hermoso que se siente que te quieran! No por nada, pero cuando Pepe me tocó el rebozo... se atoró con el rapacejo. Y la verdad, Pepe me tenía buena ley... y yo a él también, así que pa luego es tarde, nos conseguimos un departamentito allá en el centro, atrasito del Palacio de Hierro, y nos emparejamos como las dos conchas de una almeja... qué reteagusto estábamos: "...qué bonito, mi Dios, cuando lo visten de charro...". Bueno, no teníamos muchos muebles ni lujos, pero... pues, como todos los que empiezan, planeábamos irnos haciendo de cosas poco a poco. Y volví a jugar a la casita: que si había que limpiar casa, pues limpiaba, que trapear, planchar, cocinar, a lo que fuera le entraba con gusto. Claro que no descuidaba estudiar el repertorio nuevo que teníamos que estar aumentando para las presentaciones, pero para cada cosa le encontraba un tiempo. Ai íbamos jalando bien juntos, hasta que lo malo salió cuando empezó a fastidiarme con la historia esa de que yo era poquita cosa y él, en cambio, se creía el mole y la carne del tamal. A Pepe le gustaba hacer las primeras voces y muchas veces me dejaba las segundas. Yo me imponía para que nos repartiéramos las piezas, suave, para no pelearnos, pero... lo que realmente valía para los dos es que sonara bonito. La otra parte que

luego me chocaba, era tener que andar en las oficinas de los que nos contrataban para arreglar asuntos administrativos, que para colmo, se atoraban, quién sabe cómo ni por qué, creo que por la mano de un chaneque malvado. Aunque entonces, ganaba el entusiasmo por lo bueno que vivíamos Pepe y yo juntos.

En el departamento de Luz y Pepe hay un radio que escuchan mientras no ensayan. Les gusta la música, además, conocer el movimiento de los colegas es fundamental, les permite evaluar qué repertorio se ajusta más para ellos. Son días alegres, fructíferos. Tratan de adaptarse a todo.

—Órale, Pepe, ven a ayudarme a mover esta mesa —le pide Luz—. Yo creo que si la ponemos junto a la ventana no nos pasa lo de ayer —Pepe se acerca cooperativo.

—Ay, mujer, ya ves, si tuviéramos una estufa en lugar de esta triste parrillita eléctrica, no tendríamos tanto humo. A lo mejor lo que hay que hacer es quitar la parrilla de esa mesa.

—¿Y dónde la ponemos? Ni modo que cocinemos en el suelo. Ándale, ayúdame.

—Sí, pues, agárrale tú de ahí.

Entre los dos la arrastran. Pepe hace el esfuerzo de cargar mientras se lamenta.

—Ya ves, mejor te hubieras ido a vivir con uno rico, no que yo...

—Y tú te podías haber quedado con una vieja como la de anoche en el Waikikí, ¿eh? —contesta Luz respondona pero divertida—. Esa sí pa que veas, con una sola de las mangas de su abrigote de pelos, te pagaría una estufota...

—Bueno, ya han de caer tiempos mejores. Ora lo que tenemos que hacer es ensayar un poquito.

—Pos las mismas de ayer, ¿no? Con tanto humo que sacamos con la calentada de los benditos frijoles, nunca pude agarrar el tono.

—Por lo menos tuvimos para frijoles, otros días casi ni para eso...

—Bueno, ya basta de quejas —lo ataja Luz quitándole importancia—. Ándale, saca la guitarra.

Mientras él saca el instrumento de su estuche y lo va afinando, ella se sirve un vaso de agua, dispuesta para un ensayo afanoso. Se acomoda frente a la ventana con los papeles de las canciones montados en un atril. Ahí hay más luz y se siente menos encerrada, le ha entrado la superstición de que, como por magia, en ese lugar le sale la voz más libre. Todavía no imagina que ese ensayo va a ser diferente, los perfiles de su canto alcanzan otro giro medular.

—Oye, oye... —hace notar Pepe al escuchar a Luz calentar la voz—, eso que estás haciendo lo hiciste ayer, repetir la misma nota como golpéandola, en vez de sostenerla, se oye muy bien.

—¿De veras? Es una especie de *piquetato*: picas y sueltas, picas y sueltas... me lo enseñó un maestro. A ver, échate "La Panchita" y pruebo... *y aquella que va río abajo se llama Panchita, y tiene los ojos grandes, la boca chiquita-a-a-a...* ¿Eso es?

—Ándale, ándale, ésa es la cosa, justo esa —refuerza Pepe—. Sabes, hay algo ahí que nunca se lo he oído a nadie.

—Pos claro, mi rey, acostúmbrate a que yo no soy como la bola de todas.

—Mírela, mírela —juega Pepe—, hambrienta pero presumida...

—¿No que te gustó eso de... *chiquita-a-a-a*? Bueno, pues por ahí se me ocurre... ahorita que lo dices... que puedo buscarme un estilo nomás mío...

—¡Epa, epa! —brinca Pepe como amenazado—. No se le olvide que somos un dueto, acuérdese que sin mí, pues usted, nomás no la hace, chatita... así que no te des tanto vuelo tú sola.

—Cómo me choca que digas eso —se enfurece Luz—, como si yo no valiera para una fregada. ¿Para qué sacas entonces que eso te gusta? ¿Qué, te da miedo que yo te gane? Pos que te acompañe tu miedo, don Pepe, ai a ver con quién ensayas, yo mejor me voy con mis amigos que sí me valoran, a echarme un trago.

—Ay, ay, ay… ¡pero si no es para tanto, mujer! —se asusta él, viendo llegar la tormenta—. Ya te dije que sí me gusta mucho ese estilo.

Lucha no le hace caso y, para asombro de Pepe, se sale sin más discusión, aventando con rabia la puerta.

—¡Ai te quedas! Sabe Dios a qué horas venga. ¡Ni me esperes!

Se va rabiosa, pero picada por el gusanito de que eso de los golpecitos puede puntearle una gran diferencia: un estilo.

Luego nos contentamos… con todo y todo, el hombre me cuadraba. Y sí, era un guitarrista de los meros meros, aunque tenía sus cosas. Era necio con eso de que sin él yo no era nadie. Y para colmo, mi mamá, que aprendió a quererlo mucho, cooperaba: siempre me estaba refriegue y refriegue la cantaleta de que yo no servía para nada, y que luego de Europa, para cantar, menos… Le caía de veras bien Pepe, así que aproveché, finalmente, para vernos seguido con ella. Eso me hacía feliz, era algo que yo busqué siempre. También, lo que sea de cada quien, casi siempre la pasábamos bien cuando nos reuníamos los tres, o hasta más, cuando se juntaban Manuel, los tíos y los primos, porque a mí me gustó tener a los parientes pegaditos. Sólo que cuando mi mamá se ponía a ladrarme, a decirme que yo era una porquería, sí quería correrle.

—¡Bueno, y a ti quién carambas te ha dicho que puedes cantar con esa voz de cascarón resquebrajado que te traes! —le restregaba doña Victoria con hostilidad—. Si no fuera por la paciencia del pobre de Pepe, yo no sé dónde diablos andarías.

Ya después, tanto grito y tanta burla nomás me entraban por un oído y se me salían revoloteando por el otro. Pepe... pos ni sé... a veces era el apapacho y a veces miradas de dardo. Pero ya no me dejaba tan fácil que trapeara conmigo. Y aunque estallaran volcanes a cada rato, me gustaba nuestro dueto. A esas alturas ya nos llamaban para alguna participación en la XEW, *no mucho todavía, pero nos llamaban. Comencé a conocer mejor los estudios y a más gente. Aunque mi mamá, ni por esas aflojaba sus enojos cuando me oía. No la convencía. Peor porque seguíamos igual de pobretones que siempre, y algunos días, le caíamos a comer a su casa. ¡Yo no sé de dónde sacaba ella pa la comida!*

—Ya me llegó el chisme de que te andan dando un dinerito extra por las mugrosas canciones esas que te echas en la radio. Qué calladito te lo tenías, ¿verdad? Ya te puedes ir cayendo con algo, ¿no? Nomás para agradecerme que aquí en mi humilde cantón tienen tú y tu guitarrero un lugar donde tragar...

Ella era capaz de decir lo que fuera para ofenderme. Pero ahí estaba yo como burro amaestrado yendo a visitarla... la verdad, nunca fui agarrada con el dinero, le daba lo que podía, y eso que nos las veíamos a veces muy duras, porque en aquel entonces trabajaba uno mucho, pero por muy pocos centavos, así se acostumbraba. Claro, doña Victoria nunca se llenaba...

—A ver, mijita, ven, ven pacá, siéntate aquí junto a mí. Así, pues. Bueno, tú tienes que entender que una madre siempre, siempre, quiere a sus hijos, ¿verdad? —le dijo un día la mamá, tomada—. Tú eres mi hija, entonces, yo te quiero

215

mucho, ¿te das cuenta? Bien, eso quiere decir que tú también me tienes que querer mucho, mucho... muchísimo... y traerme algunos centavitos de vez en cuando, para que esta pobre vieja no sufra tanto... ¿Cómo te lo haré entender, mi niña?

Ah, qué mi madre, le salían alfileres de la lengua...

Pepe y ella se frecuentan con el resto de la familia de Luz, lo cual le inyecta el tan necesario cariño y la llena de energía. Los tíos Florentino y María siguen arrimándole el hombro para impulsar su carrera de la manera que ellos pueden —el tío, asesorándola musicalmente, su tía, arreglándole el vestuario—. Al tío Florentino y a su primo les gusta hacer música con ella y con Pepe. Los primos, con el lugar especial que siempre tiene Meche, la acompañan en todo cada vez que algo se le atora. La prima sigue apasionada con la enfermería. El primo Florentino se sigue desarrollando en la música de concierto. Su hermano trabaja estable y mantiene igual de estable su apego a Luz. Por fortuna, todos están en contra de las agresiones de mamá Victoria, que ya nadie toma en serio. Cada uno de ellos piensa que Luz, día a día, suena mejor. Y, la verdad, cuando se reúnen todos, doña Victoria se suaviza bastante y la pasan bien. Son reuniones al estilo de los músicos: se hablan, más que nada, con sus instrumentos musicales, hasta parecen conciertos. Ahí Luz se desahoga, lo disfruta.

En tanto, en el mundo musical, la vida bohemia sigue en su esplendor, pero no siempre con igual fortuna.

AÑO DE 1932: UNA TRAGEDIA MANCHA CON SANGRE A LA CANCIÓN MEXICANA: GUTY CÁRDENAS, EL COMPOSITOR YUCATECO ENALTECIDO, PIERDE LA VIDA EN PLENA JUVENTUD Y TRIUNFO, A LOS VEINTISÉIS AÑOS DE EDAD, EN UN TRAICIONERO PLEITO EN LA CANTINA BACH. CORRE EL LLANTO. SUS CANCIONES QUEDAN HUÉRFANAS.

Poco después, el empresario Pepe Campillo, buscando continuamente nuevos intérpretes, descubre al genial cantante cubano negro Ignacio Villa, conocido como *Bola de Nieve*, con aquella forma única de interpretar: como si estuviera solamente platicando. Es adorado por el público.

> *...aquí 'tamo' to'o lo' negro'*
> *que venimo' a rogar*
> *que no' concedan permiso*
> *para cantar y bailar, ja, jay...*
> *Ay, mamá Inés, ay, mamá Inés,*
> *todo' los negro' tomamo' café...*

La ola del talento sigue creciendo. Finalmente, la amiga y antigua compañera de dueto y de vida de Lucha Reyes, Nancy Torres, la Potranquita, aquella que no usaba calzones, estrena en México las películas: *Ciclón de Oklahoma* y *Serenata en Hollywood*. María Greever da a conocer su tema musical "Alma mía". Manuel Esperón compone "La mujer del puerto" para la película del mismo nombre, con un impresionante éxito. Mientras tanto, el dueto de Luz Reyes y José Gutiérrez, los Trovadores Tapatíos, aparece en cartelera cada vez con mayor frecuencia dentro del mundillo artístico. Realizan giras por incontables ciudades del país, una de éstas culmina en Guadalajara, donde una empresa cigarrera los contrata para realizar tres magnas actuaciones con gran resonancia dentro y fuera de la ciudad. Se puede decir que están perfectamente consolidados.

Qué bonito suena todo, ¿verdad?, como si la vida sin pensarlo se hubiera compuesto a toda madre... y la vida no es así, carajo, el agua puede ser muy buena, pero si le cae tierra, se enloda... Eso me pasaba a mí, mis malditas fantasías no me dejaban en paz: ai estaba otra vez dándole vueltas en mi

cabeza al asunto aquél de que bueno, si ya tenía hombre,
nido, también quería tener un hijo. Ya me imaginaba pan-
zona, luego cargando al bebito, dándole de comer, jugando,
cantándole… Me jalaba los cabellos de angustia: nomás no
pegaba… pero no me iba a dar por vencida. Y pos ahí voy,
pa variar, con mi prima Meche, que para entonces ya se había
titulado de enfermera. Se volvió retehábil… tenía mucha
intuición médica… Le salió una chamba bien buena. Ella,
linda, soñaba junto conmigo.

Luz le pide a Meche que la lleve al hospital donde trabaja.
Le urge consultar a algún especialista para que la ayude a resolver sus problemas de embarazo. Lleva meses esperando
que suceda el milagro, pero nada. Luz sabe en el fondo que
aquello es casi imposible, pero sus ganas de ser mamá le
ganan a la cruda evidencia. ¡Está difícil! Esa corazonada,
casi certeza, le lastima las entrañas. Nunca se le olvida
lo que le dijo el doctor de Los Ángeles cuando tuvo su
aborto.

Quería un hijo, como nada más en la vida. Y como
quien no camina, no avanza, pues pies, para cuándo son.

—Oye, prima —susurra Lucha sentada en el sillón forrado
de plástico verde en un consultorio, medio en secreto, temerosa, como si con el sólo hecho de decirlo le cayera la sal a
su deseo—, ¿tú crees que el doctor Ramírez me pueda curar
para que ahora sí me embarace?

—Uy, Luz, ya sabes que yo la veo muy dura, la verdad.
Primero vamos a ver qué resultados te dan con los estudios
que te mandó hacer, pero yo no lo vi muy seguro.

—Ay, Meche quién quita y él conoce algún método
moderno, ya sabes cuántas ganas tengo de un chiquito… la
medicina avanza todo el tiempo.

—No, si eso lo sé, prima, pero ve tú a saber qué te hicieron en Estados Unidos cuando perdiste a tu bebé, que de plano te amolaron.

—Mira, tú apóyame cuando le jure al doctor que estoy dispuesta a seguir cualquier tratamiento que me ponga —comienza a acomodarse muy derecha y modosita en el sillón—. De veras, juro que voy a ser la mejor paciente de todo el hospital.

—Lo malo es que no depende de eso, Luz, tú lo sabes, si la matriz y los ovarios no funcionan bien, pues por más ganas que le pongamos todos...

—Prométeme que me vas a ayudar, Meche —le ruega tomándole una mano, apretándosela—. Te lo pido con toda el alma —su cara es de completa seriedad.

—Claro que te lo juro, tontita. Pero ya ves que las otras veces no ha funcionado. No te hagas muchas ilusiones...

—Me carga... —revienta Lucha con las mandíbulas apretadas, conteniendo hasta lo imposible su coraje—, ora que tengo con quien, nada. Eso no es justo.

—Bueno, no hay que adelantarse, prima, en unos días vamos a saber bien a bien, cómo andas. Entonces se verá si sí o si no.

—¿Y si no puedo? Me muero.

—Pues a lo mejor a ti no te toca. No todas las mujeres nacen para ser madres. Además, tú tienes tu carrera, eso te toma todo el tiempo. Piensa que sin niños eres libre para viajar, para cumplir con todos tus compromisos a cualquier hora. Acuérdate que bien seguido andas saliendo toda la noche. Y luego, no se me hace que Pepe tenga tanta urgencia de ser papá, ¿o sí?

—Eso me importa una pura y dos con sal. Ya tenemos muchos años juntos. Yo quiero tener un hijo, y a ver cómo le hago, pero se me ha de hacer.

—No digas eso, Luz, Dios sabe lo que hace.

—¡Dios! ¡Qué Dios ni qué Dios! ¡Qué va a andar sabiendo! ¿A poco crees que se anda fijando? ¿Y por qué les dio diez hijos a mujeres que ni los querían?

—Eso es una blasfemia, prima, no lo digas.

—Pos será una blasfemia, pero es cierto —responde Luz enojada.

—La otra es adoptar uno —deja escapar Meche suavecito, como pensando para sí misma.

—Primero, prima, que me volteen los doctores como calcetín si se necesita, y si ya de plano no puedo, entonces, pues ya pensaré en eso.

—Bueno, ya se verá. Vamos hablando de otra cosa, mejor, mientras esperamos. No me has contado cómo van sus presentaciones en el Waikikí.

Eso marchaba. Luz Reyes y Pepe Gutiérrez suben y bajan camino juntos como dueto durante cinco años. Ni falta hace aclarar que les va muy bien. Comparten también escenario con otros colegas, según la usanza. Sus presentaciones ya las difunden sin falta todos los periódicos de la época.

12 DE JUNIO DE 1932: LOS TROVADORES TAPATÍOS, LOS MEJORES INTÉRPRETES DE LA CANCIÓN MEXICANA, SE PRESENTAN EN EL FRONTÓN MÉXICO, CON LAS GOLDEN DOLLIES Y EL COMPOSITOR RAÚL RODRÍGUEZ. EN LOS PARTIDOS JUGARÁN QUINTANA Y BEGOÑES CONTRA GALLARTA Y PASAY.

22 DE JULIO DE 1932: EL TEATRO IDEAL PRESENTA A LAS 9:30 DE LA NOCHE EL PROGRAMA "LOS MOSQUITOS" DE LOS HERMANOS QUINTERO, CON LA PARTICIPACIÓN DE LOS TROVADORES TAPATÍOS, CON SUS INIMITABLES CANCIONES MEXICANAS. LA LUNETA NUMERADA CUESTA $1.00.

DOMINGO 11 DE OCTUBRE DE 1932: EN EL TOREO, A LAS
CUATRO DE LA TARDE, GRANDIOSO FESTIVAL DE HOMENAJE
A LA CANCIÓN MEXICANA Y SUS COMPOSITORES. INTEGRAN
EL PROGRAMA: AGUSTÍN LARA, MIGUEL LERDO DE TEJA-
DA CON SU ORQUESTA TÍPICA, ALFONSO ESPARZA OTEO,
MARIO TALAVERA, PEDRO VARGAS, JUAN ARVIZU Y EL
DUETO DE LOS TROVADORES TAPATÍOS, ENTRE OTROS.

9 DE DICIEMBRE DE 1932: EL LÍRICO SERÁ INSUFICIEN-
TE PARA EL PÚBLICO QUE ASISTIRÁ HOY A LA FIESTA DE
NAVIDAD, PARTICIPARÁ AGUSTÍN LARA CON SU CUADRO
LÍRICO, INCLUYENDO A JOSÉ GUTIÉRREZ Y LUZ REYES.

27 DE DICIEMBRE DE 1932: ESPERANZA IRIS PRESEN-
TA EN SU TEATRO EL ESTRENO DE LA REVISTA NUESTRO
MÉXICO CON MÚSICA DE AGUSTÍN LARA; ENTRE OTROS
ARTISTAS, LO ACOMPAÑAN LUZ REYES Y JOSÉ GUTIÉ-
RREZ, LOS AMOS DE LA CANCIÓN MEXICANA.

9 DE MARZO DE 1933: LUZ REYES Y JOSÉ GUTIÉRREZ
CANTARÁN EN EL GRAN CÍRCULO NOCTURNO MONTPAR-
NASSE CLUB, EN EL GRAN BAILE DE FANTASÍA. ESTARÁ
LA GRAN ORQUESTA LOS CABALLEROS DEL RITMO Y EL
EXCÉNTRICO DELGADILLO.

30 DE MARZO DE 1933: EN EL POLITEAMA, A LAS SIETE
DE LA NOCHE, SERÁ LA ÚLTIMA FUNCIÓN DE LA REVISTA
MUSICAL LA CARAVANA DEL HAMBRE. INMEDIATAMEN-
TE DESPUÉS, A LAS NUEVE, SE PRESENTA LA REVISTA DE
DOS ACTOS ASÍ ES MÉXICO, CON LA ORQUESTA DE JAZZ
PASQUEL Y LOS TROVADORES TAPATÍOS. EL PRECIO DE
LUNETA ES DE 30 CENTAVOS.

El mismo 30 de marzo, la radiodifusora XETR inicia sus trans-
misiones desde sus nuevos estudios en avenida Juárez, incluyendo a los Trovadores Tapatíos, que se han vuelto "ajonjolí
de todos los moles".

4 DE NOVIEMBRE DE 1933: EN SARAOS DE EL RETIRO, HOY, A LAS 22 HORAS, LAS ATRACCIONES SERÁN: LAS HERMANAS BLANCO, LOS TROVADORES TAPATÍOS, EL SON YUMURÍ Y EL JAZZ DE CASTAÑEDA Y SUS COMETAS. CUBIERTO $3.00. ESTE ESPECTÁCULO SE MANTENDRÁ DURANTE TODO EL MES DE NOVIEMBRE.

Esos sí fueron años intensos de trabajo. Me fui haciendo de un vestuario más bonito, para la escena y para las entrevistas y la vida social. Pepe no entendía por qué para mí eran tan importantes los trapos. Pero eso qué, yo me compré adornos de verdadera plata para mis trajes de charra, mis buenos aretes de oro, de plata y de filigrana, listones enormes de todos colores, trajes de china poblana bordados con hilo de seda, que eran una lindura. Y claro está, que no faltaban los perfumes. Íbamos a presentarnos a teatros, a restaurantes, a bares y también a casa de algún politicón ai más o menos. Pero del embarazo, ni hablemos. Vueltas y vueltas al hospital, pero puro chasco. Luego pasaba noches en blanco, nomás pensando en eso, en qué más podía hacer. A Pepe ya ni le quería contar, nomás se me desesperaba. Chinteguas. Lo que me consolaba es que tantos nos buscaran para cantarles, entonces la angustia del embarazo se guardaba para más tarde... Otra cosa que pasaba era que Pepe y mi prima, que compartía mucho tiempo con nosotros, de cuando en cuando no estaban de acuerdo con quienes nos contrataban... y es que había unos que pues sí, no eran ideales... pero bien que abrían la cartera, y si yo decía, ¡vamos!, pos ahí nomás agarrábamos camino, aunque me hicieran caras. ¡Necesitábamos dinero para pagar los tratamientos! Y eran bien caros.

A veces la situación se ponía verdaderamente tirante entre Pepe y Luz. Si no era "por Juana era por Chana", el caso es que las discusiones entre ellos andaban muy alborotadas.

Los enojos de ella iban cargados por su maternidad frustrada. Una cosa era sonreír y mostrar felicidad y amor en el escenario, y otra la vida privada. Los dos eran cada vez más divos y la propia luz afirmaba que "no faltaban las piedritas en las lentejas".

—Yo no voy a casa de ese tal por cual. ¿Oíste? —grita Pepe disgustado.

—Pos me iré con algún otro guitarrista que no sea tan melindroso —le contesta Luz con algunas copas encima.

—Cálmate, Lucha —interviene Meche, tratando de tranquilizar los ánimos—, yo creo que debías pensarlo un poco más. Dicen que son los que se echaron a los dos muertitos de la semana pasada.

—Miren, de una vez para que entiendan los dos: ¡yo a donde me pagan voy, con, o sin bules pa nadar...!

—Pues a ver si eres tan salsa. Cómo ves que yo me quedo.

—Mala tarde, muñeco, ya firmaste tu sentencia de muerte.

—Luz —le dice Meche sintiendo el corto circuito—, mejor ya no digas nada, mañana, sin copas, te vas a arrepentir de estas cosas.

—Que se arrepienta la madre de Pepe, que lo parió.

¡Y desde luego que me fui! Ja, ja, ja... Me conseguí un amigo guitarrista que me hizo el quite. Como en tantas broncas, Pepe y yo nos contentamos después... las reconciliadas eran muy sabrosas, la verdad... Seguimos juntos por un tiempo más, hicimos dueto hasta 1936. Éramos bien queridos en el Río Rosa y en el Waikikí que estaba en la calle de Reforma no. 13... me acuerdo, el cubierto costaba $3.00, a saber si era mucho o era poco... y lo que es mi mamá, para variar, andaba como piojo en perro, friegue y friegue, en un plan insoportable y ridículo conmigo.

—Aistás, otra vez vienes bien briaga... —dice doña Victoria al abrir la puerta de su casa, igual de alcoholizada que Luz—. Espero que por lo menos con alguna buena noticia que te justifique, porque te veo más rara que de costumbre.

—¿Se te hace?

—Pasa, pues, no te quedes ahí nomás parada... —Luz avanza presintiendo la avalancha—. Ah, y por cierto, ya supe que le andas jugando a la zorra metiéndote a gallineros que no son los del Pepe. ¿Tú crees que eso está bien, te parece correcto?

Ah, que mi mamá, ya me daba risa, nunca dejó de darme consejos para que no hiciera lo que precisamente ella había hecho toda su vida. Pero bueno..., ya no me calaba como antes. Y de Pepe, pues sí, ya me iba cansando y se me notaba. Para fastidiar más el asunto, el trabajo bajó cuando vino la huelga de la Compañía de Luz en el 36, así que sólo se podía cantar en los lugares que tuvieran planta de luz propia, que no eran muchos. De esa época, guardo el recuerdo de algunos compañeros nuevos o raros que conocí... como una contorsionista que se llamaba Gina Ree, con quien compartimos escenario, parecía de chicle, se doblaba por todos lados, de no creerse... una vez no me aguanté y le pedí que me enseñara y nomás me torcí, ja, ja, ja... Conocí bien al maestro Néstor Mester Chairez, y a los danzoneros René y Conchita, que bailaban resabroso, se volvieron bastante famosos... a ellos sí les aprendí algunos pasos... me gustaba bailar, más desde que fui rumbera... prefería moverme bailando que haciendo ejercicio, según yo, me ayudaba igual a conservar el peso, que luego se me salía de control. Entonces, mi querido dueto con Pepe comenzó a retorcerse sobre la cuerda floja... y no voy a negarlo, pa variar, dizque andaba yo chupando, otra vez, demasiado... ah, pero eso sí, me entrampaba con puro tequila del bueno, garantizado... palabra de honor que a mí,

así, se me hacía mejor la vida… bueno, hasta que empezaba
a enojarme… o a chillar…

Una noche, en uno de los restaurantes donde cantaban, El
Gitano, "tintineando por ahí" un danzón bien ejecutado,
Luz estaba haciendo impertinencias, hablando casi a gritos
en una mesa, al lado de dos hombres del público. Pepe se
cansó —el ruido de los comensales gritando y bebiendo hacían más insoportable el momento—, y llegó a su límite.

—¡Luz! —bramó Pepe autoritario, estallando—. ¡Levántate inmediatamente de esta mesa!

—Disculpa, mi guitarrista, pero estoy muy a gusto con
estos dos caballeros.

—¡O te levantas… o te levanto! —se encendió él—.
¡Vámonos para la casa!

—Ni te molestes, porque ya quedé de pasar la noche
con estos dos caballeros en un hotel. Qué te parece, hoy
quiero entretenerme con dos hombres de verdad.

Y me fui con los dos hombres… ya ni me acuerdo, ni me im-
porta, en qué acabó la fiesta. Pepe se enojó, dijo Meche que
con razón… y pues ahí terminó nuestra historia romántica.
Por 1936 salió un último disco que grabamos en el 35… y…
tan tan. Pepe se me acabó fácil… completito… ya me tenía
harta de ser la segundona… ¡que se quedara él con sus ganas
de ser siempre el rey! Esta vez, ni un comentario, ni un conse-
jo, de nadie, me hicieron mella… ahora yo era la que quería
ser solista, para ser nomás yo la Reina… Sacando fuerzas,
empecé a cantar yo sola. Lo primero que hice fue grabar un
disco con dos canciones, a dueto conmigo misma… pa probar-
les que pa duetos me bastaba yo sola… grabé las dos voces,
la primera y la segunda, nomás yo… por mis puras pistolas.
Ya era tiempo de sacar la cabeza. Al fin me hice amiga de
mi voz, tenía la suficiente para lo que necesitaba. Y ora sí,

*en honor al bautizo que me hizo Margarita del Río cuando
nos la jugábamos en Alemania, comencé a ponerme Lucha,
Lucha Reyes, para que se viera quién era yo... sin más bules
para nadar. Pepe se fue... qué más que bueno... pero yo...
seguí sin hijos, ¡malaya!, aunque resultó mejor... me moría
de hambre por conocer más mundo... y todo tiene su fin, ¿qué
no? Y entre tanto remolino, pues me faltaba todavía conocer
al que sería el más fuerte amor de mi vida...*

EL AVE VUELA HASTA LA CUMBRE

En la acera de la casa de Lucha Reyes —quien ya ha alcanzado fama con ese nombre— se detiene un elegante automovil negro. El chofer, sin apagar el motor, toca el claxon con impaciencia. Rosa, la mucama, grita rezongona desde adentro.

—¡Ya voy! —acelera el paso y abre la puerta. Se acerca con cara de regaño al coche y enfrenta al chofer.

—Y ora tú, ¿qué modos son esos de tocarle a la señora? —le reclama haciéndole gestos de coraje con el entrecejo—. A ver si vas teniendo más educación y te bajas a tocar el timbre, flojo atarantado.

—Vóitelas, ¿y ora qué, comiste gallo? Si a la que le toco el claxon es a ti, mi chula, pa que abras la puerta. ¿No se supone que eres la portera? Además, no te hagas, si no toco así, no me dejas ver tu carita de ardilla enojona— agrega el chofer uniformado mientras se baja del carro.

—Pos sí, pero para eso hay timbre —le aclara alejándose un poco de él con timidez—. ¿Qué crees que por ser chofer de la XEW tienes derechos especiales?

—Ya no discutas y corre a avisarle a la señora Reyes que la estoy esperando, si no, capaz que ni llega a su programa. Y aquí entre nos, pos a mí me mandan pa que llegue, ¿no?, porque con eso de que luego se echa sus alipuces y se le olvida hasta su nombre…

—Óyeme, igualado, de mi patrona no vas a hablar así.

—Bueno, ya, háblale y no averigües. No quieres que me maten en la estación de radio, ¿verdad, trompita de jitomatito?

—¿Y eso qué?, ¿fue piropo o burla? —pregunta Rosa haciéndose la coqueta. Se oyen los tacones de Lucha Reyes—. ¡Aistá mi patrona! ¡Y pa que se te quite lo hablador, bien arregladita, hasta con abrigo de pieles viene!

¡Lo que es la fama! Si hasta chofer me mandaban de la XEW *para que cantara en sus programas... y qué bueno porque yo nunca le hallé a la manejada. Lo que es la conveniencia. Finalmente le demostré a Pepe Gutiérrez que el "gaznatillo de oro", como decía él, era el mío. Para entonces yo ya era Lucha Reyes, "la formidable intérprete de la canción ranchera", escribían los periodistas... "la inimitable cancionera, la inigualable, la creadora de la fa-mo-sa Panchita"...*

> *Y aquella que va río abajo se llama Panchita,*
> *y tiene los ojos grandes, la boca chiquita...*

Entonces sí se alborotó el gallinero: no faltaba gallito que quisiera brincar en mi corral. La verdad, yo nunca entendí a los hombres, si te ven triunfando te buscan como si fueras la única hembra de la isla, y luego deciden que mejor te quieren ¡para que vigiles que no se vayan a quemar las tortillas en el comal! Ay, la verdad, estar sola sin un hombre a quien cumplirle, a veces te deja más contenta que andar teniendo que rendirle como cuentachiles a cualquier mugriento rascuacho. Pero, claro, uno nunca aprende a hacer lo que le asienta... sino que ai andas como poseída detrás de algún infeliz aroma humano... como gato de callejón sin dueño.

Al finalizar el año de 1937, Lucha Reyes ya es considerada la mejor intérprete de la canción mexicana. Se ha convertido en la cantante consentida de los políticos más poderosos, incluso del entonces presidente de la República, general Lázaro Cárdenas, quien disfruta enormemente con la interpretación de "Juan Colorado" en la garganta de la Reyes, y se la pide siempre que la tiene enfrente. Ella lo complace.

> *Juan Colorado me llamo*
> *y soy, señores, de Michoacán,*
> *y hasta los más salidores*
> *al mirarme mustios se van.*
> *Traigo en mi cuaco una silla*
> *que es de cuero, plata y marfil,*
> *y dos pistolas al cinto*
> *para aquel que no entre al redil.*

La huella de Pepe Gutiérrez se ha desvanecido. Es más, cuando se da tiempo, ella misma toca en casa la guitarra. A sus antiguas contrincantes no les queda más que reconocerle su lugar. Ahora tiene ropa de calle muy fina, buenos trajes sastre de faldas entalladas, zapatos altos y bolsas combinados, de marcas caras, se ha hecho de algunas joyas, y su vicio por los perfumes ha aumentado, así como su colección, envidiada por muchas. Los atuendos mexicanos los restringe para la parte artística de su vida. Sin embargo, ¿por qué asoman escondidos, bajo su cuidadoso arreglo, gestos de enojo, muinas de niña con síndrome de abandono, de soledad? La impulsa el reto, tiene temple, pero de pronto su mirada es como la de un ciervo acorralado por un fusil; parece una pequeña indefensa.

A Lucha le gusta salir de gira de ciudad en ciudad, disfruta los aplausos y caminar por calles desconocidas, comer comida típica y tomar la copa con nuevos amigos. Se deja llevar por la vida, no tiene ganas de pensar demasiado, mientras la voz le responda, lo demás no le preocupa.

Esta época es, de lado a lado, maravillosa para los artistas mexicanos. Se conforma la vida bohemia de donde saldrán los grandes que se coronan con laureles en el arte musical popular y lírico de México. La configuran compositores, letristas, pintores, periodistas, toreros, amigos de la farándula, sin excluir a miembros de grupos extranjeros y a dos que tres personajes ricos —clave— que tienen a bien —de todos— pagar las cuentas. Los puntos de reunión son los restaurantes El Principal, El Gourmet, El Café Fornos, La Concordia, La Casa del Guajolote y el Hollywood.

Cada anochecer sale de sus madrigueras una gran variedad de artistas de todas las disciplinas. Después de haber cubierto sus cuotas de creación, buscan compartir con los demás muestras de su quehacer cotidiano para escuchar sus críticas. Todos lucen un atuendo distinto según la actividad que desarrollan, algunos pintores llegan con las camisas llenas de manchas. Los escritores, por otra parte, prefieren las tertulias del Café de Tacuba. En ese ambiente con poco ruido pueden leer su último poema, escenas de obras de teatro, fragmentos de novelas. Los grupos resultan fantásticos, deliciosos, enriquecedores: la unión hace la fuerza.

En el que más y en el que menos de esos sitios, la noche es larga y se comparten exclusivamente los gozos, bajo la consigna de que "entre bohemios no se conocen las penas". Las manos dejan correr las guitarras.

> *Adiós muchachos compañeros de mi vida,*
> *farra querida de aquellos tiempos...*

Estas vigilias largas, inspiradas con focos a modo de estrellas, terminan muchas veces en algún comedero popular especialmente acogedor para los trasnochados, donde desde el amanecer comienzan a rugir los motores tempraneros, como es el caso el de los famosos Caldos de Indianilla, por las calles de Niños Héroes y Dr. Lavista, donde un buen plato de caldo les cuesta un peso con veinte centavos, con bolillo, garbanzo, arroz, salsa verde y una buena pieza de pollo para aguantar la desvelada o para recuperarse de una bien ganada cruda.

En esas rondas circula Lucha Reyes… y las disfruta.

En la calle se escuchan los motores de los *fordsitos* de aquellos que madrugan, los *claxons* suenan con sordina. Alegra verlos pasar.

En los variados puestos que se acomodan sobre las banquetas, resguardados más tarde por algún árbol frondoso para cuando el sol se vuelve molesto, se puede platicar con algún vendedor amigable, no importa que no se compre nada. A muchos les divierte jugarse la mercancía con un volado, en especial a los merengueros. A esa hora, el tiempo no se siente tan apretado. La calle la ocupan cantantes, trovadores, amistades momentáneas, grupos pequeños de mariachi que regalan, por iniciativa propia, pasajes líricos entrañables, y agradecen, si alguien es generoso, una propina.

Todo eso era demasiado chulo para ser cierto. Para estas fechas, finalmente, se me cumplía una ilusión a medias: tenía "otra" familia, aunque fuera postiza: la familia artística. Y pos ahí sí que no quedaba de otra, porque siempre nos contrataban en bola, a veces faltaba alguno en una presentación, pero era seguro que teníamos que coincidir en la siguiente. Me acuerdo de un 15 de septiembre cuando nos llevaron a 347 artistas para actuar en el Teatro de Bellas Artes, puros artistas populares, pa que más les guste… ay, si lo leíamos en el periódico y no podíamos creerlo… hasta la torera española Juanita Cruz remató esa noche con nosotros. La música nunca paraba. También los grandes cabarets elegantiosos como el Waikikí, el Río Rita, El Patio, El Retiro, El Gran Casino, tenían lo suyo, y no dejaban de contratarme todo el tiempo, siempre mínimo con otros cinco o seis artistas, por turnos. ¿Tendrían vocación de camellos, por eso de su amor a las caravanas? Uy, trabajé muchas veces con Roberto Soto, Agustín Lara, Delia Magaña, parejas de bailarines, Pedro Vargas, Manuelita Arreola, el Trío Tariácuri, Fernando Fernández, Alfredo

D'Orsay, y otros tantos boleristas, muchísimos otros compa-
ñeros de escenario... y de noche... y por qué no, de vino...
y de vida... En esa época pasé noches memorables, llenas de
músicos maravillosos, de pintores, como los del grupo de los
Rivera-Kahlo, de poetas, fotógrafos, bailarines... yo cantaba
por el puritito gusto de estar con ellos... era delicioso... la
noche en la Ciudad de México era una fiesta... aunque no lo
comprendieran ni lo aceptaran los que no eran del ambiente...
Ah, a esas alturas, bien que les guardaba yo respeto a las canijas
crudas... mal revés para el gozo nocturno...

SON LOS AÑOS DE ENTRE GUERRAS, LA SOCIEDAD INTER-
NACIONAL RESPIRA MÁS FÁCILMENTE. ESTADOS UNIDOS
DE NORTEAMÉRICA SE TECNIFICA CADA VEZ MÁS Y MÁS:
GENERA EL MAYOR AVIÓN DE SU HISTORIA, CON UN PESO
DE 75 TONELADAS. RESULTA PARA EL MUNDO ENTERO,
UN EVENTO JUBILOSO CELEBRADO AL MÁXIMO CON GRAN
REVUELO.

En México, con mucha más modestia, se fortalece el servicio
de autobuses urbanos con la incorporación de vehículos con
forma de coches comunes, pero sorprendentemente alarga-
dos: los camiones. Ahí cabe un sinfín de pasajeros. Dejan
humo cuando pasan, es el precio. La vida en las calles alcanza
mayor arrebato.

Yo quiero un auto, papá,
yo quiero un auto veloz...
de portentoso arrancar
y de tremenda emoción...

En el universo musical, el país se abre a nuevas funciones
de gala, que los ciudadanos de economía acomodada de-
sean presenciar por su alta calidad. Se importan al país, por

ejemplo, elencos completos de ópera, cargados desde su lugar de origen con aparatosas escenografías y vestuarios, vienen del Metropolitan Opera House de Nueva York, muy costosos, pero —eso sí— justificados, porque los boletos se agotan en "un dos por tres" en las salas mexicanas.

Para deleite de los concurrentes, en los cines también se presentan en vivo los protagonistas de las películas de estreno, nacionales y extranjeras, provocando simpáticas aglomeraciones en completo regocijo, todos ataviados a la última moda. Siguiendo este espíritu de gozo, se representan grandes comedias jocosas y se promueven originales *shows* con montajes cada vez más complejos y de mayor impacto.

Todo este movimiento efervescente, inquieto, va a requerir de otro personaje estelar del momento: el gran empresario, eje insustituible de la gran turbulencia escénica. Hay por ahí uno muy interesante que se consolida con verdadero vigor, considerado como parte trascendente de la flor y nata de su mundillo. Este empresario mexicano parece un arrebatador actor hollywoodense: guapo, de andar garboso, de grandes pestañas, labios carnosos, mirada seductora, refinado. Y se convertirá en el personaje central de la vida de Lucha Reyes, durante los próximos años. El nombre: Félix Cervantes, un amor de encantamiento.

> ...*traigo un amor*
> *y lo traigo tan adentro*
> *que hay momentos*
> *que no siento*
> *dónde tengo el corazón*...

Subyugado por su estilo lleno de fuerza, Cervantes comienza a seducir a Lucha, suave, galante, hasta que la conquista. Esta mancuerna se vuelve fenomenal, se trata de subir la cuesta. A él le interesa conseguir los mejores contratos para Lucha, lo que permite que la creciente diva se dedique únicamente al mundo de su canto, ya no tiene que cargar sola con todo el paquete de las contrataciones y la pesada y odiosa parte administrativa. Ahora puede descansar de todo ese embrollo tan latoso para que su voz y su imagen estén más frescas. Bueno, eso es un decir, una fantasía que ella misma quiere creerse cuando está con él, porque al estar sola, por lapsos aunque sea breves, la asalta la infeliz realidad que determina la pureza de su voz: la cantidad de decilitros de alcohol que ha bebido la noche anterior y que a veces se prolonga hasta la salida del sol. Lo sabe, pero hace un buen tiempo que descubrió cómo una dormidita más larga después de la comida la limpia de flemas y sutiles ronqueras al levantarse. Está en plena juventud, su obligación: disfrutarla.

Félix y Lucha se gozan realmente uno al otro, están enamorados de la manera más cursi, aunque maravillosa. Y con sus libres albedríos deciden aventurarse al matrimonio.

—Ay, princesa —suspira Félix sentado al lado de Lucha—, no sabes qué venturoso me siento de estar juntos. Hasta me pareces una alucinación. Todavía no sé cómo logré que te casaras conmigo.

—Félix, Félix, Félix —repite Lucha sin cansarse mientras lo besa—. Abrázame. Así, juntos, pegaditos siempre.

—Yo digo lo mismo, Lucha, así, toda la vida. Tengo tantos planes. Te juro que voy a trabajar muy duro para que seas una artista cada vez más inmensa.

—Tenerte conmigo es lo más importante, Félix, mi rey. Lo demás… es lo de menos.

—No digas eso, ya verás. Organizaremos otras giras, pediremos más dinero por tus presentaciones. Quiero que todos entiendan que eres la reina.

—Por Dios, Félix… mi Negro —le responde coqueta Lucha—, cualquiera diría que estás enamorado de mí.

—Como un loco —reacciona él abrazándola con entrega—. Cuando te veo plantada en el escenario, creo que me va a estallar la sangre. Eres tan inesperada, tan sorprendente, tan apasionada…

—Contigo, la vida me queda chiquita —afirma ella—. Ya verás, voy a seguir lo que tú me digas. Te prometo, que desde hoy…

—Sí, desde hoy prométeme una cosa —le pide él.

—Lo que quieras, tú nomás ordena.

—Hay una sola cosa que, me parece… y con esto no quisiera ofenderte, amor, que es importante, que… dejes de… tomar de más… yo creo que eso le hace daño a tu carrera… y a ti, pues, en general… últimamente se dice que… bueno, te estás excediendo un poco…

—Perdón, Negrito, es que… pos es algo que yo no puedo…

—Tienes que poder, reina, tienes que poder. Tú eres muy fuerte, por qué te va a vencer… ¿o a poco no sientes que te hace daño?

—Mira, yo por ti, sería capaz hasta de dejar de comer… de dormir… de…

—No, no, reina, sólo se trata de la copita…

—Ay, pues sí, mi amor, lo que tú digas…

—Ésa es mi Lucha. Vas a ver qué futuro nos espera.

—En ese futuro entra tener familia, ¿verdad? —pregunta Lucha con inquietud, pero con suavidad—. Ya te conté lo importante que es para mí hacer mi propia familia. Te imaginas tener un hijo tuyo, y llevarlo al parque, a días de campo, enseñarle a hablar, abrazarlo, así, apretadito, verlo reírse…

—Mi amor, yo sí quiero eso, pero no se te olvide que por ahí tienes algún problemita.

—Tú ya sabes por dónde me paso yo los problemas —se encabrita ella con un respingo—. Ya me conocerás más, yo nunca me doy por vencida.

—Bueno, pues yo claro que sí le entro contigo. Pero mientras, de la bebida, ¿sí estamos de acuerdo?

—Por ti, lo que sea, mi rey. Estoy de acuerdo.

—Para empezar, yo conozco unos doctores que se dedican a ayudar en este tipo de cosas.

—Ándale, pues, vamos, yo creo que sí, ya es hora de comenzar una nueva vida —Lucha estira los brazos, lo rodea y sonríe tranquila. Cada vez es más frecuente su risa—. Ah, por cierto que no te he contado, pero Alfredo D'Orsay me compuso una nueva canción, toditita para mí, yo fui su inspiradora.

—Eso suena muy bien. ¿Cómo se llama?

—Ah, pues, se llama... ay, es que me da pena... tiene que ver con lo que estábamos platicando ahorita... le puso... este... "La Tequilera".

...me llaman la Tequilera, como si fuera de pila, porque a mí me bautizaron con un trago de tequila...

Cómo quise a Félix. Más que a nadie antes, más que a cualquier amigo, que a mi familia, más que a mi voz, más que a... a mi vida. Félix era todo. Era tan guapo. Estaba como mariposa recién nacida. Yo le compraba mucha ropa elegante. Lo arreglaba, lo peinaba, lo ponía sus buenos perfumes, lo presumía con todo el mundo... Mi prima Meche se burlaba, decía que le parara, que no era mi muñeco. Pero sí, sí era mi muñeco. Félix Cervantes era... el firmamento entero. Lástima, pues, que no le gustara celebrar como Dios manda: con un buen tequila. Sí, ya sé que otros me criticaban por eso también, pero... ah, qué sabroso es ir sintiendo cómo después de algunos tragos... ya puedes hablar de lo que sea, así, como si no le tuvieras vergüenza a nadie... mandas a chiflar a su progenitora eso de la burra timidez... y los miedos ca...nallas. Con unos cuantos caballitos adentro o con un whisky bien puesto en las rocas, me sentía simpática... atractiva... llena de brillo... Era como si todo el pasado... valiera madres...

Como buena mexicana sufriré el dolor tranquila,
al fin y al cabo mañana tendré un trago de tequila...

La vida continúa y el ascenso de Lucha Reyes es cada vez más vertiginoso, su familia está verdaderamente contenta con sus nupcias y con lo que le está pasando, el presente los sorprende. Les parece que Félix es el compañero perfecto. Sienten con optimismo que al fin Lucha se ha estabilizado. Su hermano Manuel, que a estas alturas sabe muy bien lo que es estar casado, porque lleva varios años unido a su esposa Josefina, la acompaña y la aconseja cada vez que ella lo necesita y se lo pide. Su relación es estrecha. Además, le ayuda tenazmente a que su mamá esté lo más tranquila posible para que no se meta con ella de mala manera. Lucha se lo reconoce y lo agradece. Pero siendo justos con la realidad, doña Victoria se sentía ahora sí orgullosa de Lucha, viéndola caminar con Félix como el guía de la carreta.

En su nueva etapa de casada y de artista cada día más célebre, Lucha decide organizar su vida con mayor eficiencia, siguiendo desde luego los consejos de Félix casi casi al pie de la letra. Para comenzar, sus necesidades de vestuario para sus presentaciones en vivo han crecido, y ella sola no puede dedicarse a elegir, cargar, acomodar, planchar en el camerino cuando se requiere, distribuir crinolinas, bandas para la cintura, zapatos, medias, ropa interior especial, y todo el universo que implica llegar impecable al escenario, incluyendo la laboriosidad fundamental del acomodo del tocador del camerino: cosméticos, listones, trenzas postizas, moños, cepillos, pinzas, espejos, pasadores, peines, fijadores para el pelo, los infaltables perfumes. Así que, pensándole, encuentra que hay una mujercita joven, diligente y ciento por ciento confiable que la puede acompañar inclusive en los viajes: su sobrina Carmen, hija de su hermano Manuel y de su cuñada Josefina. Lucha la llama Carmela, Carmela Reyes.

A todos les parece una elección insuperable. Carmela es la primera cautivada con la invitación de su tía, a quien admira infinitamente. Es más, termina mudándose a vivir a casa del nuevo matrimonio para estar a la mano cuando surja alguna eventualidad. Su mamá Josefina no está muy de acuerdo al principio, pero termina convenciéndose, para tranquilidad de la tía famosa. A partir de entonces, las vidas de Lucha y Carmela quedarán unidas como dos orillas de un mismo puente.

Una mañana, mientras Félix está terminando el desayuno, Lucha se acerca corriendo todavía con bata y pantuflas.

—Oye, mi rey, ¿es cierto que me voy de gira a Cuba? —pregunta Lucha agitada—. Me lo contó Carmela. Ni me puedo imaginar cómo será la isla. Me muero de ganas de conocerla. Dicen mis amigos que es *un sueño tropical* —añade con un tono sensiblero.

—Sí, mi reina, es preciosa, y tienes que seguirte haciendo internacional. Allá el Trío Matamoros tiene muchas ganas de conocerte. Parece que por ahí te vas a encontrar con María Grever.

—Uy, cuánto honor. ¿Tú crees que les guste a los cubanos lo que yo canto? —pregunta dudosa haciendo un gesto infantil.

—Los vas a volver locos.

—Híjole, yo no sé cómo viví tantos años sin ti. Ya hasta te quiero cantar uno de esos boleros melcochones... de los de mucho amor.

—Eso me encantaría, pero, mira, déjame antes decirte una cosa...

—Órale...

—No quisiera fastidiarte otra vez con lo mismo, pero... me habló el administrador de El Patio y se quejó un poquito de que volviste a llegar tarde y con copas. Eso no te conviene, reina, ¿qué no habíamos quedado en que ya ibas a bajarle a lo del tequila?

—Qué bien friegan esos. ¿Qué no les gustó como canté?

—Lucha, Lucha, por Dios, mi vida, si no le paras, yo no sé a dónde puedes llegar. ¿No ves que te arriesgas demasiado?

—Se me hace que ya no me quieres igual porque no te he podido dar un hijo —Lucha se sale bruscamente del tema y comienza a llorar, siempre temerosa de perderlo, con la cabeza todavía caliente por el tequila de la noche anterior—. Ése es realmente el problema, ¿no es cierto? Ése es el verdadero problema.

—Nada qué ver, Lucha, no te lastimes tú sola. Yo estoy feliz contigo, tú lo sabes. No me importa nada más. Déjame mimarte, déjame quererte como a la mujer maravillosa que yo veo en ti. Quiero que seas feliz, que triunfes.

—Yo ya estoy triunfando, ¿qué no? —se sulfura—. Así que déjame en paz —avienta una silla y se voltea desdeñosa limpiándose con las manos las lágrimas—. Si lo que necesitas es dinero, ahí está la chequera. Agarra lo que quieras. Para eso trabajo, para que no le falte nada a mi muñeco.

Félix, cariñoso, la abraza y la encamina a la recámara para que ella duerma unas horas más, debe estar bien por la noche en la función. Sabe que ella no quiere ofenderlo, está preocupado, quizá mañana sea posible hablar sobre el tema con calma. Lucha se deja conducir dócil.

—Bésame, Félix, bésame *como si fuera esta noche la última vez…* —le canta tratando de acercarse a él, antes de perderse, junto con su voz en la cama— *…bésame, bésame mucho… que tengo miedo a perderte, perderte después…*

—Lucha, Lucha, mi reina, descansa —termina arropándola y cerrando las cortinas antes de salir.

La vida artística intensa de Lucha Reyes sube "como espuma", aunque, en contraposición, van a formarse nubarrones que ella no prevé. Justo antes del viaje a Cuba, a punto de irse, el mundo musical de México le hace una sonada despedida.

Lucha Reyes, quien fuera en sus inicios "el ruiseñor de la canción mexicana", da lo mejor de sí misma: el portento de su voz, el sentimiento mexicano con la piel desnuda, la pasión de una mujer que no se ahorra nada en la vida.

Qué lindo paso las horas,
con toda mi alma te canto a ti...

Su gira por Cuba, "la Perla del Caribe", tiene un éxito notable. El Trío Matamoros se vuelca en elogios. Es merecedora de míticas serenatas en su cuarto de hotel. Conoce a figuras llenas de admiración hacia ella. Todo despunta hacia un sol incandescente.

Pero nadie puede brincar su propia sombra, y Lucha Reyes no es la excepción. Su corazón tapatío explota. El amor en un principio incondicional de Félix Cervantes no la salva de sus sufrimientos primarios, antiguos, de las pesadillas, de las tristezas subterráneas que arrastra como raigones, mientras su profesión, a pesar de esto, disparatadamente se consolida. Félix cada vez la comprende menos, creyó que Lucha lo obedecería en todo lo que él le dijera, lo que no sabía es que aún no ha pisado este planeta el susodicho que la someta. Ella no lo mima como antes ni le suelta el dinero tan fácil: él no la acepta como es, pues ella tampoco a él. Él no es el único que siente. "El Negrito" se vuelve intransigente, autoritario, ofensivo, no le haya el hilo a la madeja.

Una madrugada, cuando regresa de trabajar, entre cansada y eufórica por la energía recién desplegada, se encuentra con una sorpresa que no puede soportar: Rosa, la mujer que le resuelve los quehaceres de la casa, está dando a luz en el cuarto de servicio auxiliada por Meche que, como enfermera, conoce a fondo el proceso del parto. Mientras, las decenas de perros que viven en la azotea ladran sin pausa, a la par con los gritos de la parturienta.

En cuanto Lucha mete la llave a la cerradura oye los gritos de Rosa y se dirige, confusa en medio de su mente alcoholizada, a verla.

—¡Y ora, qué son esos gritos! —vocifera a su vez Lucha, abriendo la puerta del cuarto de manera violenta—. ¡Meche! ¡Rosa! ¡Contesten, qué gritos son esos!

—Qué bueno que llegas, Luz —responde Meche angustiada—. Rosa ya está dando a luz y la cosa no está nada fácil.

—¿Qué? ¿En mi casa?

—¡Ay, señora Lucha, ayúdeme usted, me estoy muriendo! —alcanza a decir Rosa inocente, entre sollozos y quejidos.

Lucha pierde el control al darse cuenta de lo que está pasando, queda como apuñalada, totalmente fuera de sí.

—¡Pues sabes qué, por mí, de una vez muérete, hija de perra! Nomás eso me faltaba, que en mi propia casa la que pariera fuera la criada, en lugar de ser yo, yo, la dueña —Lucha comienza a llorar con desesperación, abatida por completo.

—Lucha, por favor, qué te pasa —la increpa Meche—, esta mujer necesita nuestra ayuda.

—Me importa un carajo lo que ésta necesite. Yo soy la que necesito parir. ¡Yo! ¡Infeliz, ahora mismo te me largas de mi casa! ¡Ándale, párate y vete!

—Lucha, ¿qué?, ¿te volviste loca? Rosa no puede moverse ahorita —dice Meche enérgica—. Y ya basta. Salte de aquí antes de que yo te saque.

—¿Ah, sí, tú y cuántas más hijas de tu tal por cuál?

Meche comienza a gritarle a Félix esperando que él pueda controlar a su mujer. Lucha comienza a tirar cosas, furiosa. Se le va encima a Rosa intentando pegarle. Como puede, Meche la protege.

—Imbécil. ¡Cállate ya! —chilla Lucha sin control—. Qué quieres, ¿destruir mi matrimonio? Ya bastante tengo con no darle hijos a Félix… y les recuerdo que ésta es mi casa, así que se me van largando las dos. ¡Pero ahorita! —jalonea a Meche tronándole los dedos.

—Aayyy, ayyy —gime Rosa—, ya viene el bebé, Meche, ayúdeme. Aayyy, por favor, por su madrecita santa, señora, ayúdenme, aaayyyy —Rosa puja en su inevitable proceso de parto. Félix aparece corriendo, amarrándose la bata, asustado.

—Lucha, Lucha, qué haces. ¡Ven acá! —grita a su vez Félix frenético. Le inmoviliza los brazos apretándola desde atrás y trata de detenerla. Rosa suda y gime de dolor—. Deja de tirar las cosas de Rosa. Déjala dar a luz tranquila. ¡Salte de aquí!

Lucha se defiende. Está aterrorizada, quiere que la tierra se la trague.

A pesar del momento desquiciante, Rosa puja y expulsa al fin un niño que recibe Meche.

—Rosa, es un niño —le comunica Meche con el pequeño en los brazos, enseñándoselo con una sonrisa, todavía unido por el cordón umbilical.

—Protéjalo, Meche, no deje que la señora le haga daño —su voz y su cara reflejan angustia.

—¡AAAAHHHGGG! —pega un grito exasperado Lucha tapándose la cara con las manos, en medio del abrazo de Félix—. Soy una piedra, una piedra maldita, seca, muerta.

Lucha finalmente se zafa y sale corriendo. Comienza tambaléandose a quitarse la ropa en su carrera. Sube las escaleras. Félix no entiende por qué.

—¡Lucha!, ¿qué haces? —le pregunta apresurado siguiéndola.

—Me estoy encuerando. ¿Qué no ves? ¿Qué, te dejó ciego el nuevo niño en esta casa?

El bebé se hace presente con su llanto. Los perros también con sus ladridos. Lucha sigue subiendo.

—¿A dónde vas? Ven, Lucha, déjame abrazarte, déjame cuidarte —le pide Félix tras ella—. Te prometo que vamos a seguir tratando de tener nuestros propios hijos. Lucha, no te quites la ropa.

—Ya no necesito de cosas afuera. Por dentro estoy muerta. ¡Muerta!

Lucha abre la puerta de la azotea. El barullo de los perros sube de tono. La tensión aumenta.

—Qué vas a hacer a la azotea, amor. Cuidado con tus perros.

—Tú lo dijiste, ¡mis perros! Mis treinta y dos perros. Son los únicos que me quieren, que están llorando por mí, ¿no los oyes? —Lucha solloza ahora quedito. Félix trata de hablarle con suavidad, mostrando una tranquilidad que no tiene. Camina despacio, no quiere asustarla.

—Mi amor, ven, ten mi saco, reina, aquí afuera hace mucho frío. ¿No lo sientes?

—Lo que siento es asco, mucho asco…

—Ya no camines, mi reina, quédate ahí quietecita, yo voy por ti.

Lucha, en su llanto en ahogo, entrecortado, refleja una tristeza añeja, aguda, sin fondo.

—Mira, Negro, allá abajo está la calle. Desde esta barda se antoja… olvidarme de todo, ya no sufrir… un pasito más y se acabó… ahí está la solución… maldita vida…

Meche se escapa un momento del cuarto de Rosa después de limpiar de prisa al bebé y cubrirlo. Asustada, lo deja en brazos de Rosa. Le preocupa el estado de Lucha. Corre por las escaleras lo más rápido que puede para llegar a ella. Félix le hace la seña de guardar silencio. Sigue hablándole a Lucha.

—Yo creo, mi reina, que primero me tienes que dar un último beso…

—¿Sí, verdad? —contesta Lucha con la mirada perdida—, siempre hay que despedirse, ¿no?

Meche le advierte a Félix con señas que Lucha se va a aventar. Félix vuelve a dirigirse hacia ella muy lento. No quiere violentarla, no quiere verla tirarse al vacío.

—Voy por mi beso, reina, tú no te muevas.

—¿Tú crees que desde abajo se me note que estoy encuerada? —pregunta Lucha con un rictus extraño.

—A lo mejor sí, porque estás sobre la mera bardita —sigue Félix el diálogo caminando con tiento hacia ella. Se oye el llanto de Lucha entrecortado, punzantemente triste.

—No sé si quiero que te me acerques…

—Un poquito más y luego me detengo para que lo pienses… también acuérdate de que eres la mejor cantante del mundo… y la mujer que yo más quiero, Luchita…

—¿De veras, Negrito? ¿Eso lo dices en serio?

—¿Te puedo abrazar?

—Por última vez.

Félix al fin logra abrazarla. La voltea y le pide a Meche que lo ayude a bajarla. Lucha crece en su llanto. De nuevo, como una niña chiquita.

—Te juro que no me iba a matar, te lo juro, Félix, no te enojes conmigo, por favor, te prometo que te voy a dar un hijo… así como el de Rosa… bonito, bonito… Te juro que sí soy una mujer de a de veras…

—Qué horror —dice Meche casi susurrando—. No sé cómo la salvaste, Félix.

—Ven, Meche, vamos a acostarla… mañana será otro día… —Lucha se deja llevar. Con dolor repite:

—Igualita que las piedras… seca… inútil… como árbol podrido…

…pobre de mí, esta vida mejor que se acabe,
no es para mí,
pobre de mí, pobre de mí,
cuánto sufre mi pecho que late tan sólo por ti.

REVOLOTEOS EN EL ÁRBOL DEL CINE

Vuela, vuela, palomita,
párate en aquella higuera,
Lucha Reyes se va al cine
buscando ser la primera.

El sol, sin pedir permiso, sigue saliendo cada día, y la vida, imparable, continúa buscando —como el agua— una salida. En México, durante 1938, cerca ya de la Segunda Guerra Mundial, el presidente Lázaro Cárdenas realiza cambios relevantes al decretar la expropiación de las compañías petroleras. Preocupado, además, por el problema agudo de la pobreza y la vulnerabilidad en la que se encuentran los pueblos indígenas debido a la falta de reconocimiento de sus derechos, el presidente crea el Departamento de Asuntos Indígenas y organiza el Primer Congreso Indigenista Interamericano, a fin de promover pasos consistentes a favor de aquéllos.

Más adelante, en un acto que Cárdenas considera de justicia, entrega la administración de los Ferrocarriles Nacionales a los obreros que laboran ahí. Como parte de las acciones que emprende para fortalecer a la sociedad, impulsa el deporte y construye parques deportivos capitalinos. Para sorpresa y susto de los padres de familia, instaura un programa oficial obligatorio de educación sexual, que debe iniciarse desde la educación primaria. Con esas iniciativas, Cardenas pretende infundir un espíritu progresista en las nuevas generaciones.

A la par de las innovaciones políticas y educativas, tiene lugar un fuerte reforzamiento cultural de las expresiones del nacionalismo artístico, ampliamente elogiado dentro y fuera del país, donde llega incluso a formar escuela. El arte mexicano es una atracción internacional. Los artistas plásticos llevan más de una década dando vida al muralismo; en las escenas que plasman aparecen representados indígenas y revolucionarios, entre otros. Se genera, simultáneamente, un movimiento fotográfico de primera relevancia con fotógrafos tanto del país como extranjeros.

Una aproximación a esa corriente nacionalista, conduce de manera inevitable a la música, con especial atención a la música popular mexicana, al género bravío, con su indiscutible creadora: Lucha Reyes.

De manera sobresaliente, impactante, sin precedente, Luz consigue conjuntar una milagrosa fuerza vocal con un alma que no teme mostrar sus sentimientos —ninguno—, al desnudo. Forjadora de escenografías vocales inéditas, impensables, con desplantes de soldadera, juega igual a dirigir su canto a un hombre que a una mujer. Contadora de historias, historias tejidas con melodías que conmueven los nervios del alma popular, Lucha Reyes, es un parteaguas emblemático que le da un rostro nuevo a México.

No y sí, todo andaba dando vueltas por el mundo, pero aquí se vivía muy bien; bueno, eso sentía yo, porque después de todo se me habían hecho realidad demasiados sueños. Estaba pegada al hombre que quería, Félix, mi esposo legalito. El dinero me alcanzaba hasta pa echarle una mano a los parientes, sin faltar mi madre, por supuesto. Seguía con nosotros mi sobrina Carmela Reyes, que, ah, cómo me ayudaba... llegué a quererla como parte de mí misma... cada día se me hacía más indispensable. Ella siempre estaba al pendiente del vestuario, de los perfumes, de que marchara bien cada cosa de la casa, hasta de los perros... mis ladridos mimados, les llamaba... que eran bastantes. Y, pues como Félix siempre andaba diciendo que sí a todo lo que yo quería, aproveché para llevarme a algunos otros familiares a la casa. Ahí había siempre música alegre, eso los hacía dejar de lado su morriña. Mi mamá, días iba, días venía, a veces de buenas, porque dizque quería mucho a Félix, a veces de muina... porque ya se veía que yo no era el máximo santo de su devoción... pero estaba conmigo... con todo, entendía más mi vida... entonces me gustaba... pasábamos largos ratos contentas... como nunca antes. Y sin más, tuve otra dicha que nunca esperé: mi abuelita, a quien traía yo medio perdida en un lugar cerca de Guadalajara, en Tlaquepaque, y que había visto muy pocas veces, se fue a vivir a nuestra casa nueva, a la de Andalucía, a donde nos cambiamos mi Negro y yo después de la casa de la calle de Francia. No sé cómo aceptó... yo estaba tan feliz. Me hacía sentir que tenía más raíces... y más familia. Mi mamá también... parecía bastante raro, pero le picó el mosco de que su deber de hija era cuidarla... porque yo la cuidaba a ella... qué chistosa, ahí sí lo reconoció, y bueno, como vivía con nosotros, pues hizo viaje y toda la cosa... y se la trajo. Pobre, andaba con problemas gástricos, pero aquí luego luego se sintió mejor. Uy, mi abuelita era retebailadora, para el chotis se pintaba sola. Hacíamos unas reuniones muy lucidas, ella contaba chistes pícaros, era la única que de corazón se atrevía a decir malas palabras, andaba por ahí brinco y brinco y risa y risa, sin que nadie la criticara por nada. Ella sí, cómo me quería. Por momentos me trataba como cuando era niña, que fue casi las únicas veces que la vi, me recostaba en sus faldas y me hacía "cosquillitas" en los brazos mientras me cantaba arrullos bien viejos. Ella era un premio. Y bueno, al igual que a muchas mujeres les pasa, yo también tuve una suegra... y como un viento fresco, me dio alivio, consejos, apoyo... aprendí a quererla... mucho. Ai luego, para fechas especiales, *nos juntábamos todos en nuestro nido, como en aquella Navidad, entre villancicos y gusto por pasarla contentos juntos.*

> *Eeen el nombre del cieeelo*
> *Yo oos pido posaaada*
> *Pues no puede andaaaar*
> *Mii espoosa amaaaada...*

La casa estaba adornada por completo con faroles de papel de colores vigorosos, con ramitas grises de heno como desmayado colgando de los hilos que iban de pared a pared en la estancia. El Nacimiento, en la esquina de la sala, estaba armado con las manos de Lucha, Meche y Carmela, repleto de casitas hechas de cartón de cajas, rociadas de diamantina de colores, rocas de papel pintado en tonos de café y gris, pastores, luces entremetidas, también de colores, con un espejo simulando el lago, con sus orondos patos blancos encima, muchos animalitos desperdigados sobre musgo, como borregos, camellos, pollos, el burro, la vaca y los Tres Reyes Magos bajo la protección de una brillante estrella de Belén con una larga cauda, rociada ésta de diamantina gruesa plateada. Se veía de lo más alegre.

Lucha tenía la debilidad por cocinar —lo que muchos consideraban extravagante en ella por ser una artista famosa—. Buscaba hacer espacios para meterse en la cocina entre su agitada vida. Desde niña, en la vecindad, se pegaba junto a su tía María para aprender que primero se freía la cebolla con el ajito picado, luego se agregaba el jitomate, al soltar las burbujas se rebajaba con el caldo en el que se había cocido ya el pollo y finalmente se añadían las piezas. Fue aprendiendo el proceso de recetas de comida mexicana, con su preciso toque maestro de picante. Meterse a la cocina le resultaba divertido, se olvidaba de problemas, compartía con alguien la preparación, y al fin, tenía un desenlace estupendo al servirlo en la mesa.

Es la noche de Navidad, toda la familia —sin faltar la tía María, el tío Florentino y los primos— está convidada a terminar de santificar la fiesta con una cena con todas las de la ley. Lucha usa un mandil blanco bordado con un pesebre en punto de cruz, hecho especialmente para ella y para la ocasión. Iba y venía de la estufa a la mesita de centro de la estancia para llevar las botanas calientes: sopecitos y quesadillas pequeñas. Departiendo entre todos, llega la hora de sentarse a la mesa, de servir los platos fuertes. Los villancicos envuelven el ambiente, acompañando el sonido de cucharones y copas.

—Quihúbole, ¿cómo me quedó el bacalao navideño, suegrita? —pregunta Lucha con sonrisa satisfecha.

—Yo no sé que le pones, Lucha, pero te queda como a pocas —le contesta la mamá de Félix con la boca medio llena.

—De veras que ninguno como el tuyo, mi reina —añade Félix, en calidad de glotón.

—Qué bueno que les guste, se los hice con mucho cariño. Y gracias a mi tía María por sus recomendaciones.

—Ay, mija —responde rápido la tía—, hasta pena me da que lo digas, el mérito es todito tuyo —Lucha voltea y le manda un beso con la mano.

—Bueno… nomás acabamos de cenar y luego luego a bailar, ¿verdad abuelita?

—Mmh, claro, hoy que no me duele el callo, ja, ja… —se ríe la abuelita juguetona.

—¿Qué tal un chotis que tengo por ahí guardadito para ti? —pregunta animosa Lucha.

—Y luego a cantar, conste —pide Félix esperando oír a su mujer en la intimidad de la casa con canciones antiguas, tradicionales, hasta del viejo repertorio todavía de tiempos de don Porfirio.

—Claro mi rey, esta Navidad quiero que sea perfecta —remata Lucha alegre.

Esta noche es Nochebuena
noche de felicidad
esta noche es Nochebuena
y mañana Navidad.

Esa Navidad estábamos tan contentos... fue casi perfecta... si no hubiera sido porque al final Félix, para variarle, se enojó conmigo porque pensó que se me habían pasado los tragos. Y la verdad es que no fue cierto. Sí andaba yo medio alegre, pero era Navidad, ¿no? Ya no sé ni qué era que se me pasaran los tragos... era tan delgada la línea... Muchas veces no me daba cuenta de cuánto tomaba... tampoco entendía por qué no le hallaba la medida para ponerle el ya estuvo, no más... se me iban las patas a lo tarugo... y Félix, como una chinche, comenzó a meterme miedo de que por eso se me iba a acabar la voz otra vez... y me llené de terror... ahí estuvo lo feo... la vida parecía como trompo dando vueltas... todo mareaba... de pronto, sentí que apenas empezaba la noche... y sin más, se arrancó el frío de la madrugada. ¿Cómo había pasado el tiempo? Yo no quería fastidiar a nadie ni fastidiarme yo sola, pero por el trago tenía pleitos con Félix, con mi mamá, con mi suegra, con quien en verdad nos queríamos tanto... y luego me quemaba las entrañas eso de los hijos que nomás no pegaban... y más tomaba... pero de veras que yo ya no quería tomar y emborracharme, de veritas... si estuve yendo muchas veces con los doctores que me dijo Félix, pero el río me arrastraba... así de simple...

Lucha intenta rabiosamente refugiarse en la religión, busca alivio, seguridad para sus temores cada vez más candentes. El control se le escurre de las manos. Pareciera que el pescado siempre se le escapa del sartén. Corre a la iglesia en cuanto tiene tiempo. Reza con fervor los rezos completos que se sabe de memoria, algunos aprendidos de viejas beatas que rondaban la iglesia cerca de su casa de Guadalajara. Se sabe hasta oraciones especiales para casos difíciles, como el suyo.

—Virgencita, ayúdame, te prometo que si me echas una mano, ya no vuelvo a tomar nunca, nunca. Nomás me aseguras que no voy a perder la voz... y luego me das un hijo... y ya... y te juro que nunca, nunca más vuelvo a eso. Te juro que voy a rezarte todos los días para que me ayudes, verás.

Paradójicamente, mientras Lucha Reyes sostiene una batalla interna que carcome su espíritu como a mordiscos, el mundo artístico la aclama más y más. De manera permanente aparecen ingeniosas carteleras en la prensa anunciando su participación en los más importantes acontecimientos y centros nocturnos. Se pelean por contratar a la artista, a quien el Waikikí ha bautizado como "la Emperatriz de la canción mexicana". El Gran Casino, prestigioso lugar del Jardín Santos Degollado, a espaldas del cine Alameda, la presenta como rotunda estrella de gala.

> *Vente en ayunas mi vida a bailar*
> *esta polkita para vacilar*
> *que es tan sabrosa que da comezón*
> *y más rumbosa que cualquier danzón...*

De esa época me acuerdo de mí como si yo fuera circo de tres pistas: por un lado, las presentaciones en público andaban como máquina recién aceitada; luego, por otro, la situación familiar parecía más bien radio con unos bulbos buenos y otros de a tiro fundidos... y la tercera, la novedad de las novedades, que casi ni podía creer: me habían invitado a trabajar en el cine, cantando canciones para acompañar escenas en las películas. Félix estaba muy orgulloso de todo ese revuelo, pero a mí se me hacía raro, para que más que la verdad, me daba casi el soponcio cada vez que tenía que pararme frente a la cámara. Me brincaba toda la parte tímida que traía escondida adentro… aunque no me lo creyeran, tenía una. Yo trataba de que no se me notara, pero, ah, chinteguas, qué difícil se me hacía… yo creo que se me quedó pegada con cola desde Estados Unidos la idea de que para el cine Nancy era la bonita, y yo era la fea… si desde entonces yo dije en las entrevistas que el cine no me interesaba… y ora resulta que andaba entre llamados, como les decían, desmañanadas, maquillajes, caracterizaciones… ay, hasta me quería dar diarrea de nervios…

Lucha Reyes se inicia en el cine con la película *Canción del alma*, filmada en los estudios CLASA y estrenada el 8 de febrero de 1938 en el cine Regis. Interpreta las canciones "La mujer rejega" y "Estás como rifle", de Lorenzo Barcelata.

> *Para qué me andas haciendo creer*
> *y pa' que haces que me chifle…*
> *…si estás como rifle… yo estoy como bala…*
> *Juana no seas mala con tu Juan…*

El rostro de la Reyes se suaviza en la actuación. Aparece anunciada en los carteles cinematográficos como "la más grande intérprete de la canción ranchera". Así se le reconoce, a mérito ganado. Félix se ilumina, sabe que él ha ayudado claramente a construir ese camino. Este filme melodramático, *Canción del alma*, de bandidos, soldaderas y una mujer embarazada por el capitán que ama, es protagonizado por Vilma Vidal, Rafael Falcón, Domingo Soler y Joaquín Pardavé, enmarcados por escenarios de magníficos paisajes mexicanos.

Qué susto tenía cuando se estrenó la película. No sé qué me imaginaba… pero, uf, la buena estrella hizo que todo saliera bien, sobre todo me gustó que en las entrevistas yo ni hablé. Para pronto me invitaron a entrarle a otra producción, una de Raúl de Anda: La tierra del mariachi. *Ahora sí ya me iba gustando más eso de pasar a maquillaje a un banco con un asiento diminuto, y a vestuario con viejas que te jaloneaban por todos lados pa que te ajustara la ropa que ni era tuya, y me animaba un chorro el montón de relajo y la tensión que se armaba para filmar cada película. Todos van y vienen como locos. Y luego, para ganar intensidad, decidieron que querían más música... y con todo y lo difícil que era grabarla, la atascaron de composiciones de Pedro Galindo. De la que mejor me acuerdo es de "Adiós":*

> *... ya no llores prieta linda*
> *que muy pronto volveré...*
> *... adiós, adiós...*

Después del estreno de *La tierra del mariachi* en julio de 1938, Manuel Horta publica una reseña en el *Cinema Reporter* para entusiasmar al público, y así expresa su opinión: "...conseguirá en el extranjero un gran cartel de pistoleros. Es como la apoteosis de la riña y el mitote. ¡Cuántas canciones! Lucha Reyes le da colorido a la canción con interpretaciones como 'Adiós'".

Se sentía retebonito ver mi nombre escrito en la marquesina de los cines. Palabra de honor que le eché mucho esfuerzo para cuidar la voz y para hacerle caso a los directores, porque ellos eran los meros, meros: que muévete para allá, que sube la cara para que te dé la luz del sol, que no te caigan sombras... Me daba temor perder la oportunidad de estar en el cine, ya me había flechado... luego me ponía a pensar qué tenía que hacer para estar cada vez mejor... y poco a poco me convencí de que Félix tenía razón: era hora de decirle adiós a los tragos. Se me ocurrió entonces entrarle más a la miel con limón antes de cantar, pos, para no entrarle a la tomada. Cómo me costó trabajo aguantarme las ganas de brindar cuando los demás echaban trago... pero me fui aguantando... Ora sí notaba cómo Félix me trataba como su verdadera reina. Ya me había cansado de verlo siempre tan reseco conmigo... indiferente, como si no le importara nada de lo que yo hacía. Corrían los rumores de que hasta andaba buscando otras viejas... quesque porque estaba hasta el tope de mis tomaderas. Y, la verdad, pos el miedo no anda en burro, así que, o yo cambiaba, o me iba a cargar la fregada. Y cambié. Con mucho trabajo, pero cambié.

Una noche, en el camerino privado de la cantante, se da una escena que cambia el sesgo afectivo de Lucha. Una mujer que había sido sirvienta en casa de Lucha, Jacinta, la Caballota, sostiene con ella un diálogo decisivo.

—Ay, señora Lucha, yo creo que estoy haciendo muy mal. Se me hace que me va a castigar Diosito.

—Mira, Jacinta... —comienza a decirle Lucha, para tranquilizarla.

—Qué va usté a pensar de mí... pero es que el desgraciado de Domingo nomás me embarazó de los dos niños... y... pos... se me fue...

—Jacinta, tú sabes bien que lo que yo más he querido en la vida es tener un hijo, pero ni la virgen de Guadalupe me lo ha concedido por más que le rezo. Te prometo que la niña que me vendiste va a ser una verdadera hija para mí. Quédate tranquila, yo la voy a cuidar, a querer, vas a ver, no le va a faltar nada...

—No, si ya sé —responde Jacinta con sentimientos encontrados, entre lágrimas—, pero... pos me duele dejarle a mi niña solita, apenas tiene cinco años. Yo más bien quisiera que se quedara también con su hermanito, ya ve, con eso de que ando trabajando de casa en casa, luego no me quieren recibir. Y sirve que se acompañan... para que no estén solitos.

—Escúchame —dice Lucha, tomándola con suavidad por los hombros—, te la pongo fácil: tú necesitas el dinero, yo necesito una hija y tu hijita necesita la seguridad de una familia. Con este trato, todas salimos ganando, ¿o no?

—Pos… así parece… pero, ¿y el niño?

—No, no, Caballota, no por nada, pero con dos me volvería todavía más loca, entiéndeme. Mira, mañana llévame a la niña, y mientras, yo cumplo con el trato que hicimos: ten tu dinero, que bastante falta te hace.

—Prométame que me la va a cuidar mucho, señora Lucha, por favor —ruega la sirvienta llorando.

—Jacinta, tú sabes que la voy a cuidar muchísimo. Eso es lo que más quiero, tenerla ya conmigo para cuidarla mucho.

—Mejor ya me voy, no me vaya a arrepentir.

Lucha, con la ilusión renovada, comienza a crear las condiciones necesarias para el inicio de su vida de mamá, sin descuidar su vida profesional, por supuesto, buscando que su relación matrimonial resurja como nueva. Así adopta, junto con Félix, a la pequeña que ha deseado con tanta fuerza. Félix Cervantes —no tan convencido como ella— y Lucha Reyes deciden darle a esa niña sus apellidos y un nombre que la identifique como sus nuevos padres, la registran como María de la Luz Cervantes Flores: Marilú. Parece que al fin, la plenitud y la felicidad conquistan la vida del hogar de María de la Luz Flores Aceves, la mujer.

Ella ve en todo esto la mano de Dios. Ha hecho un trato con la virgen de Guadalupe y, de una forma inesperada, se lo ha cumplido. No como ella pensaba, pero sí lo cumplió. Corre a la iglesia a darle su retribución.

—Virgencita, vengo a decirte que te cumplí, ya viste que sí dejé de tomar. Y te quiero dar las gracias porque tú también cumpliste mandándome la hija que adoptamos Félix y yo… Ya sabes que no soy de rezos largos, pero te prometo prenderte una veladora todos los días y te voy a rezar un avemaría cuando la prenda para que me sigas ayudando a tener fuerza de voluntad y no volver otra vez a lo mismo… y para que me quites el miedo de perder la voz. Muchas gracias por estar conmigo —Lucha, hincada, baja la cabeza con recogimiento.

Dios te salve María, llena eres de gracia, el Señor está contigo, bendita eres entre todas las mujeres y bendito es el fruto de tu vientre, Jesús…

El arcoíris que se rompió cuando Lucha perdió a su bebé resurge. Ahora tiene alguien a quien atender, darle de comer, con quien jugar. Claro que tiene que apretarle al tiempo. La mirada perdida desaparece. Pone su energía en armar la recámara de su nueva hija, Marilú.

—Aquí quiero que quede el nuevo juguetero de Marilú —ordena Lucha al trabajador que contrató, contenta como un polvorín— y acá su cama con el techito que le pedí de tela rosa, como de princesita. Hay que forrar antes las paredes con este tapiz… y… —mira su reloj— y ahí te encargo Carmela que estés al pendiente, mira nomás, ya se me hizo tarde.

—Vete, vete, córrele, yo me encargo —contesta su sobrina, quien le está ayudando de manera formidable durante aquellos días. Marilú y Carmela comienzan desde ahí a quererse.

Lucha pesca al vuelo un abrigo y se apresura porque el señor De Anda piensa filmar en la tarde la escena esa del gringuito, y a ella se le hace que va a estar medio difícil. Quiere repasarla de nuevo antes de filmar. A estas alturas ya sabe lo embrollado que es repetir una toma. Félix queda en alcanzarla.

Andábamos haciendo la película Con los dorados de Villa, *Domingo Soler, Pedro Armendáriz y yo, pero ahora como* cantante y actriz. *Ésa fue la primera vez que hablé en una película... me preguntaron que si quería actuar y hablar y todo eso, y yo decidí entrarle al toro. Me acuerdo clarito de un grito que daba, de a tiro simplón: "¡Que viva Villa, arriba los dorados..!".* Quedan muchas canciones bonitas de Con los dorados... *como aquella que le cantaba muy cariñosona al gringuito del que me enamoraba. Se oía como fondo el chucu-chucu del tren:*

> *Qué lindo es mi gringo...*
> *...qué lindos sus ojos,*
> *qué lindo su pelo,*
> *estoy que me muero,*
> *me muero de amor...*

Me hace gracia acordarme que yo sentía que nomás hablaba y hablaba, aunque la pura verdad ni era cierto, pero como era la primera vez, me caía de peso... prefería cantar, como ese dueto tan chulo de "La negra noche", con primera y segunda voz, que también salió en la película.

> *La negra noche tendió su manto*
> *surgió la niebla, murió la luz*
> *y en las tinieblas de mi alma triste*
> *como una estrella brotaste tú...*

Me llevaba más o menos bien con todos, sin broncas de a de veras, nomás alguna que otra discordia sin chiste... aunque nunca me salió intimar con ellos... cada quien su mundo... yo los admiraba y supongo que algo veían de bueno ellos en mí... no sé, entonces no me detuve a pensarlo, estaba más metida en que al rato, cuando terminara de filmar, tenía que correr para ver a mi hija, mía, qué caray... Carmela me hacía el quite con ella mientras llegaba, igual que mi mamá...

aunque nunca la pudo aceptar como nieta. A mi suegra por entonces la ponía alegre compartir con nosotros. Si no era muy noche, la convivencia de todos era bonita... lo importante era llegar sin copas, porque... pues... comencé a darle manga ancha a la promesa de no beber ...y si no llegaba en lo que llamaban mi sano juicio, qué ocurrencias, se arrancaban de uno por uno en mi contra, empezando con mi Negro... sólo Marilú se me arrimaba cariñosa... era tan chiquita... con su carita dulce... y pues no siempre llegaba a tiempo para verla, estaban las funciones en la noche. La verdad andaba yo como trompo chillador de un lado pal otro, cambiándome de ropa todo el santo día... y la noche...

El vértigo de la fama toca a Lucha Reyes. Hasta el prestigioso titiritero Rosete Aranda crea un títere de hilo detalladísimo de ella, vestida de china poblana, con largas trenzas y una cara de porcelana muy simpática. Es la hora en la que Pegaso Films la invita para filmar su ya cuarta película, dirigida por José Benavides: *El zorro de Jalisco*. En cuanto al canto fuera de los sets cinematográficos, sigue compartiendo tablas con personalidades como Emilio Tuero, el gran Arvizu, Manuelita Arreola, Agustín Lara, Pedro Vargas, en lugares como el Cocoanut Grove, el Waikikí, el Río Rita, el Palacio de Bellas Artes, el Toreo, donde es considerada una de las atracciones más queridas y vibrantes. Su imagen pública se consolida y su vida privada camina, parece, al fin por una ruta sin baches. Pero el destino se ensaña y pone una mancha oscura sobre ella que la aplasta: el pez se le escapa del anzuelo, se le escurre Félix hacia otros senderos, ya no la soporta tomada, y menos en la intimidad, le repugna su olor. Lucha termina por no contenerse y comienzan los pleitos bañados con sus alcoholes, donde se rebasan los límites de la educación: Félix la insulta, la ofende, le grita, Lucha responde agresiva para pasar al llanto final, doloroso. Muy pronto vuelve a sentirse deslizándose por un abismo. ¿Qué va a pasar? Urge corregir las coordenadas.

Yo pensé que mi esfuerzo por hacer las cosas bien... y la bola de rezos, me iban a dejar ser feliz, pero pa nada. Me da vergüenza decirlo, pero tengo que reconocer que nunca supe ser una buena mamá para Marilú; ni siquiera tenía tiempo... aunque sí la quería desde adentro... Yo creo que se me había pasado la época de la maternidad... o no sé, no lo entiendo bien a bien... estaba demasiado ocupada cuidándome de no tomar... bueno, no mucho... de no perder la voz, de que no se huyera el amor de Félix... pero a él no le bastaron mis esfuerzos... se enamoró de la idiota de la Blanca Su Mu Kei y ya no pude tapar el sol con un dedo, ya era un chismarajo público. Tanto pelearlo como perra rabiosa... y ora sí que no fue ni para la una ni para la otra... terminó casándose con la hermana de Blanca, con la Margo Su... siempre pensé que lo que le interesaba era el puro dinero... tenían su teatro... como que ellas eran más ricas que yo... ¿o no fue por eso? ¿Cómo y cuándo empezó a desaparecer mi Félix galante, enamorado, mi Negro? Qué vueltas dio otra vez la rueda de la fortuna... Para mi desgracia, ya sin él para controlarlas, mi mamá y mi suegra siempre se andaban agarrando del chongo... y que me parta un rayo si no es cierto. ¡Hasta se me murió, por ese tiempo, mi abuelita divina! ¡Ahí en mi casa! Cada día perdía un cachito más de memoria y luego se fue poniendo flaca flaca. Pero nomás se acostó un día y ya no despertó... ¿Qué sentí? Esa maldita sensación de abandono, de soledad canija... Mi negro ya no estaba... mi mamá, por más guaje que me hiciera, no fue suficiente para acompañarme... ni yo a ella... La abuela me duró poco, y yo creo que lloré tanto porque... fue una buena excusa para llorar con ganas juntándole todo... se me juntó la tristeza... y, ora sí que ni modo, no me quedó de otra más que consolarme yo sola. ¿Cómo? Pues, aunque nadie comprendiera, con otros hombres, qué caray...

En casa de Lucha, la vida se convierte cada vez más en un escándalo incontrolable. Lucha vuelve a beber. Con furia y desvergüenza. Ya no pretende guardar las apariencias. Para nada.

—No puedo creerlo... ya no tengo abuelita —llora Lucha tirada en un sillón con honda pesadumbre y un *caballito* enfrente...

—¡Ya cállate! Yo soy la que debía de estar más triste —reclama doña Victoria—, después de todo la que se murió fue mi mamá.

—Ella era la única que de verdad me quería —solloza entrecortada Lucha—. Siento que se me rompió una columna aquí en el alma.

—Qué columna ni qué payasadas, si casi ni la conocías, no te hagas —exclama la mamá—, lo que se te rompió fue tu dieta de tequila. Te lo dije, tú naciste pa borracha... bueno, también pa cantante, la verdad... pero mucho más pa borracha. Y ni modo, ora sí te acepto: de tal palo... pues tal astilla.

Se escuchan unos pasos que se acercan. Es la suegra de Lucha, quien viene a intentar consolarla en su duelo, a pesar de sus ríspidas diferencias.

—Buenas tardes, Lucha.

—Ay, ya llegó la bruja —dice doña Victoria haciendo una mueca de molestia, poniendo cruces con las manos.

—Cállate mamá. ¿No ves que es la mamá de Félix? —medio balbucea Lucha arrastrando la voz.

—¡Lucha —exclama la suegra con asombro—, estás borracha!

—¿Qué, no supo que se me murió mi abuelita, aquí mismito, en mi casa?

—Eso, se murió mi mamacita —recalca doña Victoria más bien con cara de triunfo que de tristeza, arrastrando la voz por igual.

—Es el colmo, las dos son un par de... cochinas.

—Cochino su hijo —contesta agresiva doña Victoria—, que nomás anda viendo con qué vieja se arrima.

—¿Ah, sí? ¿Y qué tal Lucha —se defiende la suegra subiendo la voz—, revolcándose con cualquier actorcillo de esos mugrientos de cuarta?

Félix, que anda por ahí para apoyar los ritos mortuorios, al oír el alboroto, apresura los pasos hacia donde están ellas gritándose. Esos pasos resuenan fuertes, reflejan su profundo disgusto.

—¿Qué dijiste, mamá?

—¡Puerco, marrano —vocifera doña Victoria señalándolo sin el menor tapujo—, que te andas paseando con la piruja esa de la Su Mu Kei...!

—Félix, mi amor —le habla Lucha pretendiendo ser dulce.

—Y tú... ¿otra vez tomando? —se molesta en serio Félix.

—Nomás para aguantar la tristeza de que se me murió mi abuelita...

La suegra aprovecha la situación para echarle leña al fuego. Al fin tiene la oportunidad de decir lo que tantas veces ha querido sacar a la luz.

—Ya todo el mundo sabe que eres una briaga que te enredas con cuanto hombre se te cruza enfrente.

—Estoy hasta el copete de que mi casa sea una cantina y de que mi mujer sea una vulgar cualquiera —explota Félix recalcando sus palabras, sin importarle las consecuencias.

—¿Félix, qué dijiste?

—Eso que oíste —grita Félix levantando las manos—: me tienes harto... ¡Harto!

—Ay, hijo, hasta que abriste los ojos.

—Usté cállese vieja méndiga, íngrima, desgraciada, ventruda, que ni es su asunto —interviene doña Victoria echando pleito. La familia de los tíos guarda un prudente silencio.

—¡Basta… vámonos mamá… para siempre! —dice melodramático Félix, viendo a Lucha con repulsión.

—Félix, ¿qué… qué quieres decir? —se atreve a balbucear Lucha, conociendo sin duda la respuesta.

—Que basta… te doy tu libertad… y me llevo la mía. Quiero el divorcio.

—¿Qué… que quieres… qué? —murmura Lucha trabada—. ¿Y nuestro amor? ¿Y Marilú? ¿Y todo lo que hemos hecho juntos?

—Luego te mandaré a mi abogado… cuando estés en condiciones de hablar. Hasta nunca.

Félix sale hecho un tigre furioso por una puerta por la que no volverá a entrar jamás.

¿EL SILENCIO DEL AVE ESCONDIDA EN LA GARGANTA?

La radio es, al día de hoy, el aceite del engranaje social. Para el momento, los locutores, en franco tono de chisme, se encargan de dar las noticias que les van llegando —sin fin—, y se regodean sobre aquéllas del mundo del espectáculo, tan importante para el aliento de todos los estratos sociales. Estos locutores se afanan de esa manera por hacerse un nombre en el ambiente radiofónico, crean sus estilos propios, con una moda de voces exaltadas, muy vivas, llenas de matices, muy impostadas. Cada uno busca —de forma un tanto disimulada y en ocasiones también con dineros de por medio— promover a sus artistas favoritos. Las carteleras se difunden por entero, porque se ha creado un público engolosinado que lo exige.

Así, un día se escucha:

—Buenos días, amigos. Nos acaba de llegar un anuncio para ustedes: "Hoy, 12 de noviembre de 1941, habrá un suceso extraordinario en el cine Olimpia: a las nueve de la noche será la gran premier de gala de la película *¡Ay, Jalisco, no te rajes!*, dirigida por José Rodríguez, con música de Manuel Esperón, basada en la novela del ingeniero Robles Castillo. En las actuaciones participan: Jorge Negrete, Gloria Marín, Ángel Garasa, Antonio Badú, el Trío Tariácuri, Evita Muñoz y la cantante Lucha Reyes. Les informamos que después de la función, los artistas mencionados se presentarán en vivo para convivir con ustedes. Recuerden, hoy, a las nueve de la noche. No falten".

Ay, Jalisco, Jalisco, Jalisco,
tú tienes tu novia que es Guadalajara,
muchacha bonita, la perla más rara,
de todo Jalisco es mi Guadalajara.

Apenas podíamos creer el exitazo que tuvo esa película. Ah,
cómo le gustó a la gente. La verdad, cuando filmamos, yo
no me acomodaba con la canción de "¡Ay, Jalisco!" Y al
principio, tampoco le ajustó a Jorge Negrete... a mí el tono
no me terminaba de amoldar, era demasiado agudo, y con
eso de que yo ya los agudos los tenía nomás en los recuer-
dos, pensé que iba a ser un desastre, que todos se iban a dar
cuenta. ¡Quién iba a pensar que se iba a hacer tan famosa!
Si ai luego nos tuvimos que pasar Jorge y yo meses haciendo
giras con ella. En Jalisco se hizo como un himno, el público
estaba vuelto loco, en Guadalajara nos pasearon por toda
la avenida Alcalde en una carreta tirada por caballos, llena
de flores, de las que llaman "calandrias". Ya ni me costó
trabajo cantarla, bueno, de los agudos, porque era pesada
de cantar, tenías que meterle mucha fuerza, pero fue un reto
que me gustó... vencí. El maestro Esperón, el compositor, que
ni me quería, se ganó el Premio de la Asociación de Perio-
distas. Qué revuelo.

Según la crítica, esta película de venganzas heredadas, de
matones y bigotudos, es la definitiva para consagrar a Jorge Negrete y a Gloria Marín como actores. Y, aunque la
participación de Lucha Reyes es corta, también impulsa de
manera importante su carrera, a pesar de las dificultades que
representa su grabación. El maestro Esperón sí se da cuenta
de que a Lucha no le asienta el tono, y aunque ella pide un
cambio, el capricho del maestro gana, tiene que grabarlo así.
Ciertamente, resultó, más impresionante. Lucha, "la Emperatriz de la canción mexicana", como le llaman, canta el

tema por el país entero, cerrando en la Plaza de Toros, con una cantidad enorme de butacas.

El año de la filmación de esta película, 1941, en lo personal, sería para Lucha un año de violentas consecuencias: su matrimonio con Félix Cervantes se fractura definitivamente.

En el mundo continúa la Segunda Guerra Mundial con sus incontrolables, nefastos resultados. Inesperadamente, un submarino alemán hunde el barco mexicano Potrero del Llano, propiedad de Petróleos Mexicanos, en aguas del Golfo de México. El gobierno se siente obligado a declararse en guerra.

A estas alturas a mí me valía una pura y dos con sal lo que pasara en el mundo. Ni los vivos ni los muertos de guerra eran mi asunto. Bastante tenía yo cargando con mi existencia. Pa qué ocultar que buscaba embrutecerme todo el día con tequila… o lo que cayera. Nomás me levantaba y comenzaba a entrarle al trago… para adormilar los sentimientos. Ora sí que cuando mi Negro se fue, a mí se me acabaron las correas pa detenerme. Y a quien no le cuadrara que me anduviera emborrachando, ya se podía ir largando a otro lado… y pa que más les guste, desde ese día, Lucha Reyes anda de amores con quien se le dé la gana… y se deje. Con franqueza, quería más pelear que amar…. traía cargando tanta rabia… Lástima que tuviera que seguir trabajando cuando lo que más quería era adormecerme, irme lejos donde no hubiera ojos que me maldijeran. Me sentía enferma, había días que me dolía hasta el pelo, lo juro… nomás Marilú me dolía más… pero ni por ella… mi chiquita… la pobrecita qué iba a entender… la pasaba mal, asustada, como venadito abandonado. Los tiempos que siguieron los recuerdo muy borrosos, revueltos, como entre humo… Lo que me viene a la cabeza es que la gente andaba muy metiche... les encantaba hurgar para averiguar mi vida íntima... sanguijuelas, entrometidos mala sangre... por qué esperaban que no fuera huraña. Me llegaban rumores de víboras que se mordían la lengua por enterarse si yo me encobijaba con éste o con el otro... o con la otra... porque se andaban escandalizando con que también me arrastraban las mujeres... y yo digo, ¡bueno, y a ustedes qué chinteguas les importa con quien me acurruco! A poco uno tiene que correr a explicarles hasta eso a los fisgones... y por mí que piensen lo que quieran. A veces le atinaban, aunque yo no confirmaba nada... y a veces de plano se quedaban cortos... Necesité cariño, como fantasma en pena, y lo busqué... ¿con quién? Sólo ellos y yo tenemos que saberlo. Cuentan que en las noches dormida lloriqueaba, ha de ser cierto... me acostumbré a vivir con los ojos hinchados. Mala hora para dejar de refinarse la garganta con tequila... había que cantar... y había que calmar el alma....

La prensa escrita preserva la memoria de los incontables lugares donde se presenta Lucha durante ese tiempo, a pesar de todas sus aflicciones y de sus estados inconvenientes: el Teatro Fábregas, donde participa alternando con la actuación de María Teresa Montoya, quien presenta la obra *Laberinto* de Luis G. Basurto; vuelve a presentarse en el Palacio de Bellas Artes en un "mosaico de estrellas", a la usanza de la época, compartiendo escenario con Manuel Esperón, Tata Nacho, el Conjunto Marmolejo, Chela Campos y muchísimos otros; el Waikikí —cuyo dueño es Antonio Mocelo, su rendido admirador— continúa considerándola una de las artistas favoritas por su seducción para convocar público y volverlo loco; en el Venus, ubicado en Bolívar y Mesones, se presenta junto con Néstor Mester Chaires y la Orquesta Argentina; en el Río Rosa junto con Lady Francis y Argel; el Teatro Arbeu la contrata al lado de Los Seis Tarzanes de

Mario Martini y varias orquestas —es una temporada en la que viene a México el arrebatador Ballet Ruso, traído por la organización denominada Daniel—; la Reyes también canta para la conocida casa de modas estadounidense Neiman Marcus, que a pesar de la guerra y sus vicisitudes, efectúa aquí la primera exhibición internacional de modas del Hemisferio Occidental; el Follies, el Teatro de la Alegría, la invita a presentarse en el mismo programa en el que participa Cantinflas. Por el momento, ella es una artista en plenitud, en la cumbre, coronada por el aplauso colectivo. La apoteosis llega cuando Lucha se sube a las mesas a cantar y con lo que canta, les hace pensar a muchos que se enamora de mujeres.

Por una mujer ladina perdí la tranquilidad,
ella me clavó una espina que no me puedo arrancar,
como no tenía concencia y era una mala mujer,
se juyó con mi querencia para nunca jamás volver...

Qué distinta es la vida vista desde afuera. Cualquiera pensaría que estaba yo también en la plenitud de la felicidad, pero telón adentro, eso no era cierto... estaba descuartizada... se me coló el veneno. Ya se les olvidó lo mal que me trataron cuando decían que mi estilo no era de los finos. Si Tata Nacho dijo bien clarito que yo inicié la degeneración de la canción y el mal gusto... curioso, otros pensaban que era la mera mamá de los pollitos... yo no entendía dónde quedaban los puntos cardinales... la verdad giraba y giraba... más me marearon. En las noches en casa, mi consuelo fueron Meche y Carmela cuando me acostaban y me agarraban de las manos... y la tierna de mi hijita Marilú, tan dulce, se me repegaba y me abrazaba todo el tiempo... y yo, hundida en mis tristezas... me da vergüenza decirlo... le hacía tan poco caso... el dolor te hace egoísta... y sí, ¡ya sé!, eso no me justifica... quisiera pedirle perdón... demasiado tarde... demasiado...

En 1943, Films Mundiales invita a Emilio "el Indio" Fernández a dirigir la película *Flor silvestre* —basada en la novela *Sucedió ayer* de Fernando Robles—, con Dolores del Río y Pedro Armendáriz en los papeles protagónicos. Lucha Reyes vuelve a pisar un foro cinematográfico compartiendo canciones con el Trío Calaveras y con el guitarrista número uno de México, Antonio Bibriesca. A pesar de las dudas que tiene la bella Dolores del Río sobre esta producción por su papel de rancherita, tan lejano a sus papeles anteriores, resulta ser un éxito arrollador, comenta eufórica la prensa: "la audiencia encuentra a la actriz, estupenda". Y es tan hermosa. Los niveles de emotividad le bajan la guardia a la sangre crítica de los espectadores.

Flor se llamaba, flor era ella...
murió por siempre mi flor querida...

Flor silvestre arrasa con la programación de salas: se exhibe en los cines Goya, Rialto, Granat, Odeón, Venecia, América, Roma, Alhambra, Rívoli, Tacuba, siempre con un lleno imponente, con asistentes de pie en los pasillos.

Qué bonito suena todo ese éxito, lástima que para mí no valiera suficiente. De qué me servía que me dijeran que era "la Emperatriz de la canción mexicana", o como me pusieran luego: "la Reina del mariachi"... de qué me servía si ya nada me significaba nada... ¿Por qué se me ocurrió que con otros hombres iba a olvidar a Félix? Seguro por aquello de que un clavo saca otro clavo... puras mentiras, nomás no me hallaba con ninguno, ni en ningún lado, ni con mi hija, ni... nunca... como antes, nunca... Parecía que se ponían de acuerdo: cada hombre nuevo me trataba peor... sí, eran sanguijuelas... se me hace más bien que yo misma los jalaba a eso, como si necesitara un castigo. Los demás se daban cuenta... como

*aquel día de campo que hicimos en la huerta de Contreras...
En el terreno que había yo comprado en la calle de Asunción,
justo en el caminito de Contreras, como dice la canción, mandé sembrar unos árboles frutales que se dieron como si les
pegáramos a mano las frutas más lindas. Ése sí era un lugar
chulo. Me gustaba ir allá a pasar el día con la familia y los
amigos... en esa época estaba yo, como decían, de novia con
el desgraciado del piloto aviador Antonio de la Vega García, el
general...*

*...no supe ni qué contestar cuando me preguntaron qué me
había pasado en la cara por los chicos moretonzotes que me
cargaba... no encontré maquillaje que me los disimulara...
si sería yo idiota... ¡bruta!*

Entrando la tarde, en la huerta de Contreras, en una comida
familiar, Lucha está junto al comal torteando tortillas para todos, como le gusta hacerlo: para que quede perfecta,
la tortilla debe cocerse veintiocho segundos por un lado y
trece cuando se voltea. Se puede medir al tanteo o con rezos
o con fragmentos de canciones. El día suena a pájaros bajo
el sol. El pasto acolchona los pasos. Hay árboles que huelen
a azahares. Abajo hay olor a tierra húmeda.

—Órale, acérquense al comal para que les toquen las
tortillas calientitas —invita Lucha a los comensales.

—Ay, Lucha —pregunta Meche incrédula—, a poco tú
vas a hacer las tortillas para todos.

—Claro, Meche, ustedes son mis invitados.

—Uy, qué hacendosa, nunca me imaginé que supieras
hacer estas cosas —dice Antonio, su novio aviador en turno.

—Pues ya se ve que no la conoce usted bien, general,
porque ai donde la ve, muy famosa y todo, pero Lucha le
hace a la torteada, a la cocina, a la bordada... —añade Meche
cariñosa.

—Sí, Antonio, no creas que sólo soy un trozo de mujer con garganta... como tú me ves... —suelta Lucha con resentimiento.

—No, bueno... —comenta Antonio inseguro, moviéndose del lugar— la verdad es que uno piensa que una artista como tú... pues... no se ocupa de estas cosas...

—Pues cómo la ve que sí —se entromete enfática Meche como hiena, para callarle la boca. No oculta su antipatía.

—¡Mamá, Marilú, vénganse, ya está la comida! —les grita Lucha todavía junto al comal para que se acerquen—. Y tú, prima, sírveme otro tequilita, éste ya se evaporó.

Doña Victoria y Marilú caminan por el césped acercándose a la mesa repleta de cazuelas, cubiertos y platos, casi junto al fogón. El mantel está lleno de color.

—A ver, qué hicieron de comer —pregunta doña Victoria mientras destapa cazuelas—. Huele bien.

—Mamá, si quieres comienza a servirte —la invita Lucha.

—Oye, ¿y eso? —pregunta su mamá viéndola de frente.

—¿Qué cosa, mamá?

—Mira nomás cómo traes la cara, llena de moretones.

—Ah, eso... pues es que ayer no me fijé y me pegué con una puerta.

—Pos solamente que haya sido una puerta de esas que dan vueltas, porque te agarró de los dos lados. A ver si ya aprendes a fijarte con qué te golpeas —le advierte su mamá volteando a ver a Antonio. Al momento, él carraspea nervioso volteando hacia otro punto, se hace el loco.

—Ojalá aprendiera —responde Lucha con desencanto, como no queriendo que se oiga. Baja la cabeza de nuevo al comal ensimismada, torciendo la boca.

Meche le dice en secreto:

—Con un poco más de maquillaje, ya no se notará, después te ayudo... —luego se dirige a todos para distraer la conversación—. Bueno, ya vamos a servirnos... ¿no?

Los demás se van acercando a la mesa montada sobre el pasto, entre los árboles, algunos con su fruta nueva, otros floreciendo. Esa huerta tiene su encanto, reunirse ahí, también. Cuando Lucha vio por primera vez el terreno donde ahora comen, le pareció un espacio maravilloso, lleno de libertad, para hacer respiraciones hondas, para sentir que la vida es más que asfalto, un lugar que huele a tierra mojada cuando llueve, como dice la canción. De inmediato pensó en llenarlo de árboles frutales. Le da cierta remembranza a su infancia en Guadalajara, aunque no sabe bien a bien por qué. Ella entiende que así disfruta de un pequeño paraíso terrenal propio, sobre todo ahora que ya cosecha frutas de vez en cuando. Y así como se derrite de cariño por los perros, se come con los ojos las plantas. En sus ensoñaciones está terminar de levantar en esa tierra suya una casa pequeña y quedarse ahí, sin más cansancio, sin contratos ni ensayos agotadores, ni discos, mucho menos cine de cámara-acción. Donde no entre nadie que la haga sentirse amenazada. Paz, con eso sueña, paz. Seguro, piensa, es posible.

Mientras, el olor de la comida —el caldo tlalpeño con aguacate, el chicharrón, las carnitas, las salsas y demás exquisiteces— llama a todos. Los platillos son abundantes, tal como le gusta a Lucha ser en sus fiestas: espléndida, que no le falte nada a nadie. Las tortillas, en cuanto salen del comal, vuelan. Las risas se mezclan con comentarios banales y con el sonido de las hojas de los árboles.

De manera brusca, las pláticas se interrumpen cuando doña Victoria, sin decir agua va, habla levantando la voz:

—Oye, Lucha, y qué pasó por fin, ¿me vas a poner la fábrica de sombreros o vas a seguir dejando que mendigue por unos centavos? —aprovecha la mamá para presionarla delante de todos.

—Ay, mamá, cualquiera que te oiga diría que de veras te tengo en la miseria.

—Bueno, sin rodeos, contéstame lo que te pregunté.

—Sí, mamá, precisamente esta comida es para darte la noticia, ¡y celebrar! que ya está lista la nueva fábrica.

—Ésa era la sorpresa... —exclama doña Victoria...

—...que te dije que te iba dar —completa Lucha asintiendo con la cabeza. Doña Victoria se ríe complacida como nunca, echándole una mirada que pretende ser afectiva. Hasta se quita la pañoleta que siempre trae amarrada a la cabeza y se suelta el pelo.

—¿Ya ves? Te lo ofrecí y te lo cumplí con gusto. Ándale, ahora sí agarra tu copa porque hay razón de sobra para brindar: ¡tu nueva fábrica para que hagas hasta sombreros de charro bordados! —su mamá se une con ella a un brindis que las acerca.

—Salucita, hija, porque el negocio salga bien.

—Salud, mamá. Te deseo mucho éxito con la fábrica.

Los demás comparten el brindis, reconociéndole a Lucha el gesto formidable que acaba de tener con su mamá, y que todos rumian que ni se merece. Pero doña Victoria encuentra una original manera de mostrarle su gratitud a su hija, cuando al poco rato entra en su defensa.

—Y no está de más decirte que, en serio, mija, gracias, me cumpliste mi ilusión —hace una pausa para girarse hacia el general—. Y ya que estamos aquí, déjeme decirle a usted, Antonio, que a ver si se va fijando con mucho cuidado para que no se le atraviesen las puertas por todos lados a Lucha, no me gusta nadita verla con semejantes moretones.

Con Antonio de la Vega, Lucha no logra salir del infierno. No entiende por qué acepta sus maltratos, sus vulgaridades. No sólo la familia lo percibe, también sus amigos, sus compañeros; lo callan, pero lo saben. Su salud está deteriorada, el estómago le arde, ha bajado de peso, su rostro se ve terroso, se agudiza el insomnio, la despiertan las pesadillas, se activa la sombra del miedo por la voz. Con Antonio, parece que paga una culpa, que se castiga a ella misma.

Cuánta revoltura: Lucha Reyes no era feliz... no, no era feliz... en las madrugadas, las sábanas se sentían tan frías... y yo que creí que teniendo dinero iba a tener el paraíso... pues tuve dinero... pero no fue cierto... pensé que con una hija... y tampoco fue cierto... el amor... no me sirvió para una chingada... me ilusioné con que si mi mamá cambiaba... cambió... ¿y...? ya ni rezar quería... para qué... ¿cómo era que adonde yo llegaba, se volvía fiesta....? Para mí... mentira... y el juego de las copas... error de errores, decía mi suegra... terminaba amargo... yo... yo soy... la tristeza... la pura tristeza...

Hacia el segundo semestre de 1943, María de la Luz Flores Aceves, "la Emperatriz de la canción mexicana", "la Reina del mariachi", Lucha Reyes, filma el cortometraje titulado *Qué rechulo es mi Tarzán*, dirigido por Max Liszt, acompañada de Jorge Madrid, Humberto Rodríguez, Cuca Martínez y Leonor Rodríguez. Lucha Reyes, la cantante triunfadora, con seguridad contundente, se desplaza sobre la cúspide de la montaña, mientras que María de la Luz Flores Aceves, la mujer que se ve al espejo cada día, hinchada, ojerosa, con las comisuras de la boca caídas, se precipita por su despeñadero personal.

Todo me comenzó a parecer más hecho bolas... me zumbaba la cabeza. Poco a poco se me movía la realidad... ¿Se desvanecía? ¿Dónde empieza el gris? No me abandonaba la sensación de estar lejos de las cosas... como si no pudiera tocarlas... ni a la gente... ni a mi hija... mis palabras salían como de otra boca... el canto cada vez tenía más que ver con el nudo de un dolor apretado, torpe... afuera me veían muy valentona, me peleaba, discutía, ¡dizque no me dejaba de nadie! Pero cuando Lucha Reyes se callaba, sólo me quedaba Luz, cargando sus miserias. Mi pobrecita Marilú, cuando me

Me llaman la tequilera

ponía mal, me tenía miedo, qué vergüenza me da... era todavía una niña. Yo mal tragaba las críticas que me hacía la mamá de Félix... que quise tanto... ella tenía razón... pero le agradecía que no se olvidara de mí. Félix se ufanaba de pasearse con la otra delante de mí... ugh... yo sólo quería tomar... y olvidar... tomar... y olvidar... Bola de estúpidos, ¿qué creían, que podía aguantar lo que fuera nomás a lo tarugo? Suponían que por la bebida andaba sombría, tontos, imbéciles, la bebida me ayudaba a quitarme el ardor que me estaba hiriendo dentro... Entre sueños, se me aparecía aquella niña que tuvo muchas ganas de que su vida fuera alegre, distinta, cuando de cariño me decían Lucía... veía a la huerfanita, la muda, la pelona, la malquerida por su mamá... y entonces la niña me hacía llorar cuando ella lloraba... ¡Lucha Reyes! ...me importaba ya bien poco... vueltas, vueltas, como hoja aventada al aire... qué podrido perder y perder y perder... como aquel hijito en Estados Unidos... ése que sí era de mi cuerpo... tú sabes, Dios, que fue lo que más quise, pero no se te dio la gana dármelo... perdí... ¡tú ganaste, Dios! ...ganó tu capricho de dejarme seca... acepta que fuiste mezquino...

Una noche, Lucha decide no salir a escena en el cabaret Waikikí. Le avisan que Antonio Mocelo, el dueño, está entre el público con varios amigos. Ella, en su camerino, con la parafernalia entera desplegada; todo le parece difuso. El espejo le habla otra vez de la soledad de sus ojos. Tantas luces insultan su tristeza. Es absurdo moverse. No hay afán. Adiós ganas de lucirse y cantar.

—Lucha, yo no sé cómo le haces, pero ahora sales o sales a escena —la jalonea el general Antonio desesperado.

—Epa, general Antonio, o me sueltas o se me va a ir la mano, ya estuvo bueno de que tú seas el único con la mano pesada —se zafa Lucha con decisión. Al fondo, se escucha el

274

mariachi que ya está comenzando a tocar en escena, donde ella debería de estar.

—Ai luego platicamos —la avienta él molesto—, ahora tienes que cantar… ¿qué no oyes que ya salió el mariachi?

—¿Y a mí qué me importa quién salga? —contesta ella con cinismo.

—Ah, si serás necia. ¿Ya se te olvidó que tú eres el espectáculo, nada menos que la solista? —insiste él furioso. Afuera el público grita: "¡Lucha, Lucha!". Mientras, el mariachi trata de hacer tiempo con improvisaciones sobre la introducción del tema.

—¿Estás sorda? ¿No escuchas que te está llamando el público?

—¡Lucha Reyes vale pa pura madre! Yo ya no soy Lucha Reyes, yo quiero ser nomás una mujer… una mujer feliz… —toma su copa.

—¡Déjate de tonterías, suelta eso y ya sal! —le grita Antonio abriendo la puerta del camerino.

—Ve y diles a todos, que "la Reina del mariachi" se manda despedir… porque… ya no va a salir a escena…

Después de caer y levantarse tantas veces, Lucha Reyes siente una fatiga enorme. El lunes 24 de junio de 1944, le pesan los pies. Le pesan los párpados. Le hacen bajar la cabeza los ayeres amargos. Sale de su casa, cuidando que nadie la vea, como una prófuga, buscando el anonimato de la calle. Le urge huir, que nadie le pregunte más nada. Quiere hacer una caminata sólo con ella misma. ¿Con quién más? Nadie, sólo con ella misma. Su falda, de vuelo, es verde esmeralda. Olvida peinarse.

Sube y baja banquetas. ¿Cuáles? Las que sean. No se da cuenta de que los zapatos la lastiman.

Sus oídos la conducen hasta una cantina arrinconada: escucha un grupo de músicos ganándose el sustento cotidiano.

El corazón se le acelera: cantar, eso quiere: cantar a los cuatro vientos: para ella, nada más que para ella misma. Les manda un recado y unos billetes a los músicos, hoy ha de cantar lo agrio que guarda en su pecho. Salen cuatro músicos con sus instrumentos de cuerda. Uno de ellos, Juan, el de la guitarra requinto, compra ahí mismo, a petición de su contratante, dos botellas de tequila: una para humedecer su voz, otra para que los muchachos estén contentos. Empiezan con ella el recorrido de la soledad, botellas en mano.

Los cuatro saben quién es esa mujer de mirada difusa, conocen del honor de tocar para Lucha Reyes. Comienzan su deambular con la canción: "Por un amor", en Si bemol.

¿Por quién llora? Por ella, cuánta lástima se tiene.

El reloj de arena —con su tiempo milimétrico— ya no va a detenerse. Ella no habla, sólo flota entre su canto. La famosa repetirá canciones hasta el cansancio, con su voz aturdida. La gente los mira circular, por ratos, algunos se unen y los siguen cuando la reconocen. Lucha no ve a nadie, nadie le importa. ¿En qué piensa? ¿En quién piensa? Ella es la única que —quizá— lo sabe. Van transcurriendo las horas... muchas horas. Le duelen los pies. Sigue vagando por camellones y calles con el pequeño sustituto de mariachi. Comienzan a temblarle las piernas, entre los desconocidos que la miran y la escuchan con desconcierto. Por momentos se sientan en la orilla de alguna banqueta. Se acaban los tequilas, consiguen otros.

Y da inicio la deserción: un primer músico hace señas a los demás y se aleja. Lucha ni lo nota. La gente ya no la sigue en su canto embrutecido por el alcohol, el cansancio, el llanto. Ahora un guitarrista se va... después otro músico. Lucha se da cuenta... vuelve a revivir —y a sufrir— los abandonos de los que que nunca ha logrado sanarse. Sentada sobre el cemento de la acera, se tapa la cara con las manos, cuando la destapa, el último músico se ha retirado. Todos se han ido: uno por uno.

Finalmente, nada más la acompañan las sombras de la noche que van llegando. Vuelve a la soledad primera con la que salió ese día de casa. Es hora de volver. Se limpia la nariz con el brazo. Su cabello es una maraña. Se quita los zapatos insoportables. Parte mientras canturrea obsesiva una canción: "…pa qué me sirve la vida, pa que me sirve la vida cuando la traes amargada…".

Cuánta distancia —vacía— percibe entre ella y la vida.

Al entrar en su casa, encuentra a Marilú que la ha estado esperando. ¿Le interesa Marilú? No. A Lucha, en estos instantes, no le importa nadie, ni siquiera Lucha, ni… ni… ni…

Carga la pesadumbre de un alma anestesiada.

Le viene de pronto a la mente aquello que pensó cuando regresó jovencita de Los Ángeles, después de su aborto: ¿…adónde se van las ilusiones, carajo…?

Todo deja de dolerle, siente que flota, como si la paz le soplara al oído… los gritos de la memoria se aplacan… la balanza le parece que al fin se equilibra entre el triunfo y el fracaso… son las siete de la tarde… tiene veinticinco nembutales en la mano… una botella de tequila descansa en el buró… la espera… a ella, a la "La Tequilera"… es hora de iniciar la ceremonia… quiere dormir… sólo dormir… dormir sin dolor… sin miedo… nada más dormir… para siempre dormir…

La moneda cae. Es sol: muerte.

AGRADECIMIENTOS

Me seduce la idea de que los lectores de este libro conozcan cómo fueron generándose los vasos comunicantes con quienes me prestaron sus ojos, su sensibilidad, su inteligencia, para enriquecer este camino, pero sería motivo de otra novela, loca y llena de afecto.

Antonio Orlando Rodríguez, Enrique Fernández Castelló, Gerardo Rod, Vicky Sotelo, Guadalupe Guzmán, Laura Lara y Jorge Solís, les doy las gracias más intensas por su generosísimo acompañamiento.

A Eduardo Casar, Carla Adame Velasco y Natalia Adame Velasco mi amor y gratitud por tanto tiempo que me apoyaron para estar aparte, en mi habitación propia, después de la pregunta recurrente: ¿otra vez Lucha Reyes?

ALMA VELASCO

ÍNDICE

Este libro se terminó de imprimir en abril de 2012
en Quad/Graphics Querétaro, S. A. de C. V.,
Fracc. Agro Industrial La Cruz El Marqués
Querétaro, México.